KB055877

로크미디어가
유혹하는
재미있는 세상

ARK
THE LEGEND

아크 더 레전드 Ark the legend 21

2016년 1월 28일 초판 1쇄 인쇄
2016년 2월 2일 초판 1쇄 발행

지은이 유성
발행인 이종주

기획 팀 이기헌 송윤성
책임 편집 백승미

발행처 (주)로크미디어
출판등록 2003년 3월 24일
주소 서울시 용산구 원효로97길 46 5층
Tel (02)3273-5135 **Fax** (02)3273-5134
홈페이지 rokmedia.com **E-mail** rokmedia@empas.com

ⓒ 유성, 2014

값 8,000원

ISBN 979-11-5960-012-8 (21권)
ISBN 978-89-257-9880-6 04810 (세트)

이 책의 모든 내용에 대한 편집권은 저자와의 계약에 의해
(주)로크미디어에 있으므로 무단 복제, 수정, 배포 행위를 금합니다.

작가와의 협의에 의해 인지는 생략합니다.
잘못된 책은 구입처에서 바꾸어 드립니다.

ARK THE LEGEND
아크 더 레전드

21

| 유성 게임 판타지 장편소설 |

ROK
MEDIA
로크미디어

차례

SPACE 1. 결전   7

SPACE 2. 최강의 적   43

SPACE 3. The BEAST   73

SPACE 4. 데브리   115

SPACE 5. DOGFIGHT!   141

SPACE 6. 전투가 끝나고……   177

SPACE 7. 이스타나 실종   205

SPACE 8. 볼 수 있는 자   237

SPACE 9. 어둠의 이스타나   273

SPACE 1. 결전

웅웅웅웅.

백색 검광이 어둠 속에서 두 사내의 모습을 떠올렸다.

1명은 이퀄라이저를 들고 있는 아크. 그리고 다른 1명은 수백만의 유저들이 활보하는 은하계에서도 최강자로 손꼽히는 7인 중 하나, 세븐 소드의 칼리!

"카프레 검술 4식, 피어싱!"

그러나 아크는 0.1초의 망설임도 없었다.

상대의 지위나 명성 따위는 이미 아무런 의미가 없다.

여기까지 와서 머리를 굴릴 필요도 없다. 이미 몸은 충분히 예열되었으니 이제 남은 것은 전력투구! 그 말 그대로 아크는 자신의 몸을 던지듯이 칼리를 향해 폭사시켰다.

챙―!

뒤이어 울리는 쇳소리!

"흠, 생각보다 성급한 녀석이군."

칼리의 여유 있는 목소리가 들려온 것은 그다음이었다.

그 사이의 공간에서는 이퀄라이저가 수레바퀴를 닮은 칼리의 무기와 마찰을 일으키고 있었다. 기습적으로 펼친 피어싱이 저지당한 것이다. 그러나…….

'……걸렸다!'

아크의 입가에 회심의 미소가 번졌다.

피어싱이 통하지 않을 것은 이미 예상하고 있었다.

아크의 노림수는 그다음. 검과 수레바퀴가 격돌하는 순간 아크는 바로 교묘한 손목 스냅으로 이퀄라이저를 회전시켰다. 그러자 마치 자석에 붙은 것처럼 칼리의 수레바퀴가 이퀄라이저의 궤도를 따라 움직였다.

이 일련의 동작은 '디펜스 브레이크'!

적의 방어를 해체시키며 중심을 무너뜨리는 기술이다.

그러나 이게 그냥 스킬만 발동시킨다고 무조건 성공하는 기술은 아니었다. 상대가 마주쳐 오는 힘의 방향을 읽고 격돌하는 순간의 정확한 타이밍을 잡아 완급을 조절해야 하는 것이다. 그러나 전투 중에 그런 타이밍이나 완급 조절을 하기란 쉬운 일이 아니었다. 뿐만 아니라 타이밍을 놓쳐 버리면 역공당할 위험까지 있는 것이다.

때문에 적, 특히 일정 수준의 실력을 갖춘 적을 상대로 함부로 남용할 수 없는 기술이다.

그러나 성공률을 비약적으로 올릴 수 있는 방법이 있었다.

적이 막을 수 있는 공격을 펼쳐 의도적으로 방어 자세를 취하게 만든 뒤에 '디펜스 브레이크'로 연결시키는 방법이다.

바로 지금처럼!

'전투는 기선제압이다!'

수레바퀴를 밀어내자 칼리의 몸이 훤히 드러났다. 순간 아크가 이퀄라이저를 반전시켜 칼리를 공격하려는 찰나!

위이이잉! 카카카카!

갑자기 수레바퀴가 엄청난 속도로 회전했다.

동시에 이퀄라이저의 검신이 마치 그라인더에 갈리는 것처럼 무수한 불똥을 튀기며 반대쪽으로 튕겨 날아갔다.

뜻밖의 반탄력에 중심을 잃은 아크의 입에서 당혹성이 터져 나왔다.

"이, 이게 무슨……?"

"성급함은 항상 실수를 부르는 법이지."

칼리가 비웃음 섞인 목소리로 중얼거리며 다가왔다.

"의도는 좋았다만 아무리 그래도 상대의 무기가 어떤 것인지조차 모르면서 무턱대고 돌진하는 건 아니지. 방금 전에 내가 날려서 공격하는 것을 보고 원거리 무기라고 착각한 모양인데, 천만의 말씀이다. 이 금강륜金剛輪은 군이 따지자면 근접용에 가까운 무기지."

철컥! 철컥! 위이이잉!

칼리가 수레바퀴, 금강륜을 들어 올리자 외륜外輪을 따라 날카로운 칼날이 솟아올랐다.

그리고 다시 시작되는 회전!

회오리를 일으키며 가속에 가속을 더하는 금강륜은 순식간에 형태가 사라지고 하나의 원판으로밖에 보이지 않았다.

귓가를 자극하는 파공음만이 그 원판이 고속으로 회전하고 있다는 사실을 상기시켜 주었다.

"금강륜 앞에서는 어떤 방어도 무력하다!"

쩡! 쩡! 쩡! 쩡!

칼리의 말은 허언이 아니었다.

마치 시속 200킬로미터로 질주하는 자동차 바퀴와 같은 회전력! 검 자루를 양손으로 꽉 움켜쥐고 있어도 그 회전력에 의해 금강륜에 닿기가 무섭게 튕겨 날아가는 것이다.

아니, 오히려 힘을 주면 줄수록 반탄력도 강해져 손아귀가 찢어져 나가는 듯한 통증이 전해졌다. 문자 그대로 방어 불가! 금강륜의 무서움은 그것만이 아니었다.

"큭! 뭐 이런 무기가……."

카카칵!

-대미지 48!

고속으로 회전하는 칼날!

살짝 스치는 것만으로도 대미지가 들어온다.

한번 수세에 몰리자 상황은 걷잡을 수 없이 악화되었다.

막을 때마다 검이 튕겨 날아가는 탓에 자세가 무너져 번번이 반격할 타이밍을 잡을 수가 없었다.

아니, 타이밍의 문제가 아니었다.

새삼스럽지만 금강륜은 직경이 60~70센티미터 정도 되는 수레바퀴 형태의 무기. 거기에 고속의 회전이 더해지니 그 자체가 방패나 다름없었다.

'하지만……'

아크에게도 있었다.

어떤 방어도 뚫을 수 있는 스킬이!

아크가 번쩍 고개를 들어 올리며 소리쳤다.

"브레이크키네시스!"

동시에 눈동자에 모여드는 푸른빛!

그러자 수상한 낌새를 느낀 칼리가 공세를 멈추고 금강륜을 들어 방어 자세를 취했다. 그러나 '브레이크키네시스'는 포스를 진동시켜 공간을 폭발시키는 기술. 고속으로 회전하는 금강륜이라도 막을 수 있는 것이 아니었다.

뭐 그렇다고 적에게 직접적인 타격을 입힐 수 있는 기술도 아니지만.

퍼펑-!

"크윽! 뭐, 뭐냐?"

눈앞에서 폭발이 일어나자 칼리가 반사적으로 눈을 감으며 당혹성을 터뜨렸다.

그 시간은 불과 1초밖에 되지 않았다.

그러나 아크에게는 충분한 시간이었다. 칼리가 다시 눈을 떴을 때, 아크는 이미 칼리의 바로 앞까지 다가가 있었다.

"어디서 얕은 수작을!"

칼리가 노성을 터뜨리며 금강륜을 휘둘렀다.

그러나 한순간이라도 눈을 감았던 칼리는 이미 타이밍을 잃은 상태. 그리고 아크는 그런 눈먼 공격에 맞을 정도로 수준 낮은 유저도 아니었다.

위이이잉! 콰콰콰콰!

살짝 속도를 늦추자 고속으로 회전하는 금강륜이 아슬아슬하게 눈앞을 스쳐 지나가며 바닥을 긁었다. 그제야 실수를 깨달은 칼리가 황급히 금강륜을 들어 올렸다.

"이런 빌어먹을!"

"상대를 파악하지 못한 것은 나만이 아니다!"

아니, 들어 올리려는 찰나! 아크의 목소리와 함께 백색 검광이 금강륜을 내리쳤다.

여전히 고속으로 회전하고 있어 이퀄라이저는 이전처럼

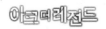

튕겨 나왔다. 그러나 금강륜 역시 이퀄라이저와 충돌하며 반대 방향으로 튕겨 다시 바닥에 처박혔다.

금강륜이 평범한 무기였다면 딱히 문제 될 것이 없는 일이었다. 그러나 금강륜은 고속으로 회전하는 칼날! 위에서 충격이 가해지자 바닥의 강철판을 가르며 파고 들어갔다.

카카카카! 카카카! 카카! 카…….

불길을 일으키던 금강륜의 회전이 약해지다가 우뚝 멈춰섰다. 칼리가 다급한 표정으로 힘을 썼지만 금강륜은 움직이지 않았다. 강철판을 파고 들어가다가 회전이 멈추는 바람에 끼어 버린 것이다.

"이게 무기만 믿고 설쳐 댄 결과다."

아크가 낑낑대는 칼리를 바라보며 씨익 웃었다.

동시에 백색 검광을 뿜어 올리는 이퀄라이저가 큰 원을 그리며 회전하기 시작했다.

아크의 필살기, 갤럭시 소드의 기수식이었다.

거리는 불과 1미터. 뿐만 아니라 칼리는 무기까지 봉쇄되었다. 이 거리에서! 이 상황에서! 세상 누구라도 갤럭시 소드를 막을 수 없으리라. 일단 발동시키면 확실하게 치명상을 입힐 수 있는 절호의 기회!

'이 일격으로 완벽하게 승기를 잡았다!'

"카프레 검술……."

윙윙윙윙. 윙윙윙윙. 윙윙윙윙.

그때 아크의 귓가에 물체가 고속으로 회전하는 소리가 들려왔다. 방금 전까지 금강륜이 내던 소리였다. 그러나 칼리의 손에 들린 금강륜은 바닥에 박혀 회전이 멈춘 상태. 그럼에도 아직 그런 소리가 울리고 있는 것이다.

그것도 뒤에서!

'서, 설마……?'

윙윙윙윙! 부아아아앙-!

아크는 스킬을 캔슬하고 반대쪽으로 몸을 날렸다.

날카로운 뭔가가 목덜미를 스치고 지나간 것은 그 직후였다. 이때까지도 아크는 목을 긁고 지나간 물체의 정체를 파악하지 못하고 있었다. 그 정체를 확인한 것은 몸을 굴리며 수 미터 물러나 칼리를 향해 시선을 돌린 다음이다.

"호오. 피했나?"

칼리가 약간 놀란 표정으로 중얼거렸다.

그런 칼리의 손에는 2개의 금강륜이 들려 있었다.

하나는 아크와 싸울 때 사용한 금강륜. 그리고 다른 하나는 방금 전 아크의 목덜미를 스치고 지나간 그것!

"……2개?"

"말했잖아. 상대의 무기가 어떤 것인지조차 모르면서 무턱대고 돌진하는 건 멍청한 짓이라고. 하지만 반사 신경만큼은 인정해야겠군. 그런 상황에서 이 공격을 피하다니. 이 공격을 피한 것은 네가 처음이다. 대부분은 무슨 일이 일어났

는지도 모르고 당했지. 하지만…… 뭐 네 명성을 생각하면 그 정도는 당연한 일이겠지. 명성은 그냥 얻어지는 것이 아니니까."

칼리가 도발적인 웃음을 지어 보이며 덧붙였다.

"그렇지 않나? 전설의 게이머 아크."

"……!"

아크의 어깨가 움찔했다.

전설의 게이머라는 칭호는 뉴월드에서 얻은 것이다.

그리고 아크가 '그'와 동일인이라는 사실을 알고 있는 사람은 동료들 중에서도 레피드와 붉은학살자 정도밖에 없다.

그런데 처음 보는 칼리가 전설의 게이머를 운운하는 것이다. 확신에 차 있는 표정을 보면 그냥 넘겨짚는 것 같지도 않았다. 그렇다면 답은 하나!

"역시 호크의 사주를 받은 건가?"

"사주? 웃기는군. 네 정체를 호크에게 들은 것은 사실이다. 하지만 나는 다른 사람의 하수인 역할이나 하는 사람이 아니야. 확실하게 말해 두지. 이 전투는 오직 나, 칼리의 의지다."

"그렇게 착각하고 있는 건 아니고?"

"뭐?"

"이런 짓을 해서 네가 얻을 수 있는 게 뭐지? 설사 이큘러스를 약탈해도 네가 얻을 수 있는 것은 불과 몇 톤의 자원뿐이다. 고작 그 정도의 자원을 약탈하기 위해 은하연방의 영지를 공격한다니, 너무 무리한 짓을 하고 있다는 생각이 들지는 않나? 지금이라도 곰곰이 생각해 보는 게 좋을 거다. 그렇게 결과가 뻔히 보이는 일을 정말 네 의지로 선택했는지."

"호크에게 이용당하고 있다는 말이라도 하고 싶은 건가?"

칼리가 피식 웃으며 끄덕였다.

"그래, 뭐 결과적으로 보면 그럴지도 모르지. 하지만 네가 모르고 있는 것이 있다."

"내가 모르는 것?"

"내게도 꼭 너를 밟아야 할 이유가 있다는 것! 그것도 최대한 비참하게!"

칼리가 아크의 말을 끊으며 양팔을 들어 올렸다.

2개의 금강륜이 좌우에서 동시에 회전했다.

위이이잉! 위이이잉!

투투투투! 투투투투! 핑-! 핑-!

칼리함 내부에서 아크와 칼리의 접전이 시작했을 때.

외부 갑판에서는 격렬한 총격전이 이어지고 있었다. EMP에 의해 모든 전함이 멈추는 것과 동시에 아크와 함께 칼리

함을 급습한 친위대원과 해적 간의 총격전이었다.

이 두 부대는 입장이 뒤바뀌어 있었다.

새삼스럽지만 총격전이 벌어지는 곳은 칼리함, 해적들의 전함이다. 원래대로라면 해적들이 갑판에 방어진을 펼치고 습격해 온 친위대원을 맞아 싸우고 있어야 정상이다.

그러나 실제 전투는 친위대가 갑판에 방어진을 펼치고 해적과 맞서는 형태로 진행되고 있었다.

말할 것도 없이 아크 때문이다.

아크는 EMP가 발동하자마자 '우주 비행'을 이용해 칼리함에 돌진. 밖의 상황도 파악하지 못하고 갑판으로 나오는 해적을 족족 우주 공간으로 밀어내 버렸다.

덕분에 아크의 뒤를 따라온 친위대는 도착하자마자 칼리함의 갑판을 장악할 수 있었던 것이다.

그 효과는 상당했다.

칼리함을 급습한 아크의 부하는 엘라인, 밀란, 베라드 등 친위대 11명. 반면 칼리함의 해적은 60여 명이나 되었다.

11 대 60.

일반적인 전투였다면 승산 따위는 눈곱만큼도 없는 병력 차이였다. 그러나 이곳은 평범한 전장이 아니었다.

전함 주위는 무중력의 우주 공간.

"빌어먹을! 이래서는……."

우주 공간으로 밀쳐진 해적들이 이를 갈아붙였다.

우주 공간에 떠 있는 상태로는 몸을 완전히 고정시킬 수 없다. 물속에 있는 것처럼 가만히 있어도 몸이 제멋대로 회전하거나 어딘가로 둥둥 떠내려가는 것이다.

　본래 우주전은 해적의 주특기다.

　그러나 해적들의 전투는 대부분 함대전, 백병전이 벌어져도 대부분 적함에 난입해 싸우는 쪽이었다.

　이런 식으로 먼저 기습을 받아 본 경험도 없을뿐더러, 우주 공간에서 총격전을 치러 본 경험은 없는 것이다.

　그나마 통신이라도 할 수 있는 게 불행 중 다행이었다.

　EMP의 영향으로 님프의 통신 기능이 마비됐지만 사실 그건 님프의 문제가 아니었다. 중계기 역할을 해 주는 우주선이 정지한 탓에 통신이 되지 않는 것이다.

　때문에 님프의 단파短波통신(중계기를 거치지 않고 님프에서 단파를 발산해 대화를 전달하는 근거리 통신 방식. 소리가 전달되지 않는 우주 공간 같은 장소에서 많이 사용된다.)은 사용할 수 있었다.

　"젠장! 이렇게 되면 난사다!"

　투투투투! 투투투투!

　"우왓! 멍청한 자식! 무슨 짓이야?"

　"얻다 대고 쏘는 거야? 다 죽일 생각이냐?"

　덕분에 상황 파악도 못 하고 설치는 동료에게 항의라도 할 수 있으니까. 무턱대고 총을 쏴 대면 이런 식으로 반동에 의

해 해적의 몸이 팽이처럼 회전하며 탄환이 사방팔방으로 흩어지며 동료들 사이로 날아가는 것이다.

"연발은 안 돼! 연발은!"

"그래, 단발이다! 제대로 조준해서 한 발씩 쏴야 해!"

"그게 되면 난사를 했겠냐! 이런 자세로 한 발씩 쏴서 맞겠어?"

"그렇다면 중화기다!"

그때 한 해적이 퍼뜩 고개를 들어 올리며 소리쳤다.

"총격전은 우리가 불리하지만 중화기를 사용한다면 얘기는 달라져. 우리는 우주 공간에 흩어져 있지만 놈들은 갑판에 자리를 잡고 있다. RPG나 수류탄이라면 정조준을 못 해도 갑판에 모여 있는 놈들에게 타격을 입힐 수 있어!"

나름 머리를 굴린 모양이지만…….

"제정신으로 하는 말이냐? 멍청한 자식, 저놈들이 모여 있는 곳이 어디라고 생각하는 거냐? 우리 전함의 갑판이잖아! 우리 전함에 RPG와 수류탄을 쏟아붓자는 거냐?"

"빌어먹을! 그럼 어쩌자고!"

투투투투! 투투투투!

그때 갑판에서 수십 발의 탄환이 치솟아 올라왔다.

같은 탄환이라도 우주 공간에서 허우적거리는 해적의 탄환과는 다르다. 칼리함의 갑판에 몸을 고정시키고 정조준한 친위대원들의 사격! 정확도의 수준이 다른 것이다.

게다가 친위대원은 연발 사격도 문제가 되지 않았다.

덕분에 쉬지 않고 날아오는 탄환을 한 몸에 받으며 허우적대던 해적은 그 자세 그대로 시체가 되었다.

"윽! 저, 저놈들이……!"

"이대로는 놈들의 총알받이가 될 뿐이다!"

전사자가 발생하기 시작하자 해적들은 공포에 휩싸였다.

그러나 전체 전황이 해적에게 불리한 것은 아니었다.

해적은 칼리함만 있는 것이 아니다. 예상하지 못한 EMP의 발동에 당황해 대응이 늦어지기는 했지만 아리온과 장보고, 유진의 전함에서도 해적들이 나와 칼리함으로 진군해 오고 있었다.

그 숫자가 300여 명!

물론 아크 함대에서도 아수라와 그레온, 파크 그리고 무적함-Ⅱ에서 나온 병사들이 칼리함으로 진군해 오는 중이다.

그러나 숫자는 100여 명도 되지 않았다.

이들이 칼리함에 도달해 격돌하면 고작 11명이 갑판을 장악하고 있다는 것쯤은 크게 문제가 되지 않는다.

따라서 칼리함의 해적들에게 최선의 방법은 일단 사정거리 밖으로 후퇴했다가 다른 해적과 합류, 압도적인 병력으로 몰아붙이는 수밖에 없었다.

아니, 속수무책으로 일점사를 당한 동료의 시체를 본 해적들은 이미 방향을 돌려 물러나고 있었다.

그때 한 해적이 쩌렁쩌렁한 목소리로 소리쳤다.

"멈춰라, 멍청한 자식들!"

칼리의 부관, 술탄이라는 해적이었다.

"저 전함은 우리의 전함이다. 명색이 해적이라는 놈들이 자기 전함의 갑판을 적에게 빼앗긴 것도 모자라 꼬리를 말고 도망치겠다는 거냐? 게다가 아직 칼리 님은 전함이 남아 있다! 우리가 물러난다는 것은 갑판의 적군에게 칼리 님을 넘겨주겠다는 말과 다름없지 않은가! 그건 칼리 님에 대한 배신! 네놈들이 그러고도 살아남기를 바라는가?"

"핫! 그, 그렇지!"

해적들은 사색이 되었다.

"적의 칼보다 무서운 것이 해적의 율법이다. 만약 조금이라도 물러서는 기미를 보이는 놈은 칼리 님이 나서기 전에 나, 술탄이 해적의 율법으로 다스릴 것이다!"

"하, 하지만 이런 상태로는……."

"돌격이다!"

술탄이 해적의 말을 자르며 소리쳤다.

"전술적으로 유리한 갑판을 점거하고 있다 해도 놈들은 고작 11명. 우리의 5분의 1도 되지 않는 숫자다. 우리가 일제히 돌격하면 놈들의 화력으로는 막을 수 없다. 그리고 일단 다시 갑판에 진입하기만 하면 놈들을 박살 낼 수 있다!"

"하지만 그런 식으로 돌격하면……."

"우리 측의 피해도 적지 않겠지. 하지만 여기서 물러나면 모두 죽는다. 그건 내가 장담하지."

술탄이 살기등등한 눈으로 해적들을 돌아보며 말했다.

해적도 대부분의 부하는 NPC다. 그러나 해적과 일반 유저가 NPC를 거느리는 방법은 다르다.

일반 유저가 NPC를 영입하는 방식이 설득과 회유라면 해적은 공포. 이건 일반 유저와 달리 이미 카오틱인 해적에게는 NPC 살해에 대한 부담이 없기 때문이다. 이게 해적이 부하를 완벽하게 통솔할 수 있는 방법이었다.

선장에 대한 압도적인 공포!

"우와아아아!"

결국 보다 큰 공포에 떠밀린 해적들이 갑판으로 돌진했다.

이렇게 되자 상황이 다급해진 것은 친위대였다. 한꺼번에 돌격해 오는 60여 해적, 11명으로는 모두 격추시킬 수 없다.

그리고 놈들이 갑판에 진입하면 전황은 걷잡을 수 없게 되리라. 그러나 물러날 수 없기는 친위대도 마찬가지였다.

"무식한 놈들! 칼리벤, 베럴, 선두의 해적을 저격하라! 쿠파, 헤드로, 라벤, 콘세드, 쿠라칸은 각자 위치에서 연사로 놈들을 막는다. 놈들이 갑판에 진입하면 대응사격조차 하기 힘들어진다. 적의 숫자를 줄이기보다는 탄막彈幕을 치며 놈들의 접근을 막는 데 주력하라. 무슨 수를 써서라도 아군이 도착할 때까지 이곳을 사수해야 한다!"

투투투투! 투투투투! 퉁-! 퉁-!

밀란의 외침에 갑판 위에서 탄환이 빗발쳐 올라갔다.

그러나 해적들도 죽음을 각오하고 돌파 작전을 감행하는 중이다.

친위대의 집중사격에 몇몇은 치명상을 입고 전선을 이탈했고, 몇몇은 유일한 이동 수단인 우주복의 분사 장치를 저격당해 추락하는 전투기처럼 회전하며 장갑에 처박히기도 했다.

그러나 해적들의 기세는 위축되지 않았다.

핑-! 핑-! 핑-!

60여 명의 돌격! 60여 명의 사격!

해적들이 일제히 몰려들며 사격을 퍼붓자 엄폐물 주위에서 쉬지 않고 불길이 튀어 올랐다. 명중률이 낮은 공격이라도 이 정도 숫자가 되면 반격하기도 쉽지 않은 것이다.

이에 친위대의 총격이 주춤하는 사이.

"이 자식들!"

방패병을 선두로 서너 명의 해적이 갑판에 착륙했다.

"여기까지다, 건방진 자식들! 고작 영지의 경비병 따위가 멋대로 설쳐 대다니! 몽땅 갈가리 찢어 우주의 쓰레기로 만들어 주마!"

해적들이 고분자 코팅으로 강철조차 무처럼 베어 낼 수 있는 곡도曲刀와 도끼를 꺼내 들며 소리쳤다. 그리고 구조물 뒤에서 대공 사격을 전개하는 친위대에게 달려들 때였다.

양옆의 난간 뒤쪽에서 3명이 뛰어나와 해적들을 급습했다.

"스크류 블레이드!"

선두에서 돌진해 오는 전사는 친위대의 검사 랄프!

칼날을 드릴처럼 회전시켜 돌파력을 극대화시킨 검격에 방패병은 도끼를 휘두르던 자세 그대로 다시 갑판 밖으로 밀려 나갔다. 이에 다른 해적들이 움찔하며 고개를 돌리는 순간!

"중화重化! 회륜참回輪斬!"

"멸절의 해머 부스터 가동! 받아라! 파괴의 미학!"

자유자재로 형태를 변화시킬 수 있는 'G-1000의 팔'을 철퇴로 바꿔 휘두르는 엘라인! 타격과 동시에 폭발을 일으켜 적을 날려 버리는 '멸절의 해머' 소유자 베라드!

"크악! 비, 빌어먹을─!"

해적들은 총탄을 뚫고 돌진한 보람도 없이 다시 우주 공간으로 튕겨 날아갔다.

"젠장! 놈들 중에서도 근접 전투병이 있었던 건가? 하지만 그래 봤자 놈들은 11명밖에 되지 않아! 전방위에서 진격하는 우리를 모두 막을 수는 없어! 가라! 개척지에서 이름을 날리는 해적이 어떤 존재인지 놈들에게 똑똑히 보여 줘라!"

"우와아아아!"

술탄의 외침에 떠밀린 해적들의 돌진! 돌진! 돌진!

확실히 친위대의 병력만으로 해적들을 막아 내는 데는 한계가 있었다. 압도적인 병력으로 밀어붙인 해적들은 동시에 4~5지점으로 갑판에 진입하기 시작했다. 더 이상 엘라인, 베라드, 랄프만으로 막아 낼 수 없는 지경에 이른 것이다.

"크하하하! 이제 네놈들은 끝장이다!"

"피의 축제를 벌여 주마!"

"일단 총기병부터 찢어 버려라!"

술탄의 명령에 갑판에 내려선 해적들이 친위대를 향해 돌진했다. 상황이 이렇게 되니 친위대도 더 이상 대공 사격에 집중할 수 없었다. 이에 일제히 총구를 돌렸지만 술탄은 가소롭다는 표정으로 피식 웃었다.

"그딴 딱총이 언제까지나 통할 거라고 생각하는 건가? 명청한 자식들, 해적이 총보다 칼을 선호하는 이유는 우주에는 도망갈 곳이 없기 때문이다! 그리고 전함의 갑판에서 치르는 전투는 우리가 전문이야! 방패병, 선두로! 탄환 따위는 무시하고 돌진해 박살 낸다!"

술탄은 곧바로 진영을 갖추고 진격해 들어왔다.

투투투투! 투투투투! 투퉁-! 투퉁-!

뒤이어 쏟아지는 친위대의 탄환 따위는 무시하고!

아니, 무시할 생각이었지만…….

파직! 콰쾅! 콰콰콰콰!

해적들은 굉음과 함께 뿜어져 올라오는 폭발에 뒤덮였다.

폭발에 튕겨 갑판 밖으로 내쳐진 해적은 그나마 나은 편이었다. 발아래에서 뿜어져 올라온 폭발에 직격당한 해적은 그대로 화염에 휩싸여 발버둥 치다 쓰러졌고, 근접해 있던 해적은 우주복이 갈가리 찢긴 채 팽이처럼 회전하며 우주 저편으로 사라져 갔다.

"저놈들은 바보인가?"

밀란이 해적들을 바라보며 피식 웃었다.

누구라도 알 수 있다, 11명만으로 60여 명의 적을 막아 내기는 힘들다는 것쯤은. 그리고 해적들이 갑판에 진입하면 친위대로서는 상대할 방법이 없다.

그렇다면 당연히!

"얌전히 기다리고 있었을 리가 없잖아. 갑판에서의 전투는 네놈들이 전문이라고? 그럼 우리는 떼거지를 상대하는 전투 전문이다. 이런 상황은 이큘러스에서 지겹도록 경험해 봤다고."

이큘러스에서 자원 확보를 위해 몬스터를 소탕할 때.

친위대원들은 항상 몇 배나 많은 몬스터를 상대해야 했다.

그때 가장 많이 사용한 전술이 바로 이것, 미리 C-6을 매설해 놓고 몬스터를 유인한 뒤에 폭발시키는 작전이었다.

친위대는 그 전술을 응용해 칼리함의 갑판에 자리를 잡을 때 요소요소에 C-6을 설치해 두었던 것이다. 덕분에 갑판에

진입한 해적들을 한 방에 날려 버릴 수 있었다. 뿐만 아니라 적함에도 대미지를 입히니 일거양득!

"해적 따위!"

"우리는 형님과 함께 수많은 전장을 넘어온 전사들이다!"

"우리는 아크 형님의 친위대! 형님께서 적장을 처단할 때까지 이 자리를 지켜 낼 것이다!"

친위대원들이 결연한 표정으로 소리쳤다.

약 10킬로미터 떨어진 우주 공간.

-×24 OPTICAL ZOOM······.

-기대 이상이군요.

고배율의 렌즈를 통해 칼리함을 살피던 케이커가 고개를 돌리며 말했다.

-적함을 저런 식으로 장악하는 방법이 있는 줄은 몰랐습니다. 대장님이 아크를 높게 평가하는 이유를 알 것 같군요. EMP의 존재를 몰랐던 해적들이 당황한 탓도 있지만, 우주 공간의 특성을 이용해 순간적으로 그런 작전을 세우고 실행시킨 아크는 전사로서도 그렇지만 지휘관으로서도 상당한 수준에 이르러 있는 것 같습니다.

하지만…….

　-하지만?

　-더 놀라운 것은 아크 휘하의 병사들입니다.

　케이커가 쉬지 않고 터져 나오는 포화에 뒤덮여 크리스마스트리처럼 반짝이는 칼리함을 꼼꼼히 훑어보며 말을 이었다.

　-어떤 작전이든 실행하는 것은 휘하의 병사. 하지만 지휘관의 뜻대로 움직여 주는 병사는 의외로 그리 많지 않습니다. 그런데 저런 난전에서 뒷일을 생각해 갑판에 폭발물까지 매설해 두다니, 단순해 보이지만 경험이 없다면 할 수 없는 일입니다. 아직 속단하기는 이르지만 지금까지의 움직임만 보면 우리 레드프론트와 거의 동급. 적어도 아마타스에서 봤을 때와 같은 병사로 보이지는 않습니다.

　-그렇겠지.

　붉은학살자가 고개를 끄덕였다.

　붉은학살자는 유격병인 케이커처럼 ×24로 시야를 확대시키는 능력은 없어 전황을 정확하게 파악할 수는 없었다.

　그러나 케이커가 그리 파악했다면 의심할 여지가 없다.

　아크의 친위대는 붉은학살자의 레드프론트와 같은 수준까지 성장한 것이다.

　이건 단순히 레벨이나 무장도만 말하는 것이 아니었다.

　부대 단위의 전투는 레벨이나 무장도에 따라 승패가 결정

되지는 않는다. 그보다 중요한 것이 롤플레이.

전사는 전사로서, 총기병은 총기병으로서 맡은 역할을 얼마나 잘 이해하고 완벽하게 수행할 수 있는가. 부대 단위의 전투는 그것이 승패를 가른다고 해도 과언이 아니었다.

케이커가 감탄한 것도 바로 이 부분. 친위대는 이전과 달리 부대로서 어느 정도 완성된 전투를 보이고 있는 것이다.

덕분에 붉은학살자는 미묘한 기분에 사로잡혔다.

현재 그와 아크는 전략적 제휴 관계.

그러나 그건 루시퍼를 해치울 때까지뿐이다.

아직 루시퍼를 해치운 뒤의 일은 깊게 생각해 보지 않았지만 언제까지나 함께 갈 수 있는 사이는 아니다.

최고의 자리를 목표로 삼고 있다면 더더욱. 그러니 아크 휘하의 병사가 보여 주는 성장이 달가울 수만은 없는 것이다. 거기까지 생각하던 붉은학살자가 살짝 입술을 깨물었다.

'……불쾌한 기억이 떠오르는군.'

아크도 그랬다.

아마타스에서 아크를 처음 만났을 때는 붉은학살자는 모든 면에서 압도하고 있었다. 그러나 그 뒤로 다시 만날 때마다 실력 차이가 줄어드는 느낌이 들더니 결국 쉬라바스티에서 변명의 여지가 없는 패배를 당하고 말았다.

그때도 붉은학살자는 아크보다 레벨이 높았다.

유저의, 아니 적어도 아크의 실력은 단순히 레벨만으로 가늠할 수 있는 것이 아니라는 증거였다.

　'그게 아크다! 내가 목표로 삼았던, 그리고 뛰어넘어야만 하는 상대!'

　그리고 아크는 이번 전투에서 지휘관으로서의 면모도 유감없이 발휘하고 있었다. 이번 전투는 시작부터 지금까지 모두 아크의 의도대로 진행되고 있는 것이다.

　'하지만…….'

　-이번에는 너무 과했어.

　붉은학살자의 말에 케이커가 고개를 끄덕였다.

　-네, 이전에 비해 몰라보게 강해졌다고는 하나 11명에 불과합니다. 기대 이상의 분전奮戰을 보여 주고 있지만 압도적으로 불리한 상황이라는 것은 분명한 사실. 한순간의 실수로도 전황은 급속도로 악화될 수 있습니다. 그리고 그건 해적들도 알고 있습니다. 놈들이 이미 강공強攻을 취하고 있으니 자칫 우리가 도착하기 전에 전멸당할 수도 있습니다.

　-그게 아니다.

　붉은학살자가 고개를 저었다.

　-문제는 아크가 혼자 칼리를 상대하고 있다는 점이다. 전사가 자신의 힘을 믿는 것은 당연한 일. 하지만 자신과 자만은 다르다. 상대는 세븐 소드의 1인인 칼리다. 아직 아크가 이길 수 있는 상대가 아니야!

–하지만 아크는 대장님과 대등한 수준의 전사입니다.

–그래서 단언할 수 있는 것이다!

붉은학살자가 씹어뱉듯이 거친 목소리로 대답했다.

아직 누구에게도 말하지 않았지만 붉은학살자는 과거 세 븐 소드라고 불리는 유저 중 1명과 싸워 본 적이 있었다.

결과는 붉은학살자의 패배! 아니, 참패였다.

당시 이미 라마에서 두각을 나타내던 붉은학살자가 제대로 싸워 보지도 못하고 참패를 당한 것이다.

물론 그때 패배를 안겨 준 상대가 칼리는 아니었다.

그러나 같은 세븐 소드로 불리는 유저다. 아마도 붉은학살자를 참패시킨 상대와 큰 차이가 없을 터. 이를 기준으로 쉬라바스티에서 싸워 본 아크와 비교해 본다면…….

–아크에게는 승산이 없어. 적어도 아직은 무리야.

–세븐 소드라는 자들이 그렇게까지…….

–강하다. 아크는 궁여지책으로 1대1 대결 구도로 끌고 갔겠지만 그건 오히려 칼리가 바라던 상황일지도 몰라. 이대로 두면 아크는 물론 이 전투도 희망이 없다. EMP 효과가 사라지기 전에 연방군이 도착한다 해도 우리는 전멸을 면치 못하게 될 것이다.

이번 전투에서 적장이 칼리라면 아군의 대장은 아크다.

이미 열세인 상황에서 아크마저 당하면 아군의 사기는 바닥을 치고 저항할 새도 없이 괴멸될 수밖에 없다.

'승산 따위는 처음부터 없었다. 적 함대의 규모를 들었을

때 이미 피해도 각오했어. 하지만 나와 상관없는 곳에서 승패가 결정되는 것만은 참을 수 없다!'

-이 정도 거리라면…….

잠시 칼리함까지의 거리를 가늠하던 붉은학살자가 고개를 돌리며 말했다.

-케이커, 지휘권을 넘기겠다. 이대로 최고 속도를 유지하며 칼리함으로 진격하라. 전장에 도착하면 임의대로 전황을 파악해 아크의 친위대와 공동전선을 유지하며 적을 막아라!

-네? 그럼 대장님은…….

-드라군!

푸화아아악! 푸화아아악!

붉은학살자의 등에서 한 쌍의 날개가 솟아올랐다.

쉬라바스티에서 아크와 일전을 겨룰 때도 사용했던 붉은 피막의 박쥐 날개. 붉은학살자가 날개를 펄럭이며 케이커와 10여 명의 부하들 앞으로 솟아 나오며 소리쳤다.

-나는 먼저 가서 아크와 합류하겠다!

비행 스킬 '드라군'을 발동시킨 붉은학살자는 우주복의 분사 장치로 이동하는 대원들보다 2~3배는 빠른 속도로 우주 공간을 가로질렀다.

날개를 펄럭일 때마다 검은 기류의 소용돌이를 일으키며 쭉쭉 뻗어 나가자 귓가에 총성과 폭음이 들려왔다.

칼리함에 접근하니 붉은학살자도 전황이 좋지 않다는 것

을 한눈에 파악할 수 있었다.

친위대의 방어선이 언제 무너져도 이상하지 않을 정도로 위태롭게 유지되고 있었다. 그러나 붉은학살자는 친위대를 돕기 위해 날아온 것이 아니었다.

'아크의 친위대를 도와 해적 몇 놈을 더 처리해 봐야 어차피 적의 본대가 도착하면 아무런 의미가 없다. 관건은 적장! 그 전에 칼리를 해치울 수 있느냐 없느냐가 중요하다. 그렇다면 내가 해야 할 일은 명확하다!'

붉은학살자의 눈이 칼리함의 해치로 향했다.

'아크와 힘을 합쳐 최대한 빨리 칼리를 해치운다!'

이건 전쟁이다.

2 대 1이 아니라 10 대 1이라도 비겁한 것이 아니다.

붉은학살자는 광선검을 뽑아 들고 칼리함의 상공을 길게 선회했다. 그리고 급격히 방향을 꺾으며 갑판 끝부분에 자리 잡은 해치를 향해 수직선을 그리며 떨어졌다.

그리고 함 내로 돌입하려는 순간!

위이이잉-!

맞은편에서 푸른 검광이 날아들었다.

붉은학살자는 급격히 방향을 선회하며 상승했다.

반월형의 푸른 검광이 그 앞을 스쳐 해치와 충돌하자 잘게 쪼개진 스파크가 사방으로 흩어졌다.

-어떤 놈이……!

고개를 돌리던 붉은학살자가 움찔하며 입을 다물었다.

포화가 빗발치는 공간의 위쪽에서 빠른 속도로 다가오는 인영. 그 정체는 머리끝부터 발끝까지 하얀 빛을 뿜어내는 갑옷을 입고 2미터는 되어 보이는 장검을 들고 있는 검사였다.

그러나 붉은학살자가 놀란 이유는 그 전사의 등에 붙어 있는 물체 때문이었다.

날개! 백장白裝 전사의 등에는 붉은학살자처럼 날개가 펄럭이고 있는 것이다. 박쥐형의 붉은학살자의 날개와 상반되는, 백색 깃털로 뒤덮인 날개였다.

"날개라……."

근거리 통신망에 사내의 목소리가 흘러 들어왔다.

"비슷한 기술을 사용하는 녀석이 아크 측에도 있을 줄은 몰랐군. 게다가 하필이면 내가 싫어하는 라마, 라마가 왜 아크의 졸개 노릇을 하고 있는지는 모르겠지만 비열하기 짝이 없는 아크의 졸개가 나와 같은 기술을 사용한다는 것만으로도 불쾌해지는군."

－아크의 졸개? 비열?

"아니라고 할 수 있나?"

사내가 주위를 둘러보며 말을 이었다.

"아크의 졸개들이 갑판에서 설쳐 대는데도 칼리가 보이지 않는다. 아크라는 놈도. 그렇다면 아마도 함 내에서 싸우고

있다는 뜻이겠지. 네가 주위의 상황은 아랑곳하지 않고 그곳에 들어가려 한다면 답은 뻔하지. 2 대 1이라면 이길 수 있다고 생각한 모양이지? 뭐 너 같은 놈 하나 추가된다고 칼리가 위험해질 것 같지는 않지만 못 본 척할 수는 없군."

사내가 장검을 들어 올리며 씨익 웃었다.

"죽어 줘야겠다."

─죽어 줘야겠다? 놀고 있군. 넌 두 가지 실수를 저질렀다. 첫째, 나를 아크의 졸개 따위로 본 것. 그리고 둘째, 내 앞을 막은 것이다.

"저쪽이다!"

투투투투! 투투투투!

그때 사내를 발견한 쿠파와 헤드로가 총격을 퍼부었다.

"날파리 같은 것들이…… 붕익선鵬翼旋!"

순간 사내가 빙글 몸을 돌리며 날개를 펄럭였다.

그러자 수백 개의 하얀 깃털이 퍼져 나가며 주위에 돌풍이 휘몰아쳤다. 사내를 향해 날아오던 수십 발의 탄환이 돌풍에 휘말리자 사방으로 흩어져 날아갔다.

"저, 저게 무슨……!"

쿠파와 헤드로만이 아니었다.

날갯짓으로 날아오는 탄환을 막아 내는 장면에 해적과 친위대원들까지 격전 중이라는 사실도 잊은 채 황당한 표정을 지었다. 당연하다. 누구라도 그런 장면을 목격하면 놀랄 수밖에 없으니까. 그러나 단 1명, 그런 반응을 보이지 않는 사람이 있었다.

　―검파劍波!

번뜩이는 붉은 검기!

　……바로 붉은학살자였다.

"곧바로 기습인가? 과연 비열한 라마답군. 붕익선!"

사내가 비웃음을 지으며 날개를 펄럭이자 다시 수백 개의 깃털이 공간을 뒤덮었다. 그러자 연쇄적인 폭발이 일어나며 붉은 검기의 기세가 줄어들다가 사라졌다.

그러나 그게 끝이 아니었다.

퍼펑! 위이이잉!

흩어지는 폭광 사이로 붉은 검광이 솟아 올라왔다.

붉은 빛을 발하는 광선검으로 무수한 궤적을 그리며 돌진하는 붉은 인영은 붉은학살자! 붉은학살자가 육박해 오자 사내도 장검을 양손으로 움켜쥐고 마주쳤다.

그리고 2개의 검이 격돌하는 순간!

쩌쩡! 파지지지! 파직!

갑판의 상공에서 쉴 새 없이 스파크가 터져 나왔다.

붉은학살자도, 사내도 모두 날개를 사용한다. 그런 두 전사가 엄청난 속도로 비행하며 뒤엉키자 눈으로 좇기도 힘들었다. 당연히 누가 우세한지조차 알아보기 힘들었다.

주위의 병사들이 결과를 확인한 것은 격렬하게 뒤엉키던 두 전사가 폭음과 함께 좌우로 벌어진 다음이었다.

"꽤 서두르는군."

하얀 날개의 검사가 여유로운 표정으로 장검을 내려뜨렸다. 그 검신을 타고 흘러내리는 검은 피.

맞은편에서 붉은학살자가 같은 색의 피가 배어 나오는 옆구리를 움켜쥐고 입술을 일그러뜨렸다.

-빌어먹을……!

"그렇게 못 미더운 존재인가? 너희들의 대장은?"

-누가 누구의 대장이라는 거냐!

"너와 아크의 관계가 뭐든 상관없다. 중요한 것은 지금 이 전투의 결과니까. 그리고 너희들이 이 전투의 결과가 아크에게 달려 있다고 생각한다면…… 이것으로 끝난 셈이군."

사내가 웃음기를 머금은 표정으로 살짝 시선을 돌렸다.

반사적으로 사내의 시선을 따라 고개를 돌린 붉은학살자의 눈에 당혹감이 번졌다.

콰아아아아-!

칼리함으로 다가오는 해적 무리 사이에서 엄청난 빛을 뿜어내며 돌진해 오는 전차!

아니, 전차와 같은 중갑을 입은 중화기병이었다.

전차로 착각할 정도의 무지막지한 장갑도 그렇지만 이해할 수 없는 것은 그 속도였다. 그만한 중갑을 입고 있으면 당연히 다른 해적보다 속도가 느려야 한다.

그러나 중갑 전사의 속도는 붉은학살자 이상!

이 비행 속도의 비밀은 중갑 전사의 뒤에서 뿜어지는 빛에 있었다. 현재 이 지역은 EMP에 의해 모든 전자 기기를 사용하지 못하게 되어 있었다. 우주 공간에서 비행 능력을 얻을 수 있는 스카이워커 따위도 사용하지 못한다는 뜻이다.

그러나 단 하나, 예외가 있었다.

바로 무기나 아머 같은 장비품이다.

'저건 광선포!'

그게 중갑 전사의 뒤로 뿜어지는 빛의 정체였다.

중갑 전사는 뒤로 광선포를 뿜어내며 그 반동을 이용해 날아오고 있는 것이다. 더구나 그가 향하는 곳은 칼리함의 해치! 아크와 칼리가 대치하고 있는 전함 내부였다.

"궁금해할 것 같아서 말해 주지. 저 친구는 장보고라는 유저다. 유난히 병기에 집착하는 버릇이 있지만 그런 만큼 우리 가운데 화력은 최강이지. 그런 녀석이 함 내로 들어가면 어떤 일이 벌어질 것 같은가?"

ㅡ1대1 싸움에 끼어드는 것은 비열하다고 하지 않았던가?

"비열하지. 하지만 대의를 위한 일에 사사로운 감정을 내세울 수는 없지."

ㅡ대의라고? 해적질이?

"대붕의 뜻을 박쥐 따위가 이해하기는 무리겠지."

ㅡ제 편할 대로 지껄여 대는군.

"그렇게 생각해도 할 수 없다. 우리는 무슨 수를 써서라도

아크를 해치워야 할 이유가 있으니까. 설사 그 대가로 연방군에 전멸당하게 된다 하더라도."

'……이 자식들 제정신인가?'

붉은학살자가 어이없는 표정을 지었다.

유저에게 우주선은 목숨보다 소중한 것이다.

설사 보험이 있어도 일단 우주선이 격침되면 엄청난 피해를 감수해야 하기 때문이다. 해적이라면 그 피해는 더 크다. 그런데 소형 우주선도 아니고, 4등급 바스타드급 이상의 전함을 잃더라도 아크를 해치우겠다니?

평범한 유저가 할 수 있는 생각이 아니다.

'생각해 보면 이번 전투는 시작부터 의문투성이였어. 아크는 놈들이 호크의 사주를 받았을지도 모른다고 했지만 해적이 은하연방의 혹성을 습격한다는 것도 그렇고, 단순히 호크의 사주를 받은 것치고는 놈들이 감수해야 할 위험부담이 너무 크다. 분명 놈들의 습격에는 다른 이유가 있어. 아크조차 모르는 이유가!'

그러나 지금은 그런 추리나 하고 있을 때가 아니었다.

사내의 말대로 이대로 장보고라는 유저가 함 내로 진입하면 아크는 끝장이다. 아니, 이대로 둬도 끝장날 확률이 높지만 어쨌든 99%의 패배가 100%로 확정되는 것이다.

아크 때문에 불안해하는 것도 썩 기분 좋은 일은 아니지만 두고 볼 수만도 없는 일!

－빌어먹을! 비켜라! 혈우검血雨劍!

붉은학살자가 핏빛 검기를 난사하며 방향을 꺾어 장보고를 향해 날아갔다.

그러나 조급함은 실수를 부르는 법이다.

'혈우검'은 수십 개의 검기로 적을 뒤덮어 버리는 광역 스킬. 만약 이곳이 지상이었다면 적어도 움직임은 봉쇄할 수 있었으리라. 그러나 이곳은 우주 공간, 거기에 사내는 날개까지 붙어 있다. 공간을 뒤덮은 무수한 검기라도 그저 날개를 펄럭이는 것만으로도 얼마든지 피할 수 있는 것이다.

"멋대로 상대를 바꾸면 곤란하지."

곧바로 따라붙어 앞을 가로막은 사내가 장검을 치켜세우며 씨익 웃었다. 그사이에 광선포를 뿜으며 날아온 장보고는 이미 해치 입구에 도달해 있었다.

'여기까지인가……'

콰콰콰콰콰! 콰콰콰콰콰!

붉은학살자가 입술을 깨물었을 때였다.

갑자기 반대쪽에서 굉음이 울리며 뭔가가 장보고를 향해 엄청난 속도로 날아왔다.

날아오는 물체는 우주복에 공기를 충전할 때 사용하는 산소통! 파괴된 주입구로 엄청난 양의 산소를 방출하는 산소통이 미사일처럼 날아오고 있는 것이다.

그리고 막 해치 속으로 사라지는 장보고와 충돌!

산소통에 매달려 있는 사내가 갑판 위를 구르며 권총을 빼든 것은 그때였다. 그리고 불길을 일으키며 뻗어 나온 탄환은 정확하게 산소통에 박혀 들어가는 순간!

탕—! 탕—! 퍼펑! 콰콰콰쾅!

이어지는 폭발!

산소통이 폭발하며 장보고가 수백 미터나 튕겨 날아갔다.

"이, 이런…… 저런 놈이……."

―……레피드!

붉은학살자의 입술이 살짝 치켜 올라갔다.

그의 말대로 산소통을 타고 날아와 장보고를 직격, 폭발시킨 사람은 다름 아닌 레피드!

―그저 무게만 잡는 놈은 아니었군. 쳇, 이렇게 되면 나도 그냥 얌전히 당하고 있을 수만은 없잖아. 할 수 없지. 좋아. 나도 더 이상 아크는 신경 쓰지 않겠다. 아크에게 신경 쓰느라 허접한 놈에게 당해 버리면 쪽팔리니까.

"허접? 내가 누구인지 알고 하는 말이냐?"

붉은학살자의 말에 사내가 같잖다는 표정으로 물었다.

―물론이지, 아리온.

그러자 붉은학살자가 피식 웃으며 대답했다. 이번 전투를 계획한 해적은 총 4명. 칼리와 장보고, 유진, 아리온이다. 그중 장검을 사용한다고 알려진 해적은 하나, 게임 특종의 TOP 50에서 22위로 랭크되어 있는 아리온뿐이다.

붉은학살자의 대답에 사내가 눈매를 좁히며 되물었다.

"……네 이름은?"

-붉은학살자라면 알까?

"별명인가? 들어 보지 못한 이름이군."

-상관없다. 오늘 이후로는 잊지 못할 이름이 될 테니까.

붉은학살자가 이름처럼 붉은 광선검을 들어 올리며 송곳니를 드러냈다.

밖에서 레피드와 장보고, 붉은학살자와 아리온이 대치했을 때. 전함 내부의 아크는 붉은학살자의 예상과 같은 상황에 처해 있었다. 다시 말해……

카카카카! 카카카칵!

-대미지 156!

"아욱! 빌어먹을!"

겁나게 두들겨 맞고 있었다.

SPACE 2. 최강의 적

"헉헉헉! 빌어먹을!"

아크가 거친 숨을 몰아쉬며 어금니를 깨물었다.

그때마다 들썩거리는 몸의 굴곡을 따라 흐르는 피가 발치로 뚝뚝 떨어졌다. 베였다기보다는 마치 발톱으로 흉포하게 긁어 댄 것처럼 뜯긴 상처에서 번져 나오는 피였다.

아프다! 겁나 아프다! 그러나 지금 아크는 그보다 더 아프게 느껴지는 감정이 있었다. 바로 후회.

'……성급했다!'

칼리함으로 날아올 때 아크의 머릿속에는 오직 한 가지 생각뿐이었다.

－승기를 잡는 방법은 칼리를 해치우는 것뿐이다!

이게 성급했다는 것이다.

칼리를 해치울 생각만 했을 뿐, 정작 승산은 생각해 보지 못한 것이다.

물론 승산을 생각할 때가 아니었다.

압도적으로 불리한 상황에서 달리 선택할 수 있는 것이 없었다. 설사 승산이 1%밖에 되지 않아도 그게 최선이었다. 그러나 생각은 했어야 한다. 보다 유리하게 싸울 수 있는 장소가 어디인지.

'적어도 여기는 아니야!'

아크의 최대 실수는 그것이었다.

급한 나머지 성급하게 적지로 뛰어 들어온 것.

그때 칼리가 피에 젖어 번들거리는 금강륜을 흔들며 입을 열었다.

"어이, 약한 모습을 보이기에는 너무 이르지 않나? 아직 시작한 지 몇 분도 되지 않았다고. 그래도 한때 전설이라고까지 불리던 유저잖아."

"한때라고……."

"아니라고 하고 싶은가?"

칼리가 잔인한 미소를 머금었다.

"그렇게 말하고 싶으면 실망시키지 말라고!"

칼리의 오른손에서 또다시 금강륜이 호선을 그리며 날아왔다. 고속으로 회전하는 금강륜. 회전은 그 자체가 힘이다. 거기에 투척에 의한 가속까지 더해지자 금강륜은 문자 그대로 공기를 갈가리 찢어발기며 날아왔다.

카카카칵! 쩌쩡-!

이퀄라이저를 치켜들자 굉음이 울리며 손아귀에 저릿저릿한 충격이 전해졌다.

고속으로 회전하는 칼날이 검을 튕겨 내는 것이다.

그러나 상대는 다름 아닌 아크다. 같은 실수를 몇 번이나 반복할 정도로 둔한 유저가 아니었다. 이퀄라이저가 튕겨 나오는 순간, 아크는 그 반탄력을 역이용해 몸을 반대쪽으로 날리며 검기로 반격했다.

"훗, 애쓰는군. 하지만……."

칼리가 피식 웃으며 왼손을 들어 올렸다.

그 손에서 회전하는 또 다른 금강륜. 기세 좋게 날아가던 검기도 그 금강륜에 닿기가 무섭게 믹서에 던져 놓은 토마토처럼 잘게 쪼개져 사방으로 흩어졌다.

"이런 공격은 내게 통하지 않는다!"

"이기어검술!"

순간 아크의 왼손에서 한 줄기 섬광이 폭사되었다.

'사이코키네시스'로 바즈라를 조종해 펼치는 이기어검술!

그러나 장소는 좁은 통로. '이기어검술'의 궤도도 한정될 수밖에 없었다. 게다가 아직 Lv.2의 '사이코키네시스'로 움직이는 바즈라는 칼리의 손에 들린 금강륜을 뚫을 만한 힘도 담겨 있지 못했다. 이에 바즈라가 맥없이 금강륜에 튕기는 것과 동시에 또 다른 금강륜은 아크를 향해 날아왔다.

"젠장! 바이우스 실드!"

위이이잉! 카카카카! 카카카카!

아크가 황급히 자세를 낮추고 실드를 펼쳐 사선으로 세웠다. 그러자 금강륜이 그 사선을 따라 검신을 긁으며 위쪽으로 튕겨 올라갔다. 그나마 금강륜을 피해 없이 막을 수 있는 방법은 이처럼 궤도를 바꾸는 것뿐이었다.

"제법이라고 말해 주고 싶지만……."

칼리가 입 끝을 치켜 올리는 순간, 바이우스 실드의 표면을 긁으며 튕겨 올라갔던 금강륜이 고무공처럼 천장과 벽을 튕기며 반대쪽에서 달려들었다.

-대미지 89!

"크윽! 빌어먹을!"

어깨에서 피가 솟구치며 생명력이 깎여 나갔다.

기어코 아크의 생명력을 갉아먹은 뒤에야 금강륜은 칼리의 손으로 돌아갔다.

"이 녀석들이 꽤나 집요한 성격이라서 말이지."

칼리가 히죽 웃으며 중얼거렸다.

아크가 고전을 면치 못하고 있는 이유가 이것이었다.

금강륜은 고속으로 회전한다는 것만으로도 이미 충분히 위협적인 무기였다.

물론 큰 원반 형태의 무기라 움직임이 크고 단조로워질 수밖에 없다는 단점도 있었다. 때문에 아크도 처음에는 좁은 장소가 유리하다고 생각했다. 그러나 금강륜은 투척이 가능할 뿐만 아니라, 한번 칼리의 손을 떠난 금강륜은 천장이나 벽, 바닥에 닿을 때마다 궤도를 바꾸며 튕겨 나오기까지 한다.

바로 이것이다.

이런 금강륜의 특성을 모르고 있었다는 것이 아크의 최대 실수였다. 적의 무기, 적의 기술도 모르는 상태에서 무턱대고 적함에 뛰어들어 스스로 불리함을 자초해 버린 것이다.

"이런, 이런, 뭐지? 그 표정은? 처음의 위세는 어디 간 거냐? 전설의 게이머라면 이름값은 해야 할 것 아니야? 응? 뭐라도 좀 보여 달라고!"

위이이잉! 카각! 카각! 카각!

한번 기세를 잡은 칼리는 거침없었다.

또다시 자존심 상하는 대사와 함께 날아오는 금강륜!

처음부터 벽을 향해 던진 금강륜은 고무공처럼 벽과 바닥, 천장에 닿을 때마다 불규칙한 각도로 꺾일 뿐만 아니라 회전력에 의한 가속이 더해졌다.

'눈으로 확인하고 피하면 늦는다!'

그러나 아크도 속수무책으로 당하기만 한 것은 아니다.

전투력은 힘과 민첩, 체력 따위로 결정된다. 그러나 전투는 전투력에 의해 승패가 결정되는 것은 아니다.

중요한 것은 그 전투력을 얼마나 잘 이해하고 활용하느냐. 다시 말해 신체 능력보다 사고력의 싸움이라고 할 수 있다.

적의 실력을 파악하고 허점을 찾아 공략하는 것. 모든 전투는 거기에서부터 출발하고, 마지막에 승패를 가르는 것도 그것이다. 그리고 그게 아크가 숱한 전투에서, 심지어 자신보다 레벨이 높은 적도 적지 않았음에도 승률 90%대―100% 는 아니다!―를 유지할 수 있었던 비결!

'금강륜이 벽에 닿을 때마다 튕기며 속도가 빨라지는 이유는 회전력 때문이다. 하지만 불규칙 바운드는 아니야. 회전하는 물체가 벽에서 튕겨 나올 때는 회전 방향의 영향을 받을 수밖에 없다. 다시 말해 회전 방향과 벽에 닿을 때의 각도를 알면 궤도를 예측할 수 있다는 말이다!'

100% 그런 것은 아니었다.

이 역시 스킬. 때때로 칼리의 손을 떠난 금강륜이 호선을 그리며 휘어지는 것을 보면 아크의 이기어검처럼 어느 정도는 칼리의 의지로 움직일 수 있는 모양이다.

그러나 튕겨 나오는 각도는 항상 회전속도와 방향, 각도에

의해 결정된다. 비행 중에는 어느 정도 방향을 바꿀 수 있지만 튕겨 나오는 방향까지는 조종할 수 없다는 말이다.

"늪지보행술!"

순간 아크의 발이 바닥을 타고 미끄러졌다. 천장에서 튕겨 나온 금강륜이 머리를 스쳐 지나간 것은 그때였다.

'금강륜의 회전력은 내 힘을 넘어선다. 막아 봤자 금강륜을 멈추기는커녕 중심을 잃을 뿐이야. 뿐만 아니라 튕기는 금강륜의 방향을 읽기도 힘들어진다!'

당장은 피하는 게 최선이라는 말이다.

물론 힘들게 금강륜을 피해도 바닥에 닿기가 무섭게 다시 튀어 올라왔다. 그러나 그 역시 예상한 방향. 그렇게 아크가 온 정신을 금강륜의 움직임에 집중하자…….

카칵! 카칵! 카칵! 카카카!

불과 폭이 3미터밖에 되지 않는 공간에서 쉬지 않고 바운드되는 금강륜! 그러나 일단 감을 잡은 아크는 숙이고, 뛰고, 구르며 모든 공격을 회피해 내고 있었다.

"이, 이럴 수가……."

그런 아크의 움직임에 칼리의 입이 쩍 벌어졌다.

그러나 아크도 내심 놀라는 중이었다.

'솔직히 해 보기 전까지는 나도 확신이 없었는데…….'

확실히 예전의 아크였다면 이런 움직임은 불가능했으리라. 그러나 아크는 이와 비슷한 경험을 한 적이 있었다. 네 번째 신기를 찾아 쉬라바스티의 던전에 들어갔을 때! 오지랖 넓은 미레이라는 NPC가 만들어 놓은 관문에서 본의 아니게 크리스털에 반사되는 레이저를 피하는 수련을 해 본 경험이 있는 것이다. 그런 경험은 레벨을 능가하는 힘!

그것만이 아니었다.

　－적용 중인 스킬 : (영혼의 질주) 남은 시간 12분 10초⋯⋯.

상단에 떠 있는 메시지.

바로 오신기의 하나 팬텀 부츠의 특수 스킬 '영혼의 질주'!

원거리 공격을 50% 확률로 회피시켜 주는 스킬이다. 덕분에 살짝 스치는 정도의 대미지는 무시!

그러나 칼리의 얼굴에는 아직 여유가 넘쳤다.

"과연⋯⋯ 그래도 명색이 전설의 게이머라 이건가? 확실히 지금까지 상대한 놈들보다는 낫군. 이곳에서 그렇게까지 금강륜을 피한 사람은 네가 처음이다. 그것만으로도 100점을 주고 싶지만, 2개라면 어떨까? 비선참!"

아직 금강륜이 하나 더 남아 있는 것이다.

위이이잉! 카카카카!

칼리의 손을 떠난 금강륜이 바닥을 긁으며 날아왔다.

하나만으로도 숨 쉴 겨를조차 없는데 거기에 하나가 더 추가되었다. 그러나⋯⋯.

'지금이다!'

순간 아크의 눈동자가 번뜩였다.

지금까지 피하는 데만 집중한 이유는 그게 한계라서가 아니었다. 역공을 가할 기회는 여러 번 있었다. 그러나 칼리의 손에 또 하나의 금강륜이 들려 있는 이상, 힘들게 몸을 빼내 공격을 해 봤자 이전처럼 저지당할 뿐이다.

'하지만 공격이 통하지 않으면 남은 하나도 날릴 터!'

"환영분신!"

아크가 몸을 회전시키며 소리쳤다.

팽이처럼 회전하는 아크가 서너 명으로 분열되었다.

그러나 전방과 측면에서 날아드는 금강륜에 분신은 나타나자마자 사라졌지만, 안개처럼 흩어지는 분신들 사이에서 아크가 솟아 나와 섬광처럼 칼리를 향해 날아갔다.

"카프레 검술 4식, 피어……."

"회回!"

카카카칵! 위이이잉!

이어 돌진 스킬이 펼쳐지는 순간! 방금 전에 환영을 관통하며 지나간 금강륜이 갑자기 바닥을 긁으며 멈춰 섰다. 그리고 튕기듯 되돌아와 아크의 등에 처박혔다.

-치명타! 대미지 183!

"커헉! 이, 이게 무슨?"

생각지도 못했던 충격에 아크가 피를 토하며 앞으로 고꾸라졌다. 쉬지 않고 반사되던 2개의 금강륜이 빨려 들어가듯 칼리의 손으로 돌아간 것은 그다음이었다.

"나쁘지 않은 시도였다."

"어, 어떻게?"

"아직 이해가 안 되나? 머리가 나쁜 녀석이군. 뭐 할 수 없지. 나도 설명하는 것을 싫어하지는 않으니 알려 주지. 내가 어떻게 금강륜의 방향을 반대로 바꿨는지. 사실 비밀도 아니야."

칼리가 피식 웃으며 금강륜 하나를 위로 튕겨 올렸다.

그러자 금강륜이 허공에서 180도로 회전하며 다시 손에 들어왔다.

"어때? 간단한 원리지? 정회전을 하는 금강륜이라도 이렇게 앞뒤를 바꾸면 역회전이 된다. 이것만 알면 단지 그것만으로도 얼마든지 방향을 바꿀 수 있지."

그게 아크가 불의의 일격을 당한 이유다.

금강륜이 환영을 관통하는 순간, 칼리는 이런 식으로 금강륜을 반전시켜 역회전을 시켰다. 이에 금강륜이 다시 뒤로 돌아와 아크의 등에 치명상을 입힌 것이다.

그러나 육체적인 대미지보다 정신적인 대미지가 더 컸다.

'그런 식으로 방향을 바꿀 수 있다면…….'

아크는 그제야 깨달았다. 이건 무기의 성능 문제가 아니었다. 아니, 무기의 성능도 영향은 있겠지만 이 정도로 압도적인 차이를 만들어 내는 것은 경험!

'놈은 이곳에서 수많은 적과 싸워 본 경험이 있다!'

다시 말하지만 경험은 레벨을 능가하는 힘이다. 아크가 눈으로 좇기도 힘든 금강륜을 피할 수 있었던 것도 그런 경험 덕분이었다. 그러나 아크는 경험을 응용한 것에 지나지 않는다. 반면 칼리는 실제로 이곳에서 수많은 전투를 치른 경험이 있는 것이다.

아크가 신음을 흘리자 칼리가 씨익 웃으며 말했다.

"자신에게 유리한 장소를 전장으로 선택하는 것 또한 전사의 실력이지. 그리고 그게 전술의 기본, 설마 그조차 모르는 녀석이었나?"

'이게 세븐 소드…….'

결코 만만하게 본 것은 아니지만 상상 이상이다.

칼리는 아크보다 레벨이 높다. 무기의 특성을 활용하는 능력도 아크보다 앞서 있었다. 거기에 경험까지. 모든 면에서 아크를 압도하고 있는 것이다.

'……무리다!'

갤럭시안을 시작하고 처음이다.

제대로 싸워 보기도 전에 전의가 꺾인 것은.

피에 물든 아크의 얼굴에 절망의 색채가 더해지자 칼리가 비아냥거리는 목소리로 쏘아붙였다.

"웃기는군. 고작 이 정도 실력으로 전설의 게이머라고 불리고 있었다니. 하긴 원래 소문이라는 것의 실체가 다 그런 거지. 하지만 이제 그것도 여기까지다. 세상물정 모르는 녀석들이 환호를 보내는 네 녀석의 허명!"

위이이잉! 위이이잉!

칼리가 금강륜을 날리며 소리쳤다.

"이 자리에서 내가 찢어 주마! 죽어라. 비선참!"

2개의 금강륜이 날아오는데도 아크는 우두커니 서서 움직이지 않았다.

움직일 의욕이 생기지 않았다.

앞선 공방에서 이미 실력 차이는 극명하게 드러나 버렸다.

어떤 공격도 통하지 않는다. 아니, 접근조차 할 수 없다. 거기에 바즈라를 이용한 '이기어검술', 원거리 공격도 통하지 않는다. 사실상 모든 방법이 봉쇄되어 버린 것이다.

물론 아직 시도해 보지 않은 방법이 없는 것은 아니었다. 아크가 혼자 이곳에 뛰어 들어올 수 있었던 이유도 '그것'을 믿고 있기 때문이었다.

그러나 전투를 시작하고 10여 분.

아크는 이미 30% 가까이 생명력이 깎여 나갔지만 아직 칼리에게 일격조차 되돌려 주지 못했다. 그만한 실력 차이가 있다면 '그것'을 사용해도 상황이 달라질 것 같지는 않았다.

'여러모로 불리하다는 것쯤은 알고 있었어. 하지만 설마 이렇게까지 속수무책으로 당할 줄은…… 빌어먹을! 놈이 이 정도인 줄 알았으면 차라리 핵폭탄이라도 짊어지고 와서 같이 자폭이라도 하는 건데! 어차피 여기는…….'

그때 한숨을 불어 내던 아크의 머리가 튕겨 올라왔다.

'가만? 여기? 그리고 보니 여기는?'

순간 아크는 찬물을 뒤집어쓴 기분이 들었다.

칼리에게 정신이 팔려 정작 중요한 사실을 까맣게 잊고 있었던 것이다. 바로 이곳이 전함 내부, 그것도 칼리의 전함 내부라는 사실이다.

'……막을 수 있다!'

아크의 몸이 움직인 것은 그때였다.

'확실히 이런 장소는 내게 불리하다. 하지만 불리한 곳은 '여기'뿐이야!'

아크가 상체를 숙이며 코앞까지 날아오는 금강륜을 피했다. 그러자 약간의 간격을 두고 또 하나의 금강륜이 날아왔다. 이에 아크는 그대로 전방낙법을 펼치며 바닥을 굴렀다.

그사이에 뻗어 나오는 검기!

"소닉 소드!"

"훗, 너도 어쩔 수 없군."

칼리가 피식 웃으며 조롱했다.

낙법을 펼치며 날린 검기는 엉뚱하게 천장으로 날아갔기 때문이다. 그러나 칼리의 얼굴에 떠올랐던 비웃음은 순식간에 당혹감으로 바뀌었다.

퍼펑-! 푸슈! 푸슈슈슈슈!

검기가 충돌하는 순간, 천장에서 하얀 기체가 쏟아져 나오기 시작했기 때문이다.

예나 지금이나 항해 중인 선박을 가장 위협하는 재해는 화재다. 그건 우주선 역시 마찬가지. 아니, 함 내에 산소 포화도가 비정상적으로 높은 우주선에는 더 큰 위협이다.

일단 한번 불길이 번지면 순식간에 전역으로 퍼져 나가는 것이다. 때문에 기종과 등급을 떠나 모든 우주선에는 필수적으로 부착되어 있는 장비가 있었다.

소화 장치, 스프링쿨러다.

아크가 검기로 공격한 게 바로 천장에 붙어 있는 스프링쿨러의 분사구! 천장에서 뿜어져 나오는 기체는 화재 진화용으로 제조된 우주선용 소화액消火液이었다.

소화액이 기체로 뿜어지자 주위는 안개에 뒤덮인 것처럼 순식간에 한 치 앞도 분간하기 힘들어졌다. 아무리 칼리라도 이런 상황에서 금강륜을 조종하기는 무리!

"돌아와라!"

칼리가 금강륜을 회수하며 주위를 살폈다.

아크가 스프링쿨러를 파괴한 이유는 생각할 것도 없다. 소

화액에 의해 시야가 차단된 틈을 노려 역공을 가할 의도이리라. 이에 칼리는 방어 자세를 취했지만.

"……뭐지?"

뿌연 기체 너머에서는 아무런 반응도 없었다.

그러나 칼리는 방심하지 않았다. 이곳은 칼리의 전함이다. 아크가 도망갈 곳은 없다. 아니, 탈출구가 있지만 외부로 연결된 해치는 칼리가 막고 있는 것이다.

"하! 무슨 생각인지 알겠군! 기체 속에 몸을 숨기고 내가 움직이기를 바라고 있겠지만, 그런 얕은 수작에 넘어갈 내가 아니다! 소화액도 끝없이 나오지는 않는다! 그때까지 내가 여기서 움직이지 않으면 네놈이 할 수 있는 것은 없어! 어차피 네놈은 독 안에 든 쥐란 말이다!"

칼리는 쏟아지는 소화액 속에서도 움직이지 않았다.

매끈거리는 대머리를 타고 내려온 소화액이 눈에 들어가 시큰거려도 눈 한번 깜빡이지 않으며! 결코 아크를 놓치지 않겠다는 집념을 불태웠다. 그리고 마침내!

슈슈슈슈! 슈슈…… 슈…….

소화액의 기세가 점점 약해지다가 뚝 끊겼다.

이에 칼리의 얼굴에는…….

"에?"

당혹감이 떠올랐다.

소화액에 흠뻑 젖은 통로에는 아무것도 없었다.

그러나 유일한 출구는 칼리가 막고 있었다. 그럼에도 보이지 않는다면 전함 내부로 들어갔다는 뜻! 실제로 소화액에 젖지 않은 맞은편 통로에는 젖은 발자국이 내부로 이어져 있었다. 거기까지 확인하자 아크의 의도가 뻔히 보였다.

　"이 자식! 시간을 끌 생각인가?"

　칼리도 이큘러스에서 멀지 않은 곳에 은하연방의 사령부가 자리 잡고 있다는 것은 알고 있었다.

　아크가 칼리 함대의 공격을 미리 알고 대비했다면 당연히 연방군에도 연락을 취해 놨을 터. 연방군이 이미 출발했다면 남은 시간은 길어야 수십 분이다. 그 전까지 아크를 해치우고 물러나지 못하면 칼리 함대는 연방군에 괴멸될 수밖에 없다.

　아크가 함 내로 도망친 이유가 그것이리라.

　승산이 없다고 판단하고 시간을 버는 쪽으로 작전을 바꾼 것이다.

　"비겁한 놈! 그래도 나름 기골이 있는 놈이라고 생각했는데, 사나이의 승부를 이런 식으로 더럽히다니! 전설의 게이머라는 이름이 부끄럽지도 않은가? 내 학생들은 고작 이 정도밖에 되지 않는 놈을 전설의 게이머라고 부르며 우상처럼 생각해 왔단 말인가? 용서할 수 없다! 설사 연방군에 전멸당하는 한이 있어도 네놈만은 내 손으로 죽여 버리고 말겠다!"

　칼리가 이를 갈아붙이며 뛰어갔다. 그러나…….

미끄덩! 쿵!

바닥은 소화액에 젖어 미끌미끌.

칼리는 무서운 기세로 미끄러지며 벌러덩 넘어졌다.

"우아아아아! 아크 자식! 죽여 버리고 말 테다!"

복도에 광분한 칼리의 고함이 메아리쳤다.

그러나 그때 아크는…….

뿅! 뿅! 투투투투! 콰콰콰쾅!

－보너스 20,000점!

날아오는 우주선을 폭파시키며 점수를 올리고 있었다.

무슨 말이냐 하면…… 칼리가 소화액 속에서 비 맞은 중처럼 웅얼거리고 있을 때, 아크는 이미 반대편으로 뛰어가고 있었다. 그러나 칼리의 말처럼 이곳은 그의 전함.

유일한 출구를 칼리가 막고 있는 이상 아크는 튀어야 벼룩, 전함을 벗어날 방법이 없었다. 그리고 전함을 벗어나지 못하는 이상 이제 더는 할 수 있는 것이 없었다.

'……라는 건 네 생각이고!'

분명 이곳은 칼리의 전함. 칼리의 전장이다.

그러나 아크는 방금 전, 그게 꼭 이곳이 자신에게 불리한 장소라는 의미만은 아니라는 사실을 깨달은 것이다.

'그렇다고는 해도 이거 상당히…….'

"아크!"

그때 바로 뒤에서 칼리의 목소리가 들려왔다.

"시끄러워! 집중이 안 되잖아! 에잇! 죽을 뻔했다고!"

그러나 아크는 뒤도 돌아보지 않고 소리쳤다.

적반하장!

"뭐, 뭐야? 저, 저 자식이!"

칼리가 벙찐 표정으로 바라보다가 와락 인상을 구기며 금강륜을 던졌다. 아마도 그랬을 것이다. 금강륜이 회전하는 소리가 등 뒤로 빠르게 다가오고 있으니까. 그, 러, 나!

콰쾅! 콰콰콰! 띠리띠리~.

−보너스 35,000점! GAME CLEAR!

아크는 무시무시한 집중력을 발휘하며 님프 속의 최종 보스를 해치웠다.

−방화벽을 돌파해 마침내 잠금장치를 해제했습니다!

뒤이어 떠오르는 메시지!

아크가 게임을 하던 이유가 이것이다.

칼리가 소화액에 젖어 가고 있을 때, 아크가 뒤도 돌아보지 않고 뛰어와 게임에 열중한 이유는 통로 맞은편에 자리

잡고 있는 문의 잠금장치를 해킹하기 위해서였던 것이다.

사실 이건 아크로서도 모험이었다.

'현재 이 영역은 EMP의 영향으로 전자 기기가 작동하지 않는다. 님프의 통신 기능까지 마비되어 있으니 어쩌면 해킹도 발동되지 않을지도 몰라. 하지만 님프 자체가 고장 난 것은 아니야. 그리고 전자 기기가 작동하지 않는다고 해도 광선검은 그대로 사용할 수 있다. 토리에게 들은 바에 의하면 갤럭시안의 모든 장비품은 님프와 연동된다고 했어. 따라서 장비품을 사용할 수 있다는 말은 님프의 일부 기능은 정상적으로 작동하고 있다는 말이야. 실제로 근거리 통신망도 사용할 수 있잖아. 그렇다면 해킹 프로그램도 작동할 확률이 높아.'

……정답이었다.

문에 접속하자 해킹용 게임이 시작된 것이다.

아크가 걱정했던 것은 해킹 프로그램이 작동하느냐 마느냐. 일단 해킹 프로그램이 가동되기만 한다면 해제하는 것은 크게 걱정하지 않았다.

'칼리가 처음부터 함 내에서 나와 싸울 계획이었다면 당연히 해치 외의 문은 모두 잠가 뒀을 것이다. 하지만 해킹으로 뚫지 못할 정도로 보안 등급이 높은 잠금장치는 외부와 연결된 문뿐이다. 내부 시설의 보안 레벨은 높아 봐야 9 이하!'

아크도 실버스타의 오너라 이 정도는 알고 있었다. 그리고 현재 아크의 '해킹' 레벨은 3. 보안 레벨 1~6은 자동 해제.

7~9레벨도 어렵지 않게 열 수 있는 수준이었다.

그리하여 개방한 칼리함의 방은!

철컥! 콰콰콰콰! 퍼펑!

아크가 문이 열리자마자 몸을 굴리며 안으로 들어갔다.

그러자 등 뒤로 날아오던 금강륜도 아크의 뒤를 쫓아 문 속으로 날아 들어와 폭음을 일으켰다.

"으악! 내, 내 의자가!"

비명을 터뜨린 사람은 칼리였다.

넝마처럼 찢겨 너덜거리는 의자는 바로 칼리의 의자. 다시 말해 선장석이었다. 그러니까…… 아크가 굴러 들어간 방은 다름 아닌 칼리함의 브릿지, 함교였던 것이다.

"빌어먹을, 얼마 전에 시트를 최고급 가죽으로 바꿔 놨는데 한 달도 안 돼서! 아크 이 자식! 죽여 버릴 테다! 나와라!"

"싫다!"

함교 안에서 들려오는 아크의 대답!

"싸우고 싶으면 네가 들어와라! 그게 싫다면…… 이거다!"

콰쾅! 퍼펑! 와지지직! 퍼펑!

그리고 뒤이어 들려오는 파멸의 소리!

아크가 안에서 행패(?)를 부리는 소리였다. 그리고 그때마다 부서져 나가는 것은 함교의 기자재. 칼리함을 제어하는 주요 기계들이 박살 나고 있는 것이다. 상황이 이러니 칼리도 밖에서 방방 뛰고 있을 수만은 없었다.

"아크! 죽여 버리겠다!"

칼리가 이를 갈아붙이며 뛰어 들어갔다.

함교는 이미 난장판이 되어 있었다. 칼리가 아끼던 선장석의 시트는 넝마처럼 찢겨 있었고, 바닥에는 어디서 떨어져 나왔는지도 모를 자잘한 부품들이 굴러다니고 있었다. 범인은 맞은편에서 히죽거리는 죽일 놈의 아크!

"너 이놈……!"

"어? 왔어? 잠깐만. 에잇! 에잇!"

팡! 팡! 콰직! 파지지직!

아크가 검으로 탁탁 내리치자 패널이 깨져 나가며 시퍼런 스파크가 튀어 올랐다. 동시에 칼리의 눈에서도 시퍼런 스파크가 튀어 올랐다.

"항법 유도 장치가……!"

"어? 이게 그거였어? 그럼 이제 항해할 때 좀 힘들어지겠네? 항해할 때마다 일일이 좌표 계산해야 하잖아. 그거 꽤 귀찮은데. 안됐다. 뭐 그래도 너무 속상해하지 마. 고치면 되잖아. 돈이 좀 들겠지만 할 수 없지. 그런데 이건 뭐야? 이것도 탁탁 치면 펑 하고 부서지려나?"

아크가 해맑은 표정으로 옆의 패널을 바라보았다.

"그만두지 못하겠나! 비선참!"

칼리가 불길을 뿜어내듯이 고함을 지르며 금강륜을 날렸다. 시속 200킬로미터로 질주하는 자동차 바퀴처럼 맹렬히 회전하며 날아오는 금강륜! 그러나…….

"에구, 무서워라."

"헉! 너! 너!"

콰콰콰콰! 콰지지지! 퍼펑─!

아크가 껑충 뛰어 기계 뒤로 넘어 들어갔다.

그러자 아크를 노리며 날아가던 금강륜은 그대로 기계와 충돌! 맹렬히 회전하는 금강륜의 칼날은 금속 커버를 종잇장처럼 찢으며 들어가 내부 회로를 왕창 뜯어냈다.

"이건 내가 한 거 아니다? 응? 알지?"

"이…… 이…….'"

칼리가 이를 박박 갈아붙이며 황급히 금강륜을 회수했다.

그러나 딱히 상황이 달라지지는 않았다.

팡! 팡! 콰직! 파지지직!

"이건 내가 한 거 맞아. 미안. 사과하지."

아크가 옆에서 스파크를 튀기는 기계를 바라보며 어깨를 으쓱였다. 그때 칼리가 금강륜을 휘두르며 달려들었다.

"네놈만은 기필코 죽이겠다!"

아크가 함교로 들어온 이유가 이것이다.

'모든 면에서 완벽한 무기란 존재할 수 없다!'

통로에서 수없이 두들겨 맞은 탓에 이제 아크는 금강륜의 특성을 파악할 수 있었다.

일단 첫 번째, 비행 중인 금강륜은 칼리의 뜻대로 조종할

아크더레전드

수 없다. 잘해야 비행 각도를 살짝 바꾸거나 금강륜을 반전시켜 정회전을 역회전으로 바꾸는 정도, '이기어검'처럼 자유자재로 움직일 수는 없는 것이다.

그리고 두 번째, 사실 이게 중요하다.

금강륜의 가장 위협적인 부분은 벽에 반사된다는 점.

아마도 이게 칼리가 최강의 해적으로 이름을 날릴 수 있었던 이유일 것이다. 보통 함 대 함 전투에서 백병전으로 이어질 때는 접선接船, 적함에 난입하거나 적이 난입해 들어오는 방식으로 진행된다. 다시 말해 해적의 백병전은 90% 이상이 밀폐된 함 내에서, 금강륜의 장점을 극대화시킬 수 있는 곳에서 벌어지게 된다는 말이다.

그런 조건이 갖춰지면 칼리는 무적!

'하지만……'

이곳은 다름 아닌 칼리함의 함교.

함교에도 금강륜을 반사시킬 수 있는 장애물은 꽉꽉 채워져 있지만 그 대부분이 항해에 필요한 주요 설비다.

무턱대고 금강륜을 던지면 그런 설비가 박살!

따라서 이제 칼리가 선택할 수 있는 방법은 하나, 근접전밖에 없다. 그리고 근접전이라면…….

"나도 만만치 않지!"

카캉! 카카카칵! 카카카카!

아크가 검으로 금강륜을 받아 내며 씨익 웃었다.

이전에는 금강륜이 고속으로 회전해 닿는 것만으로 튕겨 나왔다. 그러나 칼리도 알고 있었다. 고속으로 회전하는 금 강륜은 전기톱과 같다. 살짝 스치는 것만으로도 아머를 찢어 낼 정도의 타격을 입히는 것이다. 하물며 섬세한 함교의 시 스템이라면 말할 것도 없다.

때문에 칼리는 금강륜을 회전시키지도 못하고 있었다.

'이제 금강륜은 평범한 원형 무기!'

"디펜스 브레이크!"

아크가 손목 스냅으로 이퀄라이저를 회전시키며 금강륜을 쳐 냈다. 무게 중심을 잃고 휘청거리는 칼리!

"소닉 소드!"

아크는 빈틈을 놓치지 않고 바로 검기를 뿜었다.

그러나 칼리도 결코 만만한 상대가 아니었다. 중심을 잃고 기우뚱거리며 넘어지는 와중에도 반대쪽의 금강륜으로 검기 를 막아 내고 반격을 펼쳐 왔다.

아크는 바로 이퀄라이저를 회수해 측면으로 들어오는 공 격을 흘려 내며 서너 걸음 뒤로 물러났다.

그때 한 손을 바닥에 짚은 칼리가 그대로 저공비행을 하듯 이 몸을 날리며 금강륜을 뻗어 왔다.

"차륜폭괴車輪暴壞!"

"소닉 소드!"

퍼펑! 콰콰콰콰! 콰콰콰콰!

굉음을 시작으로 허공에서 검과 금강륜이 쉬지 않고 교차하며 섬광을 일으켰다.

'……생각했던 것과는 다르다.'

칼리가 금강륜만 믿고 설치는 놈이라고 생각하지는 않았다. 그래도 명색이 세븐 소드. 그만한 명성을 뒷받침해 주는 실력은 있으리라. 그러나 이건 상상 이상이었다.

사실 금강륜은 비행과 회전이라는 두 가지 기능을 제외하면 무기로써 그리 좋다고는 할 수 없었다. 수레바퀴와 같은 형태 탓에 움직임이 둔해질 수밖에 없기 때문이다.

그럼에도 아크의 검격을 빈틈없이 막아 내고 역공까지 펼쳐 왔다. 물론 금강륜이 2개라는 점도 있지만, 아크도 이도류를 써 봐서 알고 있다. 당연히 2개의 무기를 다루는 것은 하나를 다루는 것보다 힘들다. 미숙한 사람은 오히려 자신의 무기에 엉켜 헤매는 것이다.

그러나 칼리는 2개, 심지어 금강륜처럼 독특한 형태의 무기를 마치 자신의 손처럼 자유자재로 다루고 있었다.

무기를 다루는 기술만 보면 거의 평수!

'하지만…….'

위이이잉! 콰쾅! 파지지지!

아크가 흘려 낸 금강륜이 패널에 박혔다.

결정적인 차이는 거기에 있었다. 통로는 그래도 폭이 3미터는 되었다. 넓다고는 할 수 없지만 직경 60~70센티미터의 금강륜을 휘두르는 데는 지장이 없었다.

그러나 함교는 각종 기자재로 꽉 채워져 좁은 곳은 폭이 채 1미터도 되지 않는 곳도 있었다. 금강륜을 휘두르기에는 거치적거리는 것이 너무 많은 것이다.

뭐 금강륜을 회전시키면 그런 자잘한 기자재 따위는 무 자르듯 베어 내며 공격할 수 있겠지만 그건 그것대로 문제.

반면 아크는 아무런 장애도 없었다.

채 1미터도 되지 않는 공간이라도 이퀄라이저를 휘두르는 데 문제가 없었고, 설사 기자재가 부서져도…….

'내 것이 아니니까!'

아크는 검으로 금강륜을 내려쳐 패널에 더욱 깊숙이 박아 넣었다. 그리고 재주를 넘듯이 선장석을 타고 넘어 칼리의 옆구리에 검을 박아 넣었다.

ㅡ치명타!

시원스럽게 터져 나오는 치명타!

그때부터 전투는 완전히 아크의 페이스였다.

비좁은 장소로 유인해 금강륜의 궤도를 봉쇄한 뒤에 역공! 역공! 역공! 칼리도 아크가 일부러 그런 장소로 유인하고 있다는 것을 알고 있었지만 방법이 없었다.

"어? 혹시 지친 거야? 그렇다면…… 이거다!"

팡! 팡! 콰직! 파지지직!

잠시라도 움직임을 멈추면 이런 짓을 해 버리는 것이다.

"비겁한 자식!"

"뭐가? 좀 전에는 자신에게 유리한 전장을 선택하는 것이 전술의 기본이라고 하지 않았나? 그 말 그대로 돌려주지. 난 나에게 유리한 전장을 선택했을 뿐이다. 전, 술, 로."

아크가 밉살스럽기 짝이 없는 표정을 지으며 대답했다.

이에 울컥한 칼리가 달려들면 또다시 같은 상황이 반복될 뿐이다. 그러기를 몇 번.

'됐어! 이대로……'

아크가 승리를 확신하고 있을 때였다.

흥분한 황소처럼 달려들던 칼리가 우뚝 멈춰 섰다.

"어라? 뭐야? 쉬는 거야? 곤란할 텐데? 자, 봐라. 한다? 확 해 버린다?"

아크가 인질—항해 장비—에 검을 들이대며 협박했다.

"……맘대로 해라."

묵묵히 바라보던 칼리가 한숨을 불어 내며 말했다.

"아무래도 각오가 부족했던 것은 네가 아니라 나였던 모양이다."

"뭐?"

"말했듯이 나는 너를 박살 내야 할 이유가 있다. 때문에 자칫하면 연방군의 함대에 전함을 잃게 될지도 모르는 위험도 각오했다. 아니, 각오했다고 생각했다. 정말 그런 각오를 하고 있었다면 여기까지 오지도 않았겠지. 전함을 잃어도 좋다는 각오였다면! 네 허장성세에 속지도 않았을 거고, 기뢰 밭에서도 네 꽁무니나 쫓지도 않았을 것이다. 그리고 지금 이곳에서 이렇게 한심한 꼴로 네게 당하고 있지도 않겠지. 그래, 이건 모두 내 각오가 부족해서였다."

……뭔가 불길한 느낌이 든다.

"이, 이봐! 진정해. 그렇게까지 자학할 필요는 없잖아. 원래 사람이란 그런 거야. 누구라도 내 것은 지키고 싶지. 그게 상식이잖아. 안 그래? 게다가 여기서 더 함교의 기자재가 부서지면 항해도 못한다고. 날 해치워도 연방군에 박살 날 거야! 그러니까……."

위이이잉! 위이이잉!

그때 다시 금강륜이 회전하기 시작했다.

동시에 칼리의 입가에 스산한 미소가 번졌다.

"됐다. 이제 뒷일 따위는 됐어. 내가 잠시 잊고 있었어. 내 좌우명은 누구보다 핫 하게! 누구보다 쿨 하게! 전함을 잃게 된다면, 그것으로 좋다. 너! 전설의 게이머 아크! 그게 너를 해치우기 위해 필요한 희생이라면 기꺼이 감수하겠다!"

"대체 왜 그렇게까지……."

"문답무용問答無用! 기갑무장!"

칼리가 2개의 금강륜을 충돌시키며 소리쳤다.

다음 순간, 그 접점에서 폭발이 일어나며 섬광이 X 자로 뻗어 나갔다. 섬광이 가로지른 공간이 갈라지며 거대한 석상 같은 물체가 솟아 나오기 시작한 것은 그때였다.

삼 면의 얼굴과 6개의 팔이 붙어 있는, 마치 고대 인도의 신상神像 같은 형상이었다.

그 신상이 칼리를 뒤덮자 이마에 박혀 있는 보석이 오색 빛을 뿜었다. 동시에 양손에는 열기에 휩싸인 금강륜이, 그 위에서 각기 다른 방향을 향한 나머지 4개의 팔 끝에는 육각형 모양의 투명한 물체가 떠올라 있었다.

"뭐, 뭐야? 설마 이게…… 배틀슈트?"

"마라魔羅! 비선참!"

그때 불길에 휩싸인 2개의 금강륜이 나선 모양으로 얽히며 날아왔다. 사방으로 불길을 뿜어내며 날아오는 금강륜에 닿는 것은 패널이든 기자재든 그대로 갈가리 찢겨 나갔다.

그러나 그 위력보다 무서운 것은 칼리의 정신 상태였다.

이제 정말 눈에 뵈는 게 없는지 제 손으로 전함을 박살 낼 각오로 공격을 퍼붓는 것이다. 이렇게 되니 기자재도 그저 장애물에 불과했다. 기자재 사이의 좁은 틈에 들어가 있던 아크는 황급히 자세를 낮추고 실드를 펼쳤다.

"빌어먹을! 바이우스 실드!"

콰쾅-!

함교를 통째로 뒤흔드는 폭음이 터져 나왔다.

상상을 초월하는 충격! 실드를 사선으로 세웠지만 그 충격을 모두 흘려 내기는 무리. 아크는 실드를 치켜든 자세 그대로 튕겨 날아가 뒤쪽의 벽에 처박혔다.

동시에 아크가 처박힌 벽 주변에서 연쇄적인 폭발이 일어나며 화염에 휩싸였다.

"아직이다!"

돌아온 금강륜을 받아 든 신상.

칼리가 불길에 휩싸인 곳으로 다가오며 말했다.

"내가 가진 모든 힘을 다해 너를 이 우주에서 말살하겠다!"

웅웅웅웅! 웅웅웅웅!

불길 속에서 기음이 울려 나온 것은 그때였다.

그리고 다음 순간, 주위로 번져 가던 불길이 갑자기 한 지점으로 확 빨려 들어갔다. 그리고 폭음과 함께 마치 쪼개지듯이 작게 나뉘어 사방으로 비산하다가 사라졌다.

움찔하며 걸음을 멈춘 칼리가 눈매를 좁혔다.

"이게 무슨?"

"좋다…… 끝까지 가 보자…….."

그때 그을음이 번져 있는 맞은편 벽에서 검은 그림자가 천천히 몸을 일으켰다.

그와 함께 함교에 낮게 깔리는 목소리는 분명 아크였다.

그러나 그 형상은…….

SPACE 3. The BEAST

꽈쾅! 쿠콰콰콰! 퍼펑!

굉음이 울리며 사방에서 불길이 치솟았다.

그때마다 폭발이 일어나며 조각난 금속 부품이 비처럼 쏟아졌다. 그 아래에서 2개의 인영이 엄청난 속도로 움직이며 격돌하고 있었다. 검은 인영과 눈 깜빡할 사이에 서너 차례 격돌한 칼리가 불길을 뿜어내는 듯한 목소리로 소리쳤다.

"마라! 비선참!"

아니, 실제로 불길이 뿜어져 나왔다.

화염을 일으키며 나선으로 얽히는 2개의 금강륜!

이전의 금강륜이 화살이라면, 화염에 휩싸여 날아오는 금강륜은 그야말로 탄환! 피한다는 것은 엄두도 내지 못할 속도였다. 그러나…….

텅―! 콰직!

금강륜이 날아가는 곳에서 둔중한 울림이 터져 나왔다.

순간 검은 인영이 서 있던 바닥이 움푹 파이며 그의 모습이 사라졌다. 거의 동시에 10여 미터 떨어진 곳에서 또다시 꽝음이 올리며 벽이 안쪽으로 확 밀려들어 갔다.

그제야 칼리는 사라졌던 검은 인영이 움푹 들어간 벽에 박혀 있는 장면을 눈으로 확인할 수 있었다.

"이, 이건 말도 안 돼……."

칼리의 입에서 신음 같은 목소리가 흘러나왔다.

그러나 이런 상황에 가장 당혹스러워하는 사람은 검은 인영! 다름 아닌 아크였다.

'크윽! 이, 이건 대체…….'

아크가 거친 숨을 몰아쉬며 자신의 몸을 훑었다.

마치 고대 인도의 신상과 같은 모습으로 변신한 칼리. 칼리를 그런 모습으로 변신시킨 것은 아마도 기갑, 듣도 보도 못한 형태지만 배틀슈트로 인한 변신이 분명했다.

새삼스럽지만 배틀슈트를 장착한 기갑 전사는 유처에게 최후의 수단이자, 최강의 전투 형태였다.

그 위력은 절대적!

단지 장착하는 것만으로도 능력치가 비약적으로 상승해 20~30레벨의 차이는 무시해 버릴 정도의 전투력을 발휘할

수 있는 무구였다. 이미 아크보다 우위에 있는 칼리가 그런 배틀슈트까지 장착했다면 맨몸으로 상대하기는 무리!

'기갑 전사를 상대할 방법은 같은 기갑 전사가 되는 것뿐이다!'

아크도 짐작하고 있었다.

칼리와의 싸움은 결국 배틀슈트를 입은 상태로 결판이 나리라는 것을. 그나마 다행이었던 것은······.

─레벨이 올랐습니다!

─레벨이 올랐습니다!

─배틀슈트의 흡수가 진행되고 있습니다.
《흡수율 : 93%······》

전사의 신전에서 나왔을 때.

그동안 쌓여 있던 경험치가 한꺼번에 주어지며 단숨에 레벨이 2나 상승했다. 그리고 그에 상응해 6%대에서 멈춰 있던 배틀슈트의 흡수도 단숨에 93%로 상승한 것이다.

이에 아크는 이큘러스에 도착하자마자 칼리 함대를 막기 위한 준비를 하는 것과 동시에, 자원 매장지를 돌아다니며 쉬지 않고 몬스터를 사냥해 100% 달성!

–배틀슈트의 흡수가 완료되었습니다!

이 무장보갑은 무라트 엘림에게 전해져 내려오는 오신기 중 하나입니다. 무장보갑은 현대에서 배틀슈트라고 불리는 기갑의 원형으로, 배틀슈트가 널리 보급되지 않았던 고대에는 이름처럼 신기神器. 엘림을 무적의 전사로 만들어 주기에 충분한 힘을 발휘했습니다. 놀라운 점은 그 뒤로 수백 년의 시간이 지난 현대에 이르러서도 무장보갑은 최강의 무구로 불리기에 손색이 없는 능력을 가지고 있다는 것입니다.

이 힘의 비밀은 바로 무장보갑의 기반이 되는 드론이라는 생명체에 있습니다. 무장보갑은 무라트가 소울시티에서 발견한 최초의 드론으로 제작되어, 이후 클론 배양된 드론으로 제작된 무구와는 비교할 수 없는 잠재력을 가지고 있습니다.

그러나 신기도 결국 도구에 불과합니다.

그 도구가 어떤 위력을 발휘하는지는 사용자, 엘림에게 달린 것. 무장보갑이 과거의 명성대로 최강의 무구가 될지, 평범한 배틀슈트에 머물지는 오직 당신에게 달려 있습니다. 단언컨대 무장보갑의 잠재력을 100% 끌어내 성장시킬 수 있다면 당신은 최강의 전사가 될 것입니다.

드디어 쉬라바스티에서 얻은 신기, 자낙스의 무장보갑을 사용할 수 있게 된 것이다. 그리고 하이퍼 드론을 집어삼키고 아크의, 아크에 의한, 아크를 위한 배틀슈트는 바로······.

–새로운 배틀슈트가 등록되었습니다.

비스트 Lv.2

아이템 타입 : 배틀슈트(고유 타입)

아크더레전드

과거 최강의 신기로 군림하던 무라트 엘림의 배틀슈트입니다. 당신에게 승계되며 모든 기능이 초기화되었지만 그건 최고의 성능을 발휘하기 위해 당신의 신체 조건과 전투 성향에 맞춰 특성을 조종하는 과정이었습니다. 그리고 재조정이 끝난 지금, 오직 당신만을 위한 무구로 변한 배틀슈트는 '비스트Beast'라는 명칭을 갖게 되었습니다.

힘 : +45%   민첩 : +45%
체력 : +35%   지혜 : +10%
지능 : +30%   운 : +50%
이동 속도 : +15%   공격 속도 : +15%
환경 적응력 : +30%   만복도의 감소 속도 : −30%
낙하 대미지 : −40%
탄력도 : +15%   스킬 사용 보너스 : +20%
+배틀슈트를 장착한 상태로 사용할 시 생체 스킬에 특수 효과를 부여합니다.
+배틀슈트의 고유 스킬이 비스트의 특성에 맞춰 변경됐습니다.
+배틀슈트의 충전 속도가 15% 증가했습니다.
+코어(1*)가 대기 상태입니다. 경험치(144,500/150,000)
※최대 사용 시간 : 39분

비스트!

새로운 배틀슈트의 이름이다.

비스트는 Lv.2로 성장시켜 놓은 하이퍼 드론의 레벨을 그대로 계승했다.

단, 모든 능력치를 35% 올려 주는 방식에서 아크의 성향에 맞춰 힘과 민첩을 집중적으로 상승시키는 방식으로 바뀌어 있었다. 반면 지혜는 10%, 지능은 30%로 감소했는데, 엉뚱하게도 운은 가장 많은 50%로 조정되어 있었다.

아마도 진화 과정에 가장 많은 영향을 준 전사의 신전에서 치명타 위주의 전투를 한 영향이리라.

'젠장, 이럴 줄 알았으면 전사의 신전에서 몸빵 위주의 전투를 할 걸 그랬어. 그럼 체력이 50%로 올라갔을 거 아니야?'

뭐 이제 와서 후회해도 소용없지만.

어쨌든 나머지 기능은 거의 그대로 계승하고 있었다.

그러나 단 하나, 이전과는 완전히 달라진 부분이 있었다. 바로 외형이다. 하이퍼 드론은 일반적인 라마 검사가 사용하는 배틀슈트와 비슷한 모양이었는데, 비스트는 이름 그대로 짐승의 형상이었다.

굳이 비슷한 짐승을 꼽자면 검은 늑대, 아니, 늑대인간 같은 외형이었다. 그리고 배틀슈트 자체가 바뀌었으니 당연하다면 당연한 일이지만, '하이퍼 부스터'와 '18연타' 같은 기갑 전용 스킬도 다른 것으로 바뀌어 있었다.

뭐 대강 훑어보니 일단 기존의 기능처럼 이동 스킬—하이퍼 부스터—과 공격 스킬—18연타—이라는 점은 바뀌지 않았지만, 이름은 물론 효과나 활용법에 변화가 생긴 것이다.

아크가 당황하는 이유가 그것이다.

"비스트 패스트Beast past!"

처음 사용한 스킬은 비스트 패스트!

–배틀슈트의 변경으로 기존의 전용 스킬이 변경되었습니다.

하이퍼 드론→비스트 패스트.

'뭐 빠르게 돌진하는 기술이겠지.'

아크는 그렇게 생각했다.

그리하여 칼리가 배틀슈트를 장착하자마자 날린 공격을 막는 것과 동시에 비스트를 장착, 그 충격파로 일대를 뒤덮은 불길을 한 방에 날려 버린 아크는 곧바로 '비스트 패스트'를 발동시켰다. 아직 칼리가 상황을 파악하지 못하고 있을 때 역습을 가하기 위해서였다. 그러나…….

"헉! 뭐, 뭐, 뭐야?"

콰직!

……아크는 벽에 처박혔다.

이유는 바로 속도였다.

예상대로 '비스트 패스트'는 '하이퍼 드론'과 같은 돌진 스킬이었다. 문제는 그 속도가 상상 이상이라는 것!

'하이퍼 드론'을 사용할 때 종종 '탄환처럼 쏘아져 날아 갔다'라는 표현을 사용하지만 그건 과장이었다. 정말 탄환 같은 속도로 움직인다면 사람이 컨트롤할 수가 있을 리가 없지 않은가. 그런데 '비스트 패스트'는 진짜였다.

진짜 탄환 같은 속도!

불과 0.1초도 안 되어 10여 미터를 이동해 버린 것이다.

당연히 컨트롤이 되지 않았다. 칼리에게 일격을 먹이기는 커녕 '어?' 하는 사이에 지나쳐 반대편 벽에 처박힌 것이다.

그나마 다행이었던 것은 전투 중에 그런 꼴이 되고도 역습을 받지 않았다는 점이다.

그럴 수밖에 없었다.

"어? 뭐, 뭐야?"

칼리도 당황하기는 마찬가지였으니까.

―대미지 56!

그럼에도 아크는 생명력이 깎여 나갔다.

당연한 결과였다. 거짓말 하나 안 보태고 정말 탄환 같은 속도로 철판을 들이받았으니 멀쩡할 리가 없지 않은가.

그나마 배틀슈트를 입고 있었으니 망정이지 맨몸이었으면 문자 그대로 바위를 들이받은 계란처럼 박살 났으리라. 아

니, 맨몸이었다면 그 속도로 벽을 들이받을 일도 없었겠지만 뭐 어쨌든!

'큭! 이, 이건 말도 안 돼! 빠른 것도 정도가 있지, 이런 속도로 움직이면서 대체 뭘 하라는 말이야? 이건 돌진이 아니라 그냥 벽을 들이받고 자폭하는 기술이잖아!'

그러나 이미 바꾸어 버렸다.

그리고 벽을 들이받고 자폭하는 기술이라도 쓸모가 없는 것은 아니었다.

칼리의 '비선참'에 적중되면 생명력이 200 가까이 깎여 나간다. 배틀슈트를 장착하고 사용하면 공격력이 올라갈 것은 당연지사. 제대로 맞으면 300 이상 날아가리라.

그러나 '비스트 패스트'를 사용하면, 비록 벽에 처박히더라도 대미지는 50대밖에 들어오지 않는다. 뿐만 아니라 단숨에 10여 미터를 이동해 연속 공격을 받을 걱정도 없는 것이다!

"후후후후!"

면상이 벽에 처박혀 겁나게 아프지만!

"봤냐? 이제 내게 금강륜은 더 이상 위협이 되지 않는다!"

아크가 벽에 박힌 몸을 빼내며 씨익 웃었다.

"……안 아프냐?"

"안 아파! 아플 리가 없잖아! 이건 회피 기술이라고!"

"……코피 나는데?"

"코피 아니다! 콧물이다! 빨간 콧물이야!"

아크가 얼른 질질 흘러내리는 콧물(?)을 닦으며 소리쳤다.

그럴 수밖에 없었다. 이런 상황에서 속도를 주체할 수 없어 벽에 처박혔다고 말할 수는 없지 않은가.

그러자 칼리가 피식 웃으며 고개를 끄덕였다.

"그렇군. 아니, 그렇겠지. 빨간 콧물이 있다는 말은 들어 본 적이 없지만, 설마 전설의 게이머라고까지 불리는 녀석이 제 스킬도 주체 못 해 벽에 처박힐 리가 없지. 그래, 인정하지. 굉장한 회피 기술이야. 어디, 한 번 더 견학해 볼까?"

칼리가 되돌아온 금강륜을 다시 치켜들었다.

"그, 그만둬! 바보야!"

아크가 화들짝 놀라며 뛰어갔다.

이미 몇 번이나 벽을 들이받아 코가 주저앉을 지경이다. 아니, 주저앉는다! 또 들이받으면 확실하게 주저앉아 버릴 거다! 그런 참담한 사태를 막는 방법은 하나!

"무장 · 결박!"

신체코팅 스킬을 기갑 상태로 사용할 때의 효과는 이전과 같았다. 결박 스킬을 발동시키자 비스트의 가슴 부위가 좌우로 갈라지며 광사가 뻗어 나가 칼리를 휘감은 것이다. 이어 광사를 당기자 칼리가 아크의 앞까지 끌려왔다.

'……근접전!'

아크가 선택할 수 있는 최선의 방법이었다.

아니, 애초에 아크가 함교를 전장으로 선택한 이유가 그것이다. 폭이 좁은 복도에서는 금강륜의 원거리 공격이 시작되면 접근하기도 쉽지 않다.

그러나 함교는 꽤 넓은 방이었다.

분노 게이지를 120%로 채운 칼리는 이제 함교의 기계가 부서지는 것 따위는 아랑곳하지 않고 금강륜을 던져 대고 있었지만 공간이 넓다 보니 금강륜이 벽에 반사되어 날아오는 데도 그만큼 많은 시간이 걸리는 것이다. 근접전으로 유도하기가 더 쉬운 장소라는 뜻이다.

'그리고 근접전이라면 금강륜보다 검이 유리하다!'

그건 이미 배틀슈트를 입기 전에도 확인된 사실이다.

물론 그때는 아직 칼리가 함교의 기계가 파괴되는 것을 걱정해 금강륜을 회전시키지도 못하는 상황이었지만, 설사 회전시켜도 넓은 공간이 확보된 함교라면 6 대 4 정도로 아크가 우세했다. 게다가 지금은 비스트까지 장착된 상태라 그 차이는 더 벌어져 있었다.

"웃! 이 자식이!"

위이이잉! 위이이잉!

아크의 앞으로 끌려온 칼리가 고속으로 회전하는 금강륜을 휘둘렀다. 이전이라면 막기도 힘든 공격이었지만, 지금의 아크는 비스트를 장착한 기갑 전사! 힘뿐만 아니라 중량도 올라가 검이 튕겨 나오는 것 정도로는 중심을 잃지 않았다.

덕분에 아크는 바로 역공을 펼칠 수 있었지만…….

위이이잉! 팡! 팡! 팡! 팡!

'빌어먹을! 뭐 이런…….'

표정이 일그러진 것은 아크였다.

칼리의 배틀슈트는 안면이 3개에 팔이 6개나 붙은 기괴한 형태였다. 문제는 그게 그냥 장식이 아니라는 것이다.

아크가 공세로 전환하자 나머지 4개의 팔이 각기 다른 방향으로 움직이며 육각형의 실드로 공격을 막아내는 것이다.

'이건 사기야! 자동 방어 시스템을 갖춘 배틀슈트라니!'

말도 안 되는 배틀슈트였다.

아니, 뭐 상승하는 능력치만 보면 비스트 역시 규격 외의 배틀슈트이기는 했지만, 성향은 정반대라고 할 수 있었다.

비스트가 공격에 특화된 배틀슈트라면, 칼리의 배틀슈트는 방어에 특화되어 있는 기갑이었다. 물론 그렇다고 아크에게 방어 스킬이 없는 것은 아니었다.

"무장 · 마인드 실드!"

시선을 따라 움직이는 2장의 실드 이지스!

아크 역시 실드를 생성해 칼리의 반격을 막으며 집요하게 공격을 퍼부었다. 그러나 좀처럼 4장의 실드로 펼치는 방어막을 뚫고 들어가지 못했다. 아크와 칼리가 좀처럼 승부를 내지 못하는 이유가 그것이다.

위이이잉! 카카카칵!

칼리가 금강륜으로 공격하며 거리를 벌린다.

무기의 특성상 원거리 전투가 더 유리하기 때문이다.

당연히 근접전을 선호하는 아크는 이지스로 칼리의 공격을 막아 내며 따라붙어 검격을 퍼부었다.

부우우웅! 팡! 팡! 팡! 팡!

그러나 그때마다 4개의 팔이 검격을 막아 내고 있었다.

그런 식으로 치고 빠지고, 또 따라붙으며 두 기갑 전사가 함교를 종횡무진하며 공방을 펼치자 주변의 기계가 박살 나며 사방으로 튕겨 날아갔다.

물론 자동 방어 시스템이라도 모든 공격을 막아 내지는 못했다. 또한 실드라도 대미지를 100% 막아 주는 것은 아니다. 실드에 따라 다르지만 50%~70%의 대미지를 상쇄시킬 뿐이다. 공격을 퍼부으면 어찌 됐든 대미지는 들어가는 것이다.

그러나 그건 아크의 '무장·마인드 실드'도 마찬가지. 그리고 칼리도 얌전히 맞고만 있을 리가 없었다.

아니, 칼리는 4개의 팔이 자동으로 방어해 주니 양팔을 모두 공격에 사용할 수 있어 공격 횟수에서는 아크를 압도하고 있었다. 그리하여…….

"카프레 검술 3식, 갤럭시 소드!"

"회륜참回輪斬!"

위이이잉! 퍼펑! 퍼펑!

뒤엉키던 아크와 칼리가 반대 방향으로 튕겨 나갔다.

아크가 무수한 검영을 만들어 방어를 뚫고 칼리에게 일격을 먹였지만, 지근거리에서 그런 큰 기술을 사용하면 필연적으로 방어가 느슨해질 수밖에 없었다.

때문에 아크 역시 '무장 · 마인드 실드'를 뚫고 들어온 금강륜에 어깨를 긁히며 대미지를 입고 만 것이다.

잠시 숨을 몰아쉬던 칼리가 입을 열었다.

"헉헉헉! 이제 인정하지. 너는 강하다. 헉헉! 지금까지 수십 명의 유저와 싸워 봤지만 처음이다, 크리슈나를 입은 나와 이 정도까지 대등한 전투를 치른 유저는."

"크리슈나……."

칼리의 배틀슈트인 모양이다.

그러나 이제 와서 칼리에게 인정받아 봤자 눈곱만큼도 기쁘지 않았다. 칼리가 갑자기 그런 말을 하는 것은 승리를 확신하기 때문이니까.

'그래, 실력은 대등하다. 하지만…….'

아크는 이미 통로에서 30%나 되는 생명력을 까먹었다.

물론 처음 함교에 들어왔을 때는 일방적인 공격을 펼쳐 약간 좁아졌지만 여전히 15% 이상 차이가 나고 있었다.

이제 남은 생명력은 아크가 20%, 칼리가 35% 남짓, 다시 말해 지금처럼 전투가 진행된다면 그 차이는 변하지 않고 아크의 패배로 이어질 수밖에 없다는 뜻이었다.

'아직 방법이 없는 것은 아니다!'

그러나 아크는 아직 비장의 카드가 남아 있었다.

문제는 타이밍이다. 아마도 아크가 비장의 카드를 사용할 수 있는 것은 단 한 번!

그 한 번으로 15%의 차이를 좁히지 못하면 성공해도 아무런 의미가 없다. 따라서 최대의 효과를 발휘할 수 있는, 완벽한 타이밍을 잡아 사용해야 하는 것이다.

그러나 방어에 특화된 기갑인 크리슈나는 좀처럼 그런 빈틈을 보이지 않았다.

'하지만 서둘러서는 안 돼! 칼리도 이미 이런 상태가 유지되면 자기에게 유리하다는 것을 알고 있다. 그런 상황에서 성급하게 기회를 만들기 위해 무리한 움직임을 보이면 놈에게 간파될 위험이 있다. 사전에 간파된 기술은 성공률이 낮아질 수밖에 없어. 그리고 실패는 곧 패배! 그러니 조급해하면 안 돼! 궁지에 몰릴수록 인내심을 발휘해야 한다!'

아크가 그런 생각을 하고 있을 때였다.

"다른 장소에서 만났다면 좀 더 즐거운 전투를 할 수 있었겠지. 그래서 더 아쉽군. 이런 식으로 끝내야 한다는 게. 하지만 내게도 선택의 여지가 없다. 나는 너를 꼭 쓰러뜨려야 할 이유가 있고, 남은 시간이 얼마 되지 않는다는 것도 알고 있다. 그러니 그만 끝내도록 하지."

"마치 지금까지는 봐줬다는 투로 말하는군."

"그건 아니다. 나도 최선을 다했지. 단지 지금까지는 사용하지 못했을 뿐이다."

"사용하지 못해?"

"그래, 그걸 사용하면…… 나와 고락을 함께했던 이 전함은 포기할 수밖에 없으니까. 하지만 이제 나도 각오해야겠지. 아니, 포기할 수밖에 없다. 그러니 자부심을 가져도 좋다. 나 칼리가 너와 승부를 내기 위해 스스로 전함을 포기하는 것이니까."

"뭘 믿고 그렇게……."

"이곳을 선택한 게 네 최대 실수다!"

칼리가 아크의 말을 끊으며 금강륜을 날렸다.

장황하게 늘어놨지만 새삼스러울 것도 없는 공격이다. 물론 여전히 위협적이기는 하지만 함교는 통로보다 넓은 공간이다. '비스트 패스트―고통을 감수해야 하지만!―'를 사용하면 순식간에 금강륜을 피하고 오히려 역공을 가할 수 있는 것이다. 그러나 그 직후!

"기갑 스킬, 마라회천강魔羅回天剛!"

금강륜이 갑자기 2개의 금강륜이 상하로 분리되었다.

하나는 바닥에 닿을 정도로 낮게. 다른 하나는 천장에 닿을 정도로 높게. 2개의 금강륜이 위아래로 나뉘어 각기 다른 방향으로 회전하자 그 사이의 공간에서 뇌전을 일으키는 회오리가 만들어졌다. 주변의 기계를 순식간에 작은 금속 파편으로 만들며 함교를 뒤덮는 무시무시한 강기의 회오리!

부서진 금속 파편을 빨아들인 회오리는 마치 거대한 분쇄기처럼 닿는 모든 것을 찢어발기며 주위를 휩쓸기 시작했다.

'비스트 패스트'로 피할 수 있는 공격이 아니다!

"이, 이런 젠장! 이지스!"

아크가 검을 치켜세우고 그 앞에 이지스를 중첩시켰다.

그러나 격전을 치르는 사이에 이지스도 이미 균열이 번져 있는 상태였다. 거기에 강기剛氣의 회오리가 충돌하자 이지스가 종잇장처럼 찢겨 나갔다.

그리고 이퀄라이저와 격돌!

쿠콰콰콰콰! 카카카카! 퍼퍼퍼펑!

굉음이 울리며 아크는 검을 치켜든 자세 그대로 튕겨 날아가 벽에 처박혔다. 그러나 비명을 터뜨릴 여유 따위는 없었다. 칼리가 발동시킨 스킬은 함교를 통째로 뒤덮어 버리는 광역 스킬! 회오리는 그 와중에도 계속 팽창하고 있는 것이다.

'……도망갈 곳이 없다!'

콰콰콰콰! 콰콰콰콰! 지지직!

결국 정면 대결을 선택했을 때였다.

강기의 회오리 속에서 지금까지와는 다른 파열음이 들려왔다. 바로 함교의 한 면을 차지하고 있는 창이었다.

전함의 전면 창은 검으로 내리쳐도, 아니, 총격을 받아도 흠집 하나 생기지 않을 정도로 고강도 소재로 만들어져 있다. 그럼에도 강기의 회오리에 닿자 쩍쩍 균열이 번져 나가고 있는 것이다.

'수십 센티미터의 창을 균열시키는 위력이라니, 무시무시하지만……'

보통 우주선의 창이 이 정도의 대미지를 받으면 비상 시스템에 의해 차단 벽이 내려온다. 그러나 EMP의 영향으로 그런 시스템조차 마비되어 버린 것이다. 거기까지 파악하자 아크의 머릿속에 기사회생의 아이디어가 섬광처럼 번뜩였다.

순간 아크의 눈동자가 향한 곳은 균열이 번지는 창!

'……저기다!'

"나와라! 바사크! 타깃은 창이다!"

―네, 형님! 우오오오! 폭쇄!

"비스트 패스트!"

그리고 소환된 바사크가 폭쇄를 발동시키는 순간!

아크는 바사크를 양손으로 움켜쥐고 섬광처럼 창을 향해 폭사되었다. 동시에 아크의 품에서 크리스털로 이루어진 바사크의 머리가 송곳처럼 날카롭게 변해 솟아 나오며 균열이 번지는 창에 박혀 들어갔다. 그리고…….

쩌쩡! 쩌쩌쩌쩡! 퍼펑―!

기이이잉-!

칼리함의 선수船首 쪽 갑판.

푸른 광택을 발하는 기갑이 모터 음을 울리며 질주했다. 그러자 10여 미터 떨어진 곳에서 마치 중갑 전차처럼 육중한 동체의 기갑에서 거친 목소리가 터져 나왔다.

"이 날파리 같은 자식! MK-308!"

우우웅! 콰콰콰콰!

동시에 기갑의 어깨에 장착된 포신에서 빛줄기가 뿜어졌다. 주위로 자잘한 스파크를 튀기며 뻗어 나오는 빛줄기는 고출력의 레이저 웨폰!

갑판의 장갑조차 닿는 순간 시뻘겋게 달아오르며 표면이 녹아내릴 정도의 레이저! 에너지 웨폰 중 최강의 위력을 자랑하는 MK사의 신상 MK-308의 위력이었다.

그 MK-308의 레이저가 푸른 광택의 기갑을 바짝 추격하기 시작했다. 아무리 빨라도 갑판 위를 이동하는 기갑이 레이저를 뿜어내는 포신砲身보다 빠를 수는 없다.

실제로 레이저는 몇 번이나 기갑을 따라잡았다.

그러나 푸른 광택의 기갑 전사는 그때마다 기가 막힌 타이밍으로 방향을 꺾으며 회피했다. 뿐만 아니라 레이저를 피하며 점점 거리까지 좁혀 오고 있는 것이다.

"빌어먹을! 스프리드!"

중갑 기갑 전사가 욕설을 내뱉었다.

순간 줄기차게 뻗어 나가던 레이저가 갑자기 수직으로 치솟았다. 그리고 상공에서 수십 줄기로 나뉘어 푸른 광택의 기갑 전사 주위를 뒤덮으며 쏟아졌다.

"뒈져라! 먼지처럼 잘게 부서져 사라져라!"

"너는 입으로 싸우나? 슬라이드!"

푸른 광택의 기갑 전사가 상체를 숙이며 소리쳤다.

콰콰콰콰! 콰콰콰콰!

거의 동시에 갑판 위로 쏟아진 레이저가 주위를 폭광으로 뒤덮었다. 아니, 폭광으로 뒤덮이기 직전, 푸른 광택의 기갑 전사가 저공비행 하는 제비처럼 낮은 자세로 미끄러지며 중갑 전사의 앞으로 바짝 다가왔다.

"이, 이런 젠장!"

중갑 전사가 황급히 경기관총을 들어 올렸다.

그러나 푸른 광택의 기갑 전사의 움직임이 더 빨랐다. 순식간에 거리를 좁힌 기갑 전사는 자신을 향하는 경기관총을 왼손의 단검으로 쳐 올렸다.

"마탄! 연사! 속사! 연환사격!"

오른손에 들린 권총이 회전하며 불길을 뿜기 시작한 것은 그때였다.

중갑 전사는 이름처럼 엄청난 두께의 장갑에 싸여 있었다.

권총의 탄환으로는 흠집조차 내기 힘들 정도. 그러나 기갑 전사에게 그런 장갑 따위는 아무런 의미가 없었다.

탕-! 탕-! 탕-!

손끝에서 회전하는 권총에서 총성이 터질 때마다 피가 솟구치는 곳은 장갑의 이음새!

아무리 두꺼운 장갑이라도 사람이 사용하는 이상 움직이기 위해 필요한 관절 부위까지 철판으로 덮을 수는 없다.

기갑 전사는 중갑 전사와 맞닿을 정도로 가까운 거리에서 권총을 회전시키며 1밀리미터의 오차도 없이 그런 관절 부위에 탄환을 박아 넣고 있는 것이다.

물론 중갑 전사도 맞고만 있지는 않았다. 기갑 전사의 움직임을 따라 몇 번이나 경기관총을 움직였다.

그러나 그때마다 기갑 전사는 왼손의 단검으로 경기관총을 쳐 내며 잔인할 정도로 집요하게 관절 부위에 탄환을 박아 넣었다. 덕분에 순식간에 무릎이 너덜너덜해진 중갑 전사가 털썩 주저앉으며 소리쳤다.

"크윽! 붐버!"

퉁! 퉁! 퉁! 퉁! 퍼퍼펑! 퍼퍼펑!

중갑 전사의 백팩에서 수류탄이 솟아오르며 폭발했다.

-대미지 108!

—대미지 92…….

그러나 대미지를 받은 것은 중갑 전사뿐이었다.

푸른 광택의 기갑 전사는 이미 10여 미터 떨어진 곳으로 물러나 있는 것이다. 그야말로 신출귀몰! 중갑 전사가 믿기지 않는 표정으로 소리쳤다.

"이건 말도 안 돼! 어째서! 왜! MK-308과 고속 연사가 가능한 경기관총, 거기에 소형 미사일까지 갖춘 내가! 왜 고작 권총 하나 들고 설치는 놈에게……."

"아직도 그딴 소리를 하는 거냐?"

기갑 전사가 권총을 장전하며 고개를 저었다.

"중요한 것은 어떤 무기를 사용하느냐가 아니다. 어떻게 사용하느냐지."

기갑 전사가 차가운 목소리로 대답했다.

발뒤꿈치에 장착된 작은 바퀴를 사용해 갑판 위를 질주하는 기갑은 레이서Racer, 바로 레피드의 배틀슈트였다.

그리고 그 앞에 주저앉아 바락바락 소리를 질러 대는 중갑 배틀슈트를 입은 중화기병은 장보고.

레피드는 무장도로 따지면 비교조차 할 수 없는 장보고를 일방적이라고 할 만큼 압도적으로 밀어붙이고 있는 것이다. 그러나 레피드 역시 보기만큼 여유가 있지는 않았다.

주변 상황 때문이다.

'이 상태로는 그리 오래 버티지 못해.'

레피드가 살짝 눈동자를 움직여 주변을 훑어보았다.

그가 장보고와 싸우는 사이에도 칼리함의 갑판에서는 이전보다 더 치열한 격전이 벌어지고 있었다. 아크의 친위대가 갑판을 장악하고 칼리의 부하들과 교전을 벌이는 사이, 양측의 병사가 도착해 전면전이 시작됐기 때문이다.

다행히 친위대가 그때까지 갑판을 사수한 덕분에 아크 진영의 병사들은 그대로 갑판에 진입, 방어진을 구축해 몰려드는 해적을 막아 내는 중이다. 그러나 칼리함 주위에 집결한 해적의 숫자는 약 350여 명, 유리한 장소를 차지했다고 하지만 100여 명의 병력으로 상대하는 데는 한계가 있었다. 실제로 이미 적지 않은 사상자가 발생하고 있는 것이다.

'저 녀석이라도 있으면 좀 낫겠지만……'

펑! 펑! 콰콰콰콰! 번쩍!

레피드가 우주 공간 저편에서 뒤엉키는 섬광을 바라보았다. 기껏해야 우주복의 분사 장치를 이용해 움직이는 다른 병사들과는 차원이 다른, 붉은 날개와 하얀 날개를 펄럭이며 엄청난 속도로 뒤엉키는 2개의 빛은 붉은학살자와 아리온!

그들은 아예 전장에서 멀리 떨어진 곳에서 격돌하고 있었지만, 레피드는 연속적으로 터져 나오는 폭광만으로도 대강 짐작할 수 있었다.

둘의 실력은 거의 대등.

좀처럼 승부를 내지 못하고 있는 것이다.

사실 그런 상황은 레피드도 비슷했다. 장보고와 전투를 시작하고 얼마 되지 않았을 때, 수백 미터 밖에서 불쑥불쑥 날아오는 탄환에 리듬이 끊겨 고전을 면치 못하고 있었다.

"쳇, 유진 녀석, 괜한 짓을 하는군."

그게 유진이라는 해적의 저격이라는 것은 장보고를 통해 알게 되었다.

그러나 지금 유진은 그런 여유가 없었다.

"저, 저 자식이 얻다 대고 총질이야? 감히 레피드를! 야! 사다인, 파크, 따라와! 일단 저 자식부터 박살 내자! 뭐? 여기가 더 급하다고? 알 게 뭐야! 잔말 말고 따라와!"

저격 탓에 레피드가 제대로 싸우지도 못하고 헤매고 있을 때, 칼리함으로 다가오던 카야가 길길이 날뛰며 사다인과 파크를 끌고 방향을 틀어 유진에게 날아간 것이다.

'왜? 저 녀석은 나를 싫어하는 거 아니었나?'

이런 의문이 들었지만 어쨌든!

카야 일행이 멀리서 10여 명의 부하와 함께 저격하는 유진을 쫓아간 사이, 슬레이와 그레온, 멜리나는 칼리함에 도착했다. 머릿수로는 압도적으로 열세인 아크 진영의 병사들이 아직까지 버틸 수 있는 이유가 그것이다.

슬레이는 방어 전문, 그레온은 저격병이다.

고지를 사수하는 전투에 최적화되어 있는 유저들인 것

이다. 그러나 역시 가장 도움이 되는 유저는 힐러 멜리나!

잠시 못 보는 사이에 힐러로서 한결 성숙해진 멜리나는 광역 회복과 집중 회복을 적절하게 사용해 준 덕분에 아군의 사상자가 눈에 띄게 줄어든 것이다.

그러나 그 역시 한계는 있었다.

시간이 갈수록 해적들은 우주 공간에서의 전투에 익숙해졌고, 그런 만큼 아군의 사상자는 늘어나고 있는 것이다.

다행히 아직은 쉬지 않고 뛰어다니는 멜리나의 회복 스킬 덕분에 그럭저럭 버티고 있지만, 그녀의 마나가 바닥나는 순간 전황은 급속도로 악화되리라.

'젠장! 아크 자식, 대체 뭘 하고 있는 거야?'

이런 전황을 바꿀 수 있는 유일한 방법은 적장을 해치우는 것뿐이다. 그러나 그 역할을 맡은 아크는 함 내에 돌입한 지 15분이 지난 지금까지 이렇다 할 소식이 없었다.

그렇다고 마냥 아크만 기다리고 있을 수는 없는 일!

'여기서 시간을 낭비할 때가 아니다!'

투투투퉁! 슈슈슈슈!

그때 장보고의 등 뒤에서 주먹만 한 크기의 탄두 4개가 솟아 올라왔다.

대인요격對人邀擊 미사일 스피어!

레피드가 배틀슈트에 의해 한 단계 업그레이드된 '슬라이드'를 발동시켜 갑판을 미끄러지자 그 동선을 따라 연속적으로 폭발이 일어났다. 그렇게 '스피어'를 피해 낸 레피드가 갑자기 권총을 총집에 찔러 넣으며 장보고를 바라보았다.

"어이, 혹시 화성에 가 봤나?"

"화성? 무슨 소리냐?"

"아직인 모양이군. 그렇다면…….."

퍼펑! 콰콰콰콰!

레피드가 씨익 웃으며 권총 손잡이를 움켜줬을 때였다.

갑자기 폭음이 울리며 전함의 앞부분에서 자잘한 파편과 함께 두 사람이 튕겨 나왔다. 3개의 머리에 팔이 6개 달린 괴물과 늑대인간처럼 보이는 기갑.

장보고가 시선을 좁히며 중얼거렸다.

"저, 저건…… 칼리?"

"저 괴물이 칼리라고? 그럼 저 검은 기갑이…… 아크?"

쩌쩌쩌쩡! 퍼펑!

균열이 번지던 창이 폭음을 일으키며 깨져 나가는 순간!

함교에 폭풍이 휘몰아치며 무시무시한 기세로 공기가 빨려 나가기 시작했다. 당연히 창을 부순 아크는 그 소용돌이에 휘말려 밖으로 펑! 뒤이어 칼리도 밖으로 펑!

-우와아아아! 혀, 형님!

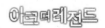

"이제 됐어! 돌아와라, 바사크!"

아크가 팽이처럼 회전하며 날아가는 바사크를 바이우스 실드로 흡수했다. 그리고 자세를 잡고 반대쪽에서 허우적거리는 칼리를 바라보며 우쭐한 표정을 지어 보였다.

"우하하하! 어떠냐?"

"멍청한 자식이, 뭘 잘난 듯이 떠드는 거냐?"

"허우적거리는 네 꼴이 우스워서 그런다, 왜?"

"그런 말은…….."

위이이잉! 위이이잉!

"날 쓰러뜨리고 나서나 해라!"

칼리가 양손의 금강륜을 회전시키며 아크를 향해 쏘아져 날아왔다. 금강륜의 회전력을 이용해 우주 공간을 비행하다니, 이건 아크도 상상조차 못 했던 비행 방식이었다.

역시 세븐 소드답다고 하고 싶지만!

"……그러지."

아크가 씨익 웃으며 검을 들어 올렸다.

그리고 우주 공간에서 아크와 칼리가 마주치는 순간!

위이이잉! 콰쾅! 부우우웅! 콰지지지!

맹렬히 회전하며 날아드는 금강륜! 백색 검광을 뿜어내며 이에 맞서는 이퀄라이저!

치면 막고, 휘두르면 피한다. 장대하게 펼쳐진 우주 공간에서 두 전사가 엄청난 속도로 비행하며 뒤엉키자 그 궤적을 따라 연이어 불길과 스파크가 터져 나왔다.

"이, 이럴 수가!"

"왜? 막상 붙어 보니 생각했던 것과는 다른가?"

아크가 칼리를 바라보며 히죽 웃었다.

방금 전의 교전으로 확실해졌다. 같은 비행 능력을 가지고 있지만 칼리는 금강륜을 이용한 비행이다. 도구를 사용하는 만큼 나름의 조종술이 필요하다는 말이다.

반면 우주 몬스터 크라켄의 DNA를 흡수해 아예 몸에 우주 비행 능력이 각인된 아크는 마치 태어날 때부터 나는 법을 알고 있는 새처럼 자유롭게 날아다닐 수 있었다.

실제 비행에서 이건 하늘과 땅 차이!

이를 증명하듯 칼리의 몸에는 서너 개의 굵은 상처가 새겨져 있었다. 전장이 좁은 함 내에서 우주 공간으로 바뀌는 순간 전투력도 바뀐 것이다.

"빌어먹을! 열화熱火! 비선참!"

칼리가 이를 갈아붙이며 금강륜을 날렸다.

그러나 아크가 이런 공격에 속수무책으로 당한 이유는 두 가지, 피할 공간이 한정되어 있다는 것과 금강륜이 끊임없이 벽에 반사되었기 때문이다. 그러나 이곳은 우주 공간, 피할 곳은 얼마든지 있었고, 금강륜을 반사시킬 벽도 없었다.

다시 말해 이제 금강륜은 단순한 투척 무기. 그 이상도 이하도 아니었다. 그런 공격은……

"일부러 맞아 주기도 힘들군. 우주 비행!"

아크가 금강륜을 흘리며 칼리를 향해 폭사되었다.

그러자 칼리가 헛바람을 들이켜며 금강륜을 회수했다. 이제 칼리가 할 수 있는 것은 고작 이거. 금강륜을 요요처럼 회수하는 정도였다. 뭐 그래도 6개의 팔, 금강륜 2+실드 4 세트의 방어를 뚫고 들어가기 힘든 것은 사실이지만!

"환영분신!"

날아가는 아크의 몸이 여러 개로 분열되었다.

그러나 칼리는 이미 환영분신을 여러 번 경험해 보았다. 때문에 당황하지 않고 금강륜을 교차시키며 분신을 하나하나 격파시켜 나갔다. 그러나 칼리가 모르는 것이 있었다.

"이런 조잡한 술수는 통하지 않는다! 회륜참!"

순식간에 4개의 환영을 격파한 칼리가 마지막의 아크를 향해 금강륜을 휘둘렀다. 그러나 금강륜이 아크의 몸을 가로지르는 순간!

"엇? 무, 무슨?"

칼리의 입에서 당혹성이 터져 나왔다.

다섯 번째 아크도 금강륜이 스치자 연기처럼 흩어져 버린 것이다.

"카프레 검술 4식, 피어싱!"

그때 위쪽에서 울리는 아크의 목소리!

움찔하며 고개를 들어 올리자 바로 위에서 섬광이 떨어지고 있었다. 거대한 검의 형상을 한 섬광 속에서 이퀄라이저를 치켜세우고 있는 사람은 아크!

"어, 어째서? 서, 설마?"

칼리가 당황하는 것도 당연했다.

함 내에서 싸울 때 아크가 만들어 낸 분신은 4개. 본체를 포함해 5명이 전부였다. 그리고 실제로 아크는 분신을 4개밖에 만들 수 없었다. 단, Lv.1이었을 때.

그러나 현재 아크의 '환영분신'은 Lv.2. 덕분에 분신만 최대 5개까지 만들어 낼 수 있었다. 그럼에도 지금까지 분신을 4개밖에 만들어 내지 않은 이유는 당연히!

'……이런 때를 위해서지!'

쩌쩌쩌쩡!

아크의 몸이 칼리를 관통했다.

불의의 일격을 당한 칼리가 중심을 잃고 회전했다.

순간 아크는 곧바로 방향을 바꿔 다시 칼리를 향해 폭사되었다. 동시에 화려하게 펼쳐지는 백색 검광의 궤적!

위이이잉! 번뜩! 부우우웅! 콰콰콰콰!

아크의 장기, 검의 회전력을 이용한 연속 공격이 펼쳐졌다. '피어싱'에 관통당해 중심을 잃은 칼리는 속수무책. 검광이 번뜩일 때마다 몸 여기저기에서 스파크가 튀어 오르며 생명력이 쭉쭉 깎여 나갔다.

그러나 그것도 잠시, 칼리가 중심을 잡자 6개의 팔이 각기

다른 방향으로 움직이며 속사포처럼 퍼부어지는 검격을 막아 내기 시작했다. 그리고 잠시 공격이 주춤하는 사이에 금강륜의 회전력을 이용해 물러났다.

'쳇! 또 저놈의 실드가……'

그러나 이번 공격으로 승부는 갈린 것이나 다름없다.

밖으로 나오기 전에 아크와 칼리의 생명력은 20% 대 35%. 그러나 밖으로 나오자마자 아크의 일방적인 공세에 지금은 15% 대 12%로 역전되어 있었다.

그뿐이 아니었다. 아무리 견고한 실드라도 한계는 있는 법. 이미 수십 번이나 아크의 공격을 막은 크리슈나―칼리의 배틀슈트―의 실드도 자잘한 균열에 뒤덮여 있었다.

'이길 수 있다! 아니, 이긴다!'

"마치 다 이긴 듯한 표정을 짓고 있군."

그때 거친 숨을 몰아쉬며 노려보던 칼리가 낮은 목소리로 웅얼거리듯이 말했다.

"그래, 이제 알겠다. 도망치려고 했던 것이 아니었어. 밖으로 나오려던 이유가 이것이었어. 그래, 확실히…… 우주 공간에서의 전투는 내가 불리하다. 인정하지. 하지만 아직 승리를 장담하기에는 이르다. 나에게도 있으니까. 네가 불리하다고 생각한 함 내에서는 사용하지 못했던 기술이. 그리고 그걸 몰랐던 것이 네 패인이 될 것이다."

"패인?"

"기갑 스킬, 은형隱形……."

칼리가 낮은 목소리로 읊조리듯이 말하는 순간, 크리슈나의 손에 들린 4개의 실드가 시커멓게 물들며 녹아내리기 시작했다. 그리고 칠흑처럼 검은 안개로 변해 퍼져 나가자 순식간에 시야에서 칼리의 모습이 사라졌다.

기척도 느껴지지 않는다.

아니, 그 공간의 모든 것이 한순간에 지워진 것처럼 끝없는 어둠만이 자리하고 있을 뿐이었다.

"……참살斬殺!"

갑작스러운 상황에 아크가 잠시 머뭇거리는 사이, 검은 안개가 출렁거리며 2개의 금강륜이 솟아 나왔다.

"결국 죽는 것은 너다, 아크!"

텅! 위이이잉! 텅! 위이이잉! 텅! 위이이잉!

뒤이어 나선을 그리며 뒤엉키던 금강륜이 충돌하는 순간, 2개의 금강륜이 4개로 분열되었다. 그리고 다시 복잡한 궤적을 그리며 비행하던 4개의 금강륜이 충돌하자 8개로, 8개가 16개로…… 기하급수적으로 늘어나며 공간을 뒤덮어 버렸다.

"이, 이게 무슨 말도 안 되는……."

스킬에도 상식이라는 게 있는데 이건 해도 너무하지 않은가. 그러나 불평할 여유도 없었다. 그사이에 이미 헤아리기도 힘든 숫자로 불어난 금강륜이 사방에서 날아들고 있었다.

이에 아크는 '우주 비행'을 펼치며 →↑↓↗↘↓←!

그러나 피할 때마다 늘어나는 금강륜에 상황은 끊임없이 악화될 뿐이었다. 그리고 결국 측면에서 날아드는 금강륜에 옆구리를 직격당했다.

퍼펑!

－대미지 75!

여지없이 터져 나오는 대미지!

그러나 그 순간 아크는 오히려 정신이 번쩍 들었다.

지금까지 금강륜에 직격 당하면 보통 200~300의 대미지가 들어왔다. 그런데 이번에는 75. 뿐만 아니라 옆구리에 박힌 금강륜은 그대로 폭발하며 사라지는 것이 아닌가?

'아니, 당연하다면 당연한 일이다. 수백 개로 불어난 금강륜이 모두 실체일 리가 없어. 실체는 2개. 나머지는 모두 일종의 강기. 실체와 같은 모양을 하고 있는 강기다. 그렇다면!'

"나와라, 샤이어! 룬 문자 각인술!"

아크가 푸른빛을 발하는 손으로 허공에 복잡한 문양을 새겨 넣었다.

"하자스카!"

떠오른 룬 문자는 진실을 꿰뚫어 보는 눈 '하자스카'!

아니나 다를까, 푸른빛에 물든 눈으로 바라보자 공간을 뒤덮은 금강륜이 모두 작은 빛으로 보였다.

그러나 아크가 '하자스카'로 확인하려고 했던 것은 그게 아니었다. 일대를 뒤덮은 검은 안개 속으로 보이는 인영人影. 기이한 오라에 휩싸여 있는 칼리였다.

'일격! 일격에 승부를 건다!'

"우주 비행!"

아크는 칼리를 향해 전속력으로 몸을 날렸다.

그러자 주위를 날아다니는 무수한 금강륜들이 일제히 아크에게 집중되었다.

'일일이 피하다 보면 한도 끝도 없다. 이것들은 모두 강기. 승부를 내기 위해서는 나도 목숨을 걸어야 해! 그러니 살을 주고……'

퍼펑! 퍼펑! 퍼펑! 퍼펑!

-대미지 63!

-대미지 72!

-대미지 47…….

몸 여기저기에서 폭발이 일어나며 대미지가 들어왔다.

그와 동시에 15%로 유지되던 생명력이 단숨에 7%대까지

떨어졌다. 그때 몰려드는 작은 빛 무리 사이에 섞여 날아오는 2개의 금강륜이 눈에 들어왔다.

이건 실체! 일격에 200~300의 생명력을 깎아 내는 진짜 금강륜이다. 생명력이 이미 7%대까지 떨어진 상태에서 진짜 금강륜에 적중 당하면 그것으로 상황 종료. 끝장이다.

순간 아크는 급격히 방향을 꺾어 위쪽으로 날아올랐다.

"어, 어떻게?"

아크가 진짜 금강륜만 콕 짚어 피해 내자 칼리가 당혹성을 터뜨렸다. 그러나 그것도 잠시, 칼리가 거친 목소리로 소리치자 주위의 금강륜이 일제히 아크를 향해 모여들었다.

"무슨 수로 간파했는지는 모르겠지만 이미 늦었다!"

이때 아크의 남은 생명력은 불과 320. 그러나 생명력을 깎은 대가로 칼리와의 거리는 20여 미터로 좁아져 있었다.

'……뼈를 깎는다!'

아크가 어금니를 악물며 이퀄라이저를 움켜쥐었다.

이전 배틀슈트에 붙어 있던 기갑 스킬은 2개, '하이퍼 부스터'와 '18연타'였다.

그중 '하이퍼 부스터'는 하이퍼 드론이 비스트로 바뀌면서 같은 순간 가속 스킬인 '비스트 패스트—뭐 너무 빨라서 제대로 사용도 못 했지만—'로 변경되었다. 그리고 당연히 '18연타'도 같은 계통의 스킬로 변경되어 있었다. 그게 아크가 간당간당한 생명력을 8%나 희생하며 거리를 좁힌 이유!

비스트의 두 번째 스킬은 바로…….

-배틀슈트의 변경으로 기존의 전용 스킬이 변경되었습니다.
18연타→블러디 로어

-새로운 비스트 전용 스킬이 생성되었습니다.
블러디 로어(유저, 액티브) : 근접 전투용으로 개발된 배틀슈트 하이퍼 드론의 고유 스킬 '18연타'가 비스트용으로 전환된 스킬입니다. 블러디 로어 Bloody Roar는 몸을 도사린 짐승이 전력으로 도약해 사냥감의 숨통을 끊는 것처럼 비스트의 잠재 에너지를 응축, 폭발시켜 적에게 치명적인 타격을 입히는 일격 필살의 기술입니다.
기갑의 포스를 꽤 많이 소모할 뿐만 아니라 적과의 거리가 너무 가까워도, 너무 멀어도 충분한 데미지를 입힐 수 없는 기술이라 여러모로 까다롭지만 일단 성공하면 처참하게 죽어 가는 적을 감상할 수 있을 것입니다.
※기체 마나 소모 : 25%

"블러디 로어!"

비스트의 필살기 블러디 로어!

순간 비스트에서 뿜어져 나온 오라가 아크의 몸을 휘감았다. 그리고…… 아크의 몸이 거대한 짐승으로 변했다.

군살이라고는 보이지 않는, 오직 살육을 위해 발달한 근육으로 이루어진 거대한 칠흑의 짐승!

잠시 몸을 도사리던 그 짐승이 안개를 향해 몸을 날리자 한 줄기 빛으로 화해 우주 공간을 질주했다. 이에 칼리가 황

급히 6개의 팔을 가슴 앞에 모았다. 그러자 주위를 돌아다니던 금강륜이 칼리의 가슴 앞으로 모여들었다.

그러나 칼리의 대응은 한 박자 늦었다.

카카카칵! 퍼퍼퍼펑!

짐승은 중첩되는 금강륜 사이로 비집고 들어가 넘실거리는 검은 안개를 쑤시고 들어갔다. 그리고 뒤쪽으로 뻗어 나온 짐승의 입에는…….

"커헉! 이, 이런…….”

가슴에 짐승의 송곳니가 박힌 칼리가 피를 뿜어내며 떠듬거렸다. 칼리를 덮고 있던 배틀슈트, 크리슈나가 안개처럼 흩어지며 사라진 것은 그때였다.

그러자 검은 짐승도 뒤를 이어 사라졌다. 두 환영이 사라진 우주 공간에는 아크, 그리고 아크의 손에 들린 이퀄라이저에 가슴을 관통당한 칼리만이 남아 있었다.

아니, 남은 것은 아크뿐이었다.

"너…… 아크…….”

칼리는 채 말을 잇지 못하고 회색으로 변해 갔다.

-〈영웅대전〉의 랭킹이 상승했습니다!
당신은 악명이 자자한 우주 해적 칼리와 결투를 벌여 쓰러뜨렸습니다.
칼리는 우주 해적이지만 그 나름의 세계에서 영웅으로 군림하던 자였습니다. 그런 악명 높은 해적을 쓰러뜨린 당신의 업적은 수많은 개척자들의 찬

–상대 영웅에게서 경험치 88,000을 빼앗아 왔습니다.

–상대 영웅에게서 명성 7,000을 빼앗아 왔습니다.

–상대 영웅에게서 모험치 1,200을 빼앗았습니다.

–레벨이 올랐습니다!

그리고 떠오르는 메시지!

세븐 소드의 1인 칼리를 해치운 것이다.

그로 인해 붉은학살자를 해치우고 입성한 〈영웅대전〉의 랭킹이 단숨에 28위로 치솟았다. 그리고 랭킹 보너스로 모든 스텟 +1과 칼리에게서 흡수한 경험치와 명성, 모험치가 추가로 들어왔다. 그러나 지금 중요한 것은 그보다 격전 중에 적장을 해치웠다는 것!

……이지만!

"오오! 전리품이다!"

새삼스럽지만 칼리는 해적, 카오틱이다.

그리고 카오틱은 사망 시 100% 확률로 장비품을 떨군다는 것은 상식! 거기에 아이템을 떨굴 확률도 몇 배나 높아지는 것이다. 아니나 다를까, 회색으로 변해 사라지는 칼리의 몸에서 아머와 작은 상자가 퐁 솟아 나오는 장면이 눈에 들어왔다. 당연히 잽싸게 캐치!

─〈칼리의 장비품 : 바론의 무적 보갑〉을 획득했습니다.

─〈칼리의 소장품 : 골동품 컬렉션〉을 획득했습니다.

악명 높은 해적의 장비품과 소장품!

그래도 이름값이 있으니 꽤 값나가는 아이템이리라.

덕분에 기대 만발! 그러나 지금은 전리품이나 확인하고 있을 때가 아니었다.

"……아크!"

─정말 쓰러뜨렸다는 건가? 세븐 소드의 칼리를?

칼리함의 갑판에서 레피드와 붉은학살자가 멍하니 바라보며 중얼거렸다. 같은 편인 이들조차 쉽게 받아들이기 힘들 정도로 충격적인 승리였던 것이다. 하물며 칼리의 승리를 믿어 의심치 않던 해적들의 반응은 말할 필요도 없었다.

"카, 칼리가……."

"밀도 안 돼! 있을 수 없는 일이다!"

아리온과 장보고가 고개를 저으며 소리쳤다.

그러나 이미 칼리는 회색으로 변해 사라졌다. 인정하지 않을 도리가 없는 것이다. 그 사실을 가장 먼저 받아들이고 현실을 깨달은 사람은 카야와 대치하고 있던 유진이었다.

"아리온, 장보고, 그리고 있을 때가 아니다! 모두의 눈앞에서 칼리가 아크에게 당했다! 이대로 방치하면 병사들의 동요를 막을 수 없어! 다행히 칼리와의 싸움으로 아크도 빈사 상태에 빠져 있다! 지금이 기회야! 놈을 해치워야 한다!"

"그렇군!"

아리온이 힘차게 날개를 펄럭이며 날아올랐다.

그러자 붉은학살자도 퍼뜩 정신을 차리고 붉은 피막의 날개를 펄럭이며 아리온의 앞을 막았다.

-네 상대는 나다!

그러나 아크―아크는 칼리의 소장품 상자를 챙기느라 정신이 없었다―를 향해 움직이는 해적은 아리온만이 아니었다.

칼리함을 포위하고 있던 수백의 해적들이 모두 아크를 향해 움직이고 있었다. 그러나 그때!

콰지지지! 콰지지지!

아크의 뒤, 수 킬로미터 너머의 우주 공간에서 스파크가 일기 시작했다. 이어 소용돌이를 일으키며 링 형태로 확대되는 10여 개의 스파크! 적어도 이 지역에 있는 사람 중에 그게 뭘 의미하는지 모르는 사람은 없었다.

워프 항해를 끝낸 우주선이 이면세계에서 은하계로 나올 때 생성되는 게이트! 그리고 이곳에 올 우주선이라면…….

"……연방군! 마틴 후작의 함대다!"

고개를 돌린 아크의 입에 의기양양한 미소가 번졌다.

SPACE 4. 데브리

"후작님, 목표 좌표에 도착했습니다!"

기관병의 보고에 마틴 후작이 눈매를 좁히며 스크린을 바라보았다.

이면세계에 떠 있는 마틴 후작의 순양함 노블레스—Ⅱ의 앞에서 링 모양으로 확대되는 게이트 너머, 수 킬로미터 떨어진 우주 공간에 몇 척의 우주선과 점점이 흩어져 있는 사람들이 보였다. 그것만으로도 마틴 후작은 대강의 전황을 파악할 수 있었다.

"제때에 사용한 모양이군."

마틴 후작이 입 끝을 치켜 올리며 중얼거렸다.

아직 전함이 파괴되지도 않았는데 병사들이 우주로 나와

싸우고 있다. 그렇다면 답은 하나, 마틴 후작이 이큘러스에 세워 둔 EMP 발생 장치가 가동되고 있다는 의미였다.

"아직 시험 기동조차 해 보지 않아 좀 불안했는데 다행히 제대로 작동한 모양이군. 혹성 궤도 인근이라고는 하나 우주 공간에 이만한 범위의 EMP를 발생시킬 수 있다. 이게 상용화되면 앞으로의 우주전은 이전과 전혀 다른 형태로 변하게 될 것이다."

"그런 말이나 할 때가 아니지 않습니까!"

그때 옆에서 페이가 답답한 목소리로 소리쳤다.

당장이라도 전장에 뛰어들 기세로 완전무장을 갖추고 대기 중이던 페이가 안달 난 표정으로 말을 이었다.

"펜타곤에서 확인한 해적 함대는 아크 함대보다 수적으로, 질적으로 월등한 수준이었습니다. 전함이 움직이지 못하는 상황이라도 그 차이가 없어졌으리라고는 생각할 수 없습니다. 다행히 아직 버티고 있는 것 같지만 위험한 상황일 것은 뻔한 일. 한시라도 빨리 지원하지 않으면 언제 전멸할지 장담할 수 없습니다."

"뭐 그렇게까지 위험한 상황으로 보이지는 않지만……."

"후작님!"

"알았다. 하여간 아크 일이라면…… 대위, 함대에 지시하라. 아크의 병력이 외부로 나와 적과 뒤엉켜 있는 상황이라 포격 지원은 힘들다. 그러니 게이트를 나가는 즉시 작전 지

역으로 이동해 일제히 각 함선의 기동부대를 투입한다!"

"알겠습니다! 진격하라!"

이에 노블레스-Ⅱ가 게이트로 다가갔을 때였다.

갑자기 스파크를 일으키며 벌어지던 게이트가 점점 작아지더니 훅 사라져 버렸다. 노블레스-Ⅱ와 13척의 전함은 아직 이면세계를 벗어나지 못한 상태였다.

"……에?"

아크가 멍청한 표정을 지었다.

워프 게이트가 나타나는 순간, 아크는 모든 것이 끝났다고 생각했다. 당연하다. 이들은 의심의 여지도 없는 마틴 후작의 함대. 게다가 수 킬로미터 밖에서 연이어 떠오른 워프 게이트의 숫자는 무려 14개!

14척의 전함이 지원군으로 참전하는 것이다.

설사 아직 칼리가 살아 있다 해도 마틴 후작의 함대가 참전하는 전투는 그것으로 끝. 그런데 그 14개의 워프 게이트가 돌연 사라져 버린 것이다.

대체 왜?

'가만? 설마……?'

멍하니 바라보던 아크가 퍼뜩 고개를 들어 올렸다.

상단에서 깜빡이는 메시지.

생각할 수 있는 이유는 이것밖에 없었다.

EMP 효과는 모든 전자 기기의 기능을 정지시킨다.

물론 그 효과는 다른 차원, 그러니까 같은 좌표지만 다른 공간인 이면세계에까지 적용되지는 않는다.

그러나 워프 게이트로 인해 우주와 은하계가 연결되자 마틴 후작의 함대도 EMP의 영향을 받은 것이다. 물론 이건 아크의 가설이지만, 그 외에는 다른 이유를 찾을 수 없었다.

"빌어먹을! 뭐 이런……."

상황을 파악하자 욕부터 나왔다.

그러나 침착하게 생각해 보니 딱히 걱정할 일은 아니었다.

"그래! 설사 EMP 효과 때문에 나오지 못한다고 해도 마틴 후작의 함대가 이미 도착했다는 사실은 변하지 않는다. 그리고 이제 남은 시간은 3분 남짓. 이제 3분만 버티면 마틴 후작의 함대가 나올 수 있으니 달라지는 것은 없어. 뭐 그것도 놈들에게 아직 전의가 남아 있을 때의 얘기겠지만."

방금 전 해적들은 대장 칼리가 전사하는 장면을 목격했다.

그리고 다시 닫혔다고는 하지만 14척의 연방 함대가 도착했다는 것도 목격했다.

이런 상황에서 해적들에게 전의가 남아 있을 리가 없다.

이제 해적들이 선택할 수 있는 것은 두 가지, 이판사판으로 끝까지 항전하다가 몰살당하거나, 전함으로 퇴각해 EMP 효과가 끝나자마자 꽁지가 빠져라 도망치는 수밖에 없었다.

뭐 그래도 연방 함대에 전멸될 확률이 높지만, 그나마 살 확률이 1%라도 있는 것은 후자뿐이었다.

"……뭐 그런 거지."

아크가 피식 웃으며 끄덕였다.

예상대로 아크를 향해 몰려들던 해적들은 곧바로 전함으로 급선회하기 시작한 것이다. 이에 아크는 단파통신으로 진영의 병사들에게 지시했다.

"우리도 전함으로 퇴각한다!"

이미 전투는 끝난 것이나 다름없다.

굳이 지금 해적들과 교전해 전사자를 늘릴 이유가 없는 것이다. EMP 효과가 사라지면 마틴 후작의 함대와 합류해 도망치는 놈들의 엉덩이에 펑! 펑! 쏴 대면 그만!

"그래, 도망쳐라. 엉덩이를 걷어차 주마!"

아크도 여유롭게 실버스타로 돌아가며 히죽 웃었다.

"크윽!"

아리온이 분을 참지 못하고 이를 갈아붙였다.

승리를 확신했던 전투였다. 그리고 승리가 눈앞에 있었다.

그런데 한순간에 모든 상황이 변했다. 이제 승리는커녕 생환조차 장담할 수 없는 상황이 되어 버린 것이다.

더 참을 수 없는 것은 이 모든 것이 단 1명, 저스티스 버스터의 공적公敵인 아크로 인해 벌어진 일이라는 점이다.

아크의 작전에 휘말려 4시간을 허비하고 칼리까지 당했으며, 결국 이렇게 꼴사납게 도망이나 치고 있는 것이다. 때문에 아리온도 2류 악당 같은 대사나 중얼거릴 수밖에 없었다.

"두고 보자! 이 원한은 기필코……."

―아직이다!

그때 유진의 목소리가 들려왔다.

"아직이라니? 뭐가?"

―아직 포기할 때가 아니라는 말이다.

"젠장, 누군 포기하고 싶어서 포기하는 줄 아나? 방법이 없지 않나? 이미 우리는 칼리를 잃었다. 아니, 설사 칼리가 살아 있어도 3분 안에 놈들을 전멸시킬 수는 없어. 미련을 버리지 못하고 어물거리면 연방 함대에 전멸당할 뿐이다."

―도망치면 살 수 있나?

유진이 차가운 목소리로 되물었다.

―잊은 건 아니겠지? 설사 우리가 워프에 돌입한다 해도 에너지 파동의 자취가 남는다. 연방 함대가 그 자취를 탐지해 추적해 오면 어차피

결과는 달라지지 않아. 알잖아? 우리가 많이 사용하는 방법이니까. 그리고 이미 우리는 은하연방의 영지를 공격했다. 그런 우리를 연방 함대가 얌전히 돌려보내 줄 리가 없지. 이미 무사히 도망치기는 글렀어. 아니, 도망칠 수 없다. 우리가 이곳에 온 이유는 대의를 위해서! 누가 뭐라 해도 정의는 우리에게 있다. 그런데 이렇게 꼴사나운 모습으로 도망칠 수는 없어.

"하지만 달리 방법이 없잖아!"

—아니, 방법은 있어. 적어도 아크 놈들을 박살 낼 때까지 연방 함대를 막을 방법이…….

잠시 말을 멈췄던 유진이 단호한 목소리로 말을 이었다.

—아직이야! 아직 전투는 끝나지 않았다! 아니, 이제부터가 진짜 전투의 시작이다!

"……곤란하게 되었군."

이때쯤 마틴 후작도 워프 게이트가 사라진 이유를 파악하고 있었다.

"여기까지는 미처 생각하지 못했군. EMP 탓에 장거리에서 이동해 오는 지원군이 합류할 수 없다니, 실전에 배치하기 전에 이런 부분은 좀 더 생각할 필요가 있겠어. 이래서 시운전이 필요한 거라니까. 음, 좋은 데이터를 얻었어."

"그런 말이나 할 때가 아니지 않습니까!"

"이런, 상황이 이런 걸 나보고 어쩌라는 건가?"

페이가 빌을 구르며 소리치자 마틴 후작이 피식 웃었다.

"안달한다고 해서 나아지지 않을 상황이라면 느긋하게 있는 편이 낫지 않은가. 그리고 이제 걱정할 필요도 없어. 자, 우리는 이미 이곳에 도착해 있지 않은가."

"하지만 나가지도 못하고 있지 않습니까?"

"그래, 나가지 못하지. 하지만 워프 게이트는 만들었었다. 해적들도 이제 우리가 도착했다는 사실을 알고 있다는 말이야. 고작 노략질이나 일삼는 해적 따위가 그런 상황에서 제대로 싸울 수 있으리라고 생각하나? 놈들은 이미 전의를 잃고 도망칠 궁리나 하고 있을 거다. 뭐 얌전히 보내 줄 생각은 없지만. 주제도 모르고 은하연방까지 기어 들어온 놈들이다. 대가를 치르게 해 줘야겠지."

"그래서 더 위험하다는 겁니다. 후작님도 아시지 않습니까? 궁지에 몰린 자만큼 위험한 것은 없습니다. 도망치기 힘들다고 판단한 놈들이 결사항전을 선택하면 아크도 위험해질 수밖에 없습니다. 그러니 지금이라도 EMP의 영향을 받지 않는 곳으로 우회해서……."

"그건 무리입니다."

대답한 사람은 노블레스-Ⅱ의 항해장 데온 준위였다.

"워프 항해에 돌입할 때 지정한 좌표를 이면세계에서 바꾸는 것은 간단한 일이 아닙니다. 이면세계와 은하는 적용되는 물리법칙이 달라 새로 좌표를 계산하는 데도 상당한 시간이 소요됩니다. 그리고 게이트는 어디든 만들 수 있는 것이 아닙니다. 이면세계와 은하 사이의 중력장 탓에 게이트를 만들 수 있는 장소는 한정되어 있습니다. 그런 여러 가지 요소를 감안하면 우회할 포인트를 찾아 이동하는 데는 최소 1시간 이상이 필요합니다."

"……그렇다는군."

마틴 후작이 어깨를 으쓱이며 말했다.

"EMP의 지속 시간은 길어야 30분. 우리가 도착하기 직전에 발동되었다 해도 30분이면 효과가 사라진다. 1시간 이상 걸리는 항로로 우회할 이유가 없다는 말이지. 그리고……."

마틴 후작이 말을 끊고 슬쩍 페이를 돌아보았다.

"자네가 아크를 걱정하는 것은 이해하네. 하지만 자네도 알고 있지 않나? 그는 다름 아닌 아크다. 그리고 이미 압도적인 전력을 보유한 해적 함대를 상대로 몇 시간이나 버텨 오고 있지. 그런 녀석이 궁지에 몰린 놈들의 발악에 당할 거라는 생각은 들지 않는군."

마틴 후작의 여유에도 나름의 이유가 있는 것이다.

뭐 현실적으로 기다리는 것 외에는 다른 방법이 없기도 했지만 어쨌든, 마틴 후작은 함대의 탐사 장비를 동원해 자기장의 변화를 예의 주시하며 대기했다.

그렇게 몇 분.

"후작님, 자기장의 진폭에 변화가 감지되었습니다!"

"워프 게이트를 생성하는 데는 적지 않은 에너지가 소모된다. 아직은 그게 EMP 효과가 소실되며 생긴 변화인지 확실하지 않으니 2번 초계함 스왈로우를 먼저 이동시켜 확인한다. 워프가 문제없이 진행되면 나머지 전함도 바로 게이트를 생성할 수 있도록 준비하라."

"알겠습니다. 스왈로우, 천공穿孔 개시."

-라제! 워프 엔진 가동! 게이트를 생성한다!

데온 준위의 연락에 돌핀급 함선 스왈로우가 엔진을 가동시키며 워프 게이트를 열었다. 그리고 격렬한 스파크를 일으키며 워프 게이트로 진입할 때였다.

스왈로우의 함장이 당혹성을 터뜨렸다.

-헉! 이, 이게 무슨……!

"이, 이건? 안 돼!"

동시에 스왈로우와 링크된 노블레스-Ⅱ의 모니터로 상황을 주시하던 마틴 후작이 벌떡 몸을 일으켰다. 그리고 통신기에 대고 거친 목소리로 소리쳤다.

"칼슨 대령, 피해! 아니, 돌아와라!"

-늦었습니다! 이미 함선이 게이트에 진입해서 방향 전환이…….

"비상 엔진을 최대 출력으로 가동시켜!"

퍼펑! 퍼펑! 콰콰콰콰! 퍼퍼퍼펑!

마틴 후작의 말이 채 끝나기도 전에 폭음이 울리며 화면이 꺼졌다. 그러나 그 뒤에 무슨 일이 일어났는지는 굳이 모니터로 확인할 필요가 없었다.

노블레스-Ⅱ의 전면 창을 통해서도 워프 게이트로 3분의 2 이상 진입하던 스왈로우가 거칠게 진동하며 불길에 휩싸여 가는 장면이 보이고 있는 것이다.

그리고 연쇄적인 폭발을 일으키며 번져 가던 불길에 완전히 뒤덮이는 순간, 스왈로우는 폭광과 함께 사라졌다.

마틴 후작의 얼굴에서 웃음기가 사라졌다.

"해적 따위가 감히……!"

그때.

"이, 이런……!"

아크의 얼굴에서도 웃음기가 사라졌다.

때는 바야흐로 몇 분 전, 이때까지는 아크도 승리를 확신하고 있었다.

칼리의 사망에 이은 연방 함대의 도착!

EMP의 영향으로 아직 은하로 나오지는 못하고 있지만 그 것만으로도 해적들이 전의를 잃기에 충분했다. 그리고 놀란 개미 떼처럼 허둥지둥 각자의 전함으로 퇴각하기 시작했다.

그러나 아직 전투가 끝났다고 할 수는 없었다.

EMP에 의해 갑자기 정지해 버린 우주선들은 가까이 있는 것도 수 킬로미터, 멀리는 10여 킬로미디 이상 떨어진 것도 있었다. 칼리함으로 모여들 때도 그랬듯이 돌아갈 때도 적지 않은 시간이 필요한 것이다.

그건 아크 진영의 병사도 마찬가지.

아니, 아크 함대는 상대적으로 해적보다 멀리 떨어져 있어 보기에 따라서는 이전보다 위험한 상황이라고 할 수 있었다. 먼저 전함으로 돌아간 해적이 EMP 효과가 사라지는 것과 동시에 포격을 가해 올 가능성도 배제할 수 없는 것이다.

'일단 대원들의 회수가 급선무다!'

아크는 곧바로 '우주 비행'을 사용해 실버스타로 돌아왔다.

함교로 들어서자 헤겔이 얼른 뛰어왔다.

"형님!"

"자리로 돌아가라. 아직 끝나지 않았다."

아크는 선장석에 앉아 주변 상황을 훑어보며 말을 이었다.

"귀환하는 아군의 위치를 꼼꼼히 파악해 둬라. 이제 곧 EMP 효과가 사라진다. 아군이 해적보다 전함에 귀환하는 시기가 너무 늦어지면 적 함대의 공격을 받게 될 위험이 있다. 그러니 만반의 준비를 갖추고 EMP 효과가 사라지는 즉시 진격해 가장 뒤처진 아군부터 회수한다. 경우에 따라서

는 교전을 하게 될지도 모르니 긴장을 풀지 마라.”

그리고……

−3…… 2…… 1…….

−일대에 퍼져 있던 EMP 효과가 사라졌습니다!

웅웅웅웅! 웅웅웅웅!

메시지와 함께 함 내에 기계음이 울리기 시작했다.

그리고 함교에 붙어 있는 각종 모니터와 패널에 빛이 들어왔다. EMP 상태가 해제된 것이다.

“좋아! 가라!”

동시에 실버스타가 굉음을 일으키며 쏘아져 날아갔다.

아니, 실버스타만이 아니었다. 붉은학살자의 아수라, 그레온, 파크함은 물론 무적함−Ⅰ, Ⅲ도 아직 귀환하지 못한 승무원을 회수하기 위해 일제히 행동을 개시했다.

그러나 아크 함대만이 아니었다.

“형님, 적 함대도 진군해 오고 있습니다!”

“좋지 않군.”

양군이 퇴각을 시작한 지 아직 3분밖에 지나지 않았다.

아크 진영의 병사들도 그렇지만 해적들도 아직 귀환하지 못한 자들이 더 많은 것이다. 그러니 놈들도 아크 함대처럼 해적들을 회수하기 위해 움직이는 것은 당연하겠지만.

'승무원을 모두 회수하는 데는 적지 않은 시간이 필요하다. 이면세계에 있는 연방 함대가 이쪽 상황을 바로 확인하기는 힘들겠지만 언제 나와도 이상하지 않아. 그리고 일단 연방 함대가 은하로 나오면 놈들은 확실하게 전멸한다. 해적 입장에서 보자면 아직 귀환하지 못한 자들을 버리고 도망치는 편이 그나마 피해를 줄일 수 있는 방법이다.'

그러나 놈들은 승무원의 회수를 택했다.

이건 둘 중 하나다. 그러고도 도망칠 자신이 있다는 뜻이거나……

'……도망칠 생각이 없다는 의미겠지.'

아크가 걱정하는 것은 후자였다.

연방 함대가 도착한 시점에서 이미 이 전투는 이긴 것이나 다름없다. 그건 확실하다. 그러나 놈들이 아예 죽을 작정으로 끝까지 저항하면 피해가 커질 수밖에 없는 것이다.

굳이 복잡하게 생각할 필요도 없다.

놈들이 승무원의 구조를 포기하고 적을 사살하는 쪽으로 방향을 전환하면, 아직 귀환하지 못한 아크 함대의 승무원들은 전멸당할 수밖에 없는 것이다.

'그리되면 이겨도 이긴 것이 아니다!'

"헤겔, 각 함선에 긴급 명령을 하달하라! 일단 승무원의 회수는 미루고 그대로 적 함대 앞까지 돌진해 방어 진형을

펼친다! 단, 적 함대가 사정권에 들어와도 선제공격은 하지 않는다. 이 상태에서 적 함대와 포격전이 벌어지면 아직 귀환하지 못한 승무원들의 안전을 장담할 수 없다. 그러니 준비는 하되 공격을 해서는 안 된다."

"놈들이 먼저 포격을 개시하면……."

"반격하는 수밖에 없겠지."

아크가 가라앉은 목소리로 대답했다.

그사이에도 두 함대의 거리를 시시각각 좁아졌다.

─……Lock on!

모니터로 보이는 해적함에 타깃이 중첩되며 메시지가 떠올랐다. 적함 1척이 사정권에 들어온 것이다.

바꿔 말하면 그건 실버스타 역시 적함의 사정권에 들어 갔다는 뜻! 언제 적함이 포격을 가해 올지 모르는 상황에서 그저 지켜봐야만 하니 거리가 1미터씩 가까워질 때마다 피가 마르는 기분이다. 그러나…….

"기우였나?"

아크가 마른침을 삼키며 웅얼거렸다.

이미 사정권에 진입한 지 꽤 되었는데도 적함은 공격할 기미조차 보이지 않는 것이다.

그건 놈들도 승무원이 우주 공간에 흩어진 상황에서의 포격전은 피하고 싶어 한다는 의미였다.

역시나, 전방으로 돌출되어 나오는 해적함은 1척, 나머지 석함은 아크 함대처럼 돌아오는 해적을 회수하고 있었다. 일단 최악의 상황은 피한 셈이다.

이에 아크가 안도의 한숨을 불어 낼 때였다.

'……뭐지?'

예상 밖의 상황이 벌어졌다.

거리를 좁혀 오던 해적함이 갑자기 칼리함에 앵커를 쑤셔 박은 것이다.

새삼스럽지만 현재 칼리함은 아크와 지금은 고인이 되어 버린 칼리가 힘을 합쳐(?) 함교를 쑥대밭으로 만들어 버리는 바람에 항해가 불가능한 상태였다. 그러니 해적함이 도망가기 전에 칼리함을 인양하고 있다고 생각할 수 있지만.

'이런 상황에서?'

언제 연방 함대가 나올지 모르는 상황이다.

그런 상황에서 칼리함까지 회수할 여유가 있을 리가 없지 않은가. 뿐만 아니라 앵커로 다른 전함을 인양한 상태로는 워프조차 할 수 없다.

설사 최후까지 항전할 생각이라도 마찬가지다. 굳이 앵커로 칼리함을 질질 끌고 다니며 싸울 이유가 없는 것이다.

그러나 다음 순간!

"뭐, 뭐야? 저 자식, 대체 무슨 짓을?"

뒤이어 벌어지는 상황에 아크의 얼굴에는 당혹감이 번졌다. 해적함이 앵커로 포획한 칼리함을 앞세우고 돌진하기 시작한 것이다. 아크 함대를 향해서가 아니었다.

해적함이 돌진하는 곳은 기뢰 밭!

퍼펑! 퍼펑! 퍼퍼퍼펑!

당연히 기뢰가 폭발하며 화염이 치솟았지만 해적함은 속도조차 줄이지 않았다. 칼리함을 방패로 삼아 폭발을 받아내며 일직선으로 기뢰 밭을 관통하고 있는 것이다.

그리고 사실 어떤 의미에서는 이게 가장 빨리 기뢰 밭을 탈출할 수 있는 방법이라고 할 수 있었다. 그러나 아크가 당황한 이유는 기뢰 밭이 돌파당해서가 아니었다.

-훗, 놈들이 급하기는 했나 보군.

그때 스크린에 붉은학살자의 얼굴이 떠올랐다.

아크가 해적 함대와 대치하고 있는 사이에 아수라로 귀환한 모양이다. 막상 전장에서는 볼 기회가 없었지만 붉은학살자도 꽤 난전을 펼치고 돌아왔는지 아머에 검붉은 핏자국이 얼룩져 있었다.

-같은 편의 전함을 이용해 도주로를 확보하다니 말이야. 뭐 어차피 두고 가 봐야 우리 손에 해체될 전함이니 저런 식으로라도 사용하는 편이 낫겠지만.

"그게 아니야."

아크가 고개를 저으며 대답했다.

사실 아크도 처음에는 그렇게 생각했다.

그러나 해적함이 향하는 방향을 생각하면 적어도 도주로를 확보하기 위해서라고는 볼 수 없었다. 놈이 기뢰를 폭파시키며 향하는 곳은 바로 방금 전에 워프 게이트가 만들어졌던 곳! 다시 말해 연방 함대의 워프 포인트인 것이다. 미치지 않고서야 그런 곳을 도주로로 삼을 리가 없지 않은가?

–그렇군. 그럼 대체 뭐지? 설마 연방 함대와 전면전이라도 벌일 작정인가?

"그럴 생각이라면 1척만 움직일 리가 없어. 아니, 애초에 기뢰 밭을 뚫을 이유가 없지. 그래 봐야 연방 함대가 이곳으로 진격할 수 있는 길을 만들어 주는 것밖에 되지 않으니까. 놈들이 정말 연방 함대와 싸울 작정이라면 차라리 기뢰가 있는 편이 나아."

–그런데 왜……?

"모르겠어, 대체 놈들이 무슨 생각을 하고 있는지."

아크가 불안한 표정을 짓고 있는 이유가 그것이다. 적의 의도를 모른다는 것. 그건 무슨 일이 일어날지도, 어떤 식으로 대처해야 하는지도 모른다는 뜻이니까.

그렇게 아크가 갈팡질팡하는 사이, 쉬지 않고 귀를 울리던 폭음이 갑자기 사라졌다.

해적함이 마침내 기뢰 밭을 벗어난 것이다.

그와 동시에 기뢰와 충돌할 때마다 쩍쩍 균열이 번지던 칼

리함도 결국 불길에 휩싸이며 폭발했다. 그리고 그 화염 속에서 두 함대를 통틀어 가장 큰 전함이었던 칼리함이 작은 파편으로 쪼개져 일대를 뒤덮었다.

순간 아크는 뒤통수를 얻어맞는 기분이 들었다.

"맙소사! 이, 이거였어!"

—이거라니? 뭐가?

"이런 젠장! 막아! 놈을 막아야 해!"

—갑자기 뭔 소리야? 이제 와서 그런 말을 해 봤자…….

펑! 펑! 펑! 펑! 펑!

그때 갑자기 해적함에서도 폭발이 일어났다.

기뢰나 포격에 의한 폭발이 아니었다. 폭발이 일어나는 것은 전함 내부, 선체 전역에서 동시다발적으로 폭발이 일어나더니 그대로 수십 조각으로 갈라져 버리는 것이다.

그러나 그건 시작에 불과했다.

커다란 덩어리로 나뉜 파편 속에서 다시 폭발이 일어나며 수십 개가 수백, 수천 개의 파편으로 쪼개지며 퍼져 나갔다.

"당했다!"

—당했다니? 가만? 서, 설마 놈의 목적은?

"그래, 놈들의 목적이 저거였어! 빌어먹을! 놈들은 도주로를 만드는 것도, 연방 함대와 싸울 생각도 없었어! 저 지역을 데브리Debris(파편)로 뒤덮기 위해서였어!"

—그렇군. 이제 연방 함대는…….

콰지지지-!

그 공간에서 스파크가 일어난 것은 그 직후였다.

이어 소용돌이를 일으키며 링 모양으로 확산되는 스파크는 다름 아닌 워프 게이트!

그 너머에서 장갑을 타고 흐르는 자잘한 스파크에 휩싸인 전함이 마치 투명한 막을 통과하듯이 솟아 나오기 시작했다. 4등급에서도 상위에 속해 있는 2척의 전함, 합계 1만 톤이 넘는 전함이 무수한 파편으로 변해 흩어져 있는 공간으로.

"안 돼! 막아야 한다! 헤겔, 통신을 연결해라!"

"무리예요! 아직 식별 코드도 확인할 수 없고 워프 게이트를 통과하는 우주선은……."

콰직! 콰직! 퍼펑! 퍼퍼퍼펑!

헤겔의 말이 채 끝나기도 전에 굉음이 들려왔다.

무슨 일이 벌어지고 있는지는 군이 눈으로 확인하지 않아도 알 수 있었다.

천천히 시선을 돌리자 워프 게이트를 나오던 전함이 산탄총에 맞은 짐승처럼 무수히 많은 파흔破痕에 뒤덮인 상태로 시커먼 연기를 뿜어내고 있었다.

그 파흔에 깨알처럼 촘촘히 박혀 있는 물체는 방금 전 2척의 전함이 만들어 낸 데브리였다.

이면세계에서 마틴 후작이 목격한 것도 이 장면이었다. 그리고 스왈로우의 함장도 같은 장면을 보았으리라.

그러나 일단 워프 게이트에 진입한 우주선은 자의로 움직일 수 없다. 자기장의 영향으로 대부분의 기능이 마비된 상태로 압력에 떠밀리듯이 밖으로 나오게 될 뿐이다.

때문에 무방비 상태로 무수한 데브리와 충돌, 장갑에 치명적인 손상을 입어 버린 것이다. 그 결과 스왈로우는 워프 게이트를 통과할 때 가해지는 압력을 버티지 못하고…….

펑! 콰콰콰쾅!

폭발해 버리고 말았다.

그리고 스왈로우 역시 무수한 파편으로 변해 흩어졌다.

전함 2척 분의 파편에 새로운 파편이 더해지자 주위는 안개에 휩싸인 것처럼 보일 정도였다.

그 장면은 아크에게 그야말로 충격 그 자체였다.

'게이트를 나오는 전함을 공격하는 것이 아니라 아예 워프 게이트가 생성되는 공간 전체를 봉쇄하다니…….'

직접 눈으로 보기 전까지는 상상도 못 했던 방법이다. 아니, 상상할 수 있어도 실행할 수 있을 것 같지 않았다.

칼리함은 그냥 기뢰에 의해 폭발했을 뿐이지만 자폭한 해적함은 수천 개의 파편으로 쪼개져 일대를 뒤덮었다. 전함을 폭파시킨다고 모두 저렇게 무수한 파편으로 쪼개지는 것이 아니다. 실제로 해 보면―우주선이 있다면!― 알겠지만 주먹만 한 크기의 물체도 막상 저렇게까지 잘게 부수기는 쉽지 않다. 하물며 전함이다. 우주선의 구조를 완전히 파악하고 있을 뿐만 아니라, 폭탄의 위력을 0.1단위까지 계산할 수 있어야 가능한 일인 것이다.

'불과 몇 분 사이에 그런 일이 가능하다는 말인가?'

그러나 그보다 충격적인 것은 서슴없이 2척의 전함을 폭파시켰다는 점이었다.

아무리 보험에 들어 났다 해도 최소 수천 골드의 피해가 발생할 것이다. 물론 놈들 입장에서는 이게 최선이었을지도 모른다. 그러나 알고 있어도 보통은 못 한다.

수천 골드니까!

그런데 놈들은 한 치의 망설임도 없이 그런 무지막지한 일을 저질러 버린 것이다.

-전함을 잃게 된다면, 그것으로 좋다. 너! 전설의 게이머 아크! 그게 너를 해치우기 위해 필요한 희생이라면 기꺼이 감수하겠다!

귓가에 칼리의 망령이 떠들어 대는 소리가 들려오는 기분이다.

'그냥 해 본 말이 아니었어. 칼리만이 아니라 다른 놈들도 그런 각오로 이번 전투에 참가한 거야. 하지만 대체 왜? 내가 지들한테 무슨 짓을 했다고!'

미치고 팔짝 뛸 지경이다.

그러나 지금은 그런 불평이나 늘어놓을 때가 아니었다.

이유는 모른다. 그러나 놈들이 '그렇게까지' 하는 목적은 분명하다. 아무 죄도 없는—확신할 수는 없지만— 아크를 해치우기 위해서다. 그리고 지금!

연방 함대를 이면세계에 묶어 놓은 해적 함대는 이제 꺼릴 것 없다는 듯이 아크 함대를 향해 포신을 움직이고 있었다.

아크가 벌떡 몸을 일으키며 소리쳤다.

"전기全機, 전투대형!"

─역시 유진!

유진 함 내부, 스크린에 떠오른 아리온과 장보고가 감탄사를 터뜨렸다.

─저렇게까지 많은 데브리를 만들어 내다니, 수학 선생은 뭐가 달라도 다르군.

"그런 말을 들을 정도로 대단한 일도 아니야. 복잡해 보이지만 실제로는 중학교 수학 수준의 간단한 공식 몇 개만 응용하면 돼."

─쉽게도 말하는군.

"수학은 원래 쉬워, 원리만 알면."

─뭐 그렇다고 치지. 어쨌든 네 덕분에…….

아리온이 눈매를 좁히며 데브리로 뒤덮인 공간을 바라보았다. 그리고 그대로 시선을 끌듯이 움직여 맞은편에 모여 있는 아크 함내를 바라보았다.

－놈들을 해치울 기회가 생겼으니까.

"그래, 하지만 아직 안심할 상황은 아니다. 일단 저 지역은 봉쇄했지만 연방 함대가 다른 워프 포인트로 이동하는 것까지 막을 방법은 없어. 이면세계에서 워프 포인트를 다시 설정하기는 쉽지 않지만 다름 아닌 연방 함대니 늦어도 1시간, 그러니 적어도 30~40분 안에는 아크를 해치우고 퇴각해야 한다."

－그 정도면 충분해.

장보고가 자신만만한 표정으로 대답했다.

－우리가 이곳에서 몇 시간이나 허비한 이유는 아크의 계략에 빠져 무의미한 추격전을 벌였기 때문이다. 하지만 지금은 상황이 달라.

장보고의 말에 유진과 아리온이 고개를 끄덕이며 시선을 돌렸다. 그들의 눈동자가 향한 메인 스크린에는 6척의 우주선, 아크 함대가 모여 있었다.

사실 이들은 전투를 시작하고 4시간이 지난 지금까지 이렇게 가까운 거리에서 아크 함대를 본 적이 없었다.

아크가 전면전을 회피하며 항상 사정권 밖에서 움직였기 때문이다. 그러나 현재 그들과 아크 함대 사이의 거리는 불과 1킬로미터밖에 되지 않았다.

연방 함대를 믿고 이렇게까지 거리를 좁혀 왔겠지만…….

-그게 네 패인이다!

위이이잉! 위이이잉! 위이이잉!

그때 이미 묵직하게 진동하는 해적 함대의 선수에서는 빛의 입자가 모이고 있었다.

그렇게 모인 빛의 입자는 기체의 내연기관을 타고 흐르며 끝없이 증폭, 파괴적인 에너지로 전환되었다. 그리고 다시 선수를 향해 백열시키며 집약되는 순간!

-죽어라, 아크! 천만 학생의 미래를 위해서!

콰콰콰콰! 콰콰콰콰! 콰콰콰콰!

SPACE 5. DOGFIGHT!

콰지지지! 퍼펑! 콰콰콰쾅!

굉음을 울리며 두 줄기의 빛이 충돌했다.

순간 거대한 빛줄기가 수만 가닥으로 나뉘어 퍼져 나가며 충격파가 뒤따랐다. 수십 킬로미터의 우주 공간을 뒤흔들어 대는 충격파에 휘말리자 수천 톤에 달하는 전함도 태풍을 만난 조각배처럼 흔들렸다.

내부의 상황은 더 심각했다.

모니터는 노이즈에 뒤덮인 채 점멸하고, 과열된 패널 사이에서는 그을음 같은 연기가 피어올랐다.

"큭! 상황 보고!"

"기체 제어 장치의 회로가 과부하에 의해 손상을 입었지만 자체 회복이 가능한 수준입니다. 그 외에 몇몇 장비에 에러가 발생했지만 크게 문제 될 만한 것은 보이지 않습니다."

"저 자식들, 이제 물불 가리지 않겠디는 건가?"

아크가 이를 갈아붙이며 해적 함대를 노려보았다.

원래 주포는 충분한 거리를 확보한 뒤에 사용하는 무기다.

주포를 충전시키는 데 적지 않은 시간이 필요하다는 이유도 있지만, 가까운 거리에서 사용하면 설사 적함에 적중시켜도 주포를 발사한 전함 역시 충격파에 휩쓸려 대미지를 입을 수 있기 때문이다. 그럼에도 놈들은 불과 1킬로미터밖에 되지 않는 거리에서 주포를 발사했다.

막가자는 얘기다.

그나마 다행스러운 것은, 스왈로우가 데브리에 당해 폭발하기 전에 이미 상황을 파악하고 아크 역시 곧바로 주포를 충전시키고 있다는 점이었다. 만약 그때 대응이 몇 초만 늦었어도 그 막가는 공격에 박살이 나 버렸으리라.

—쳇, 꼴이 말이 아니군.

—뭐 이 정도는 버틸 만하지만…….

지직거리는 화면 속에서 잠시 사라졌던 붉은학살자와 파크가 떠오르며 대답했다. 그러나 뒤이어 얼굴에 그을음이 잔뜩 묻은 그레온이 떠오르며 소리쳤다.

—난 버틸 만하지 않아! 좋지 않아! 아니, 심각하다고!

그레온의 얼굴처럼 그의 우주선은 확실히 상태가 좋지 않

았다. 우측 날개 윗부분의 장갑이 왕창 뜯겨 나가 있었고, 외부로 드러난 기계에서는 연신 시퍼런 스파크가 튀며 연기를 뿜어 올리고 있었다.

이미 이전 함대전에서 적지 않은 대미지가 쌓여 있던 상태에서 충격파에 휩쓸리는 바람에 피해가 커진 것이다.

-역시 이런 싸움에 끼어드는 게 아니었어!

덕분에 그레온이 징징거리며 불평을 해 댔지만 아크는 그런 말이 귀에 들어오지도 않았다.

함대 상황을 살피던 아크가 고개를 저으며 입을 열었다.

"지금 그런 건 중요하지 않아."

-뭐야? 그런 거? 남의 우주선이라고 막말하기냐!

-그만 좀 해요! 분위기 파악 좀 하라고요! 아직 전투 중이잖아요!

참다못한 멜리나가 버럭 소리쳤다.

그러자 레피드가 그레온을 째리며 끄덕였다.

-그래, 적당히 해라. 멜리나 님의 말대로 지금은 전투 중이다. 그리고 이런 말을 하고 싶지는 않지만 상황이 매우 안 좋아. 아니, 처음부터 좋지 않았지. 그럼에도 지금까지 우리가 버틸 수 있었던 이유는 정면충돌을 피해 왔기 때문이다. 하지만 이번에는 연방 함대를 믿고 너무 가까이 접근해 버렸다. 무슨 말인지 알겠나? 지금 가장 심각한 문제는 네 우주선의 상태가 아니라 놈들과의 거리다.

……정확한 지적이다.

사실 이번 충돌로 피해를 입은 함선은 그레온함만이 아니었다. 레피드와 클렘이 타고 있는 무적함-Ⅰ, Ⅲ도 어딘가 대미지를 입었는지 짙은 연기가 피어오르고 있었다.

그럼에도 굳이 이러쿵저러쿵 띠들어 대지 않는 이유는 지금은 이미 그런 문제를 논할 만큼 여유 있는 상황이 아니라는 것을 알고 있기 때문이다.

'놈들은 이미 2척의 전함을 잃었다.'

그러나 그게 아크 함대가 우세해졌다는 의미는 아니었다.

6척에서 4척으로 줄었지만 해적 함대는 타이탄급 3척에 바스타드급 1척이다.

반면 아크 함대는 아직 6척이나 남아 있지만 바스타드급은 실버스타 하나, 아수라와 그레온, 파크함은 그보다 한 등급 떨어지는 3등급 우주선이다. 그리고 나머지 2척은 무려 '무적함'이라는 어마 무시한 이름이 붙어 있었지만 실체는 수송선, 막상 전투가 시작되면 전력조차 되지 않는 것이다.

물론 함대전의 승패가 등급으로 결정되는 것은 아니다.

전투란 그리 단순한 게 아닌 것이다. 그러나 그것도 나름의 기동력을 발휘할 수 있을 때의 얘기다.

지금 양군의 함대가 모여 있는 곳은 기뢰 밭 속, 기동성을 발휘할 수 있을 정도로 넉넉한 공간이 아니다. 게다가 이미 이 정도까지 근접해 있는 상황이라면…….

-마, 맞아! 그러고 보니…….

그제야 상황을 파악한 그레온이 퍼뜩 고개를 들었다.

-젠장! 그런데 뭐 하고 있는 거야? 어이, 슬레이, 당장 함선을 돌려!

"그건 안 돼!"

아크가 버럭 소리쳤다.

"이미 우리는 놈들의 사정권 안에 들어와 있다. 이제 와서 방향을 돌린다고 놈들의 포격을 피할 수는 없어. 아니, 설사 어찌어찌 방향을 돌린다고 해도 놈들의 전함은 우리보다 항해 속도가 빨라. 배후를 내주면 제대로 싸워 보지도 못하고 격침될 뿐이야."

-그럼 어쩌라고!

"다른 방법이 있겠냐?"

아크가 미간을 좁히며 고개를 돌렸다.

함대의 앞은 아직까지 주포와 주포가 충돌할 때 발생한 중력장의 왜곡에 의해 공간이 물결치듯 흔들리고 있었다.

그리고 그 너머에 모여 있는 해적 함대는 장보고함을 선두로 삼각(△)진을 형성하며 아크 함대를 향해 함포와 기관포의 각도를 조종하고 있었다.

그런 움직임이 의미하는 바는 명확했다.

-와라! 끝장을 보자!

"……붙어 보는 수밖에 없지."

가능하면 이런 식의 전투는 피하고 싶었다.

무적함-Ⅰ, Ⅱ, Ⅲ를 이용한 허장성세나, 기뢰 밭을 만들어 놓은 이유도 모두 이런 식의 전면전을 피하기 위해서였다.

그러나 이제 달리 방법이 없다.

연방 함대의 워프 포인트가 데브리에 의해 봉쇄당한 이상!

이미 해적 함대의 사정권에 들어와 버린 이상!

'이제…….'

"형님, 적함의 포격입니다!"

그때 헤겔이 아크를 돌아보며 소리쳤다.

중력장의 왜곡이 가라앉기가 무섭게 해적 함대 위로 무수한 빛 무리가 떠오르고 있었다. 붉고 푸른, 형형색색의 빛은 EMP 탄이나 셰이커 같은 특수 탄이 섞여 있다는 증거였다.

단기결전短期決戰! 모든 화력을 집중해 단숨에 승부를 결정짓겠다는 것이다.

'……선택의 여지는 없다!'

"각 함, 대응사격하며 U 자 대형으로 전환! 붉은학살자, 나와 함께 선두에 선다!"

─차라리 잘됐다! 나도 아리온이라는 놈과 아직 결판을 내지 못했어! 이렇게 된 이상 함대전으로라도 끝장을 봐야겠다! 케이커, 포탑을 가동하라! 진격!

붉은학살자가 거친 목소리로 소리치자 아수라가 기관포를 난사하며 전진했다.

이를 시작으로 두 함대 사이의 공간에서는 무수한 섬광이

터지며 스파크와 화염에 뒤덮였다. 그 사이를 비집고 들어오는 포탄이 실드를 들이받자 실버스타가 격렬하게 진동했다.

그러나 아크는 흔들림 없이 지시를 이어 갔다.

"그 뒤는 그레온과 파크!"

-으악! 시작됐다! 시작됐어! 망했어!

-뭐 하는 거예요? 에잇! 저리 비켜요! 내가 조종하겠어요!

그레온이 머리를 쥐어뜯으며 징징거리자 보다 못한 멜리나가 조종석을 차지하고 앉았다. 덕분에 그레온함이 살짝 불안한 움직임을 보였지만 무리 없이 파크함과 함께 실버스타와 아수라의 뒤에 자리 잡았다.

"어차피 사정거리가 짧은 수송선의 기관포로는 적 함대를 공격할 수 없다. 그러니 포탑을 GEM 시스템과 링크시켜 후열에서 적의 포격을 요격하는 데 집중한다. 알고 있겠지만 최우선적으로 요격해야 하는 적탄은 특수 탄이다."

-또 뒤인가? 젠장, 우주선 하나 사 두든지 해야지, 못해 먹겠군.

-동감이네. 뒤에서 깨작거리는 건 성미에 맞지 않는데 말이지. 하지만 적탄을 요격하는 것도 나름 재미는 있을 것 같군. 한번 해 보지.

뭐 자가 우주선이 없어 무적함-Ⅰ, Ⅲ를 맡게 되었지만, 결과적으로 보면 적재적소에 배치되어 있다고 할 수 있었다.

우주선의 모든 병기는 기본적으로 자동화가 가능하지만 관련 능력을 가진 유저나 NPC를 배치하는 편이 더 뛰어난 성능을 발휘한다.

GEM 시스템 역시 마찬가지.

아니, GEM 시스템은 날아오는 포탄을 요격하는 것이라 반자동—GEM은 100% 수동 조작이 불가능하다—으로 조작하려면 보다 정밀한 사격술이 필요하다. 백발백중을 자랑하는 총사 레퍼드와 저격수 클렘이 적임자인 것이다.

위잉! 투투투! 퍼펑! 위잉! 투투투! 퍼펑!

그 효과는 바로 확인할 수 있었다. 무적함-Ⅰ, Ⅲ가 U 자 진형의 후미로 이동하며 GEM 시스템을 발동시키자 탄막을 뚫고 들어오는 적탄의 숫자가 눈에 띄게 줄어든 것이다.

어쨌든 무적함-Ⅰ, Ⅲ가 자리를 잡자 U 자 진형이 완성되었다. 그리고 그 앞에는 불과 1킬로미터 거리를 두고 4척의 해적 함대가 삼각(△) 진형을 형성하고 있었다.

이들이 대치한 전장은 사방이 기뢰 밭이라 기동성을 발휘하기 힘들었다. 따라서 전투는 힘과 힘의 격돌!

투콰콰콰콰! 투콰콰콰콰! 퍼펑! 퍼펑!

두 함대가 불과 1킬로미터 거리에서 포격을 퍼붓자 공간이 진동하며 일대가 폭광에 삼켜졌다. 그리고 다시 그 속에서 무수한 폭광이 점멸하며 폭풍이 휘몰아쳤다.

일대를 뒤덮은 폭광 탓에 적 함대는 보이지도 않는다.

자기장과 중력장의 폭풍이 뒤엉켜 레이더도 제대로 작동하지 않는다. 그러니 제대로 조준해서 포격할 수도 없었다.

마치 중세시대의 함대전처럼 그저 포격수의 감으로 적을

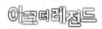

향해 포탄을 쏟아붓는 것이다. 그럼에도 거리가 가까우니 적 중률은 무시할 수 없었다.

퍼퍼펑! 퍼퍼펑!

-적의 공격을 받았습니다!
《실버스타의 실드 내구도가 21% 감소했습니다.》

-적의 공격을 받았습니다!
《실버스타의 실드 내구도가 19% 감소했습니다.》

우수수 폭탄이 쏟아질 때마다 실드가 20%씩 깎여 나갔다.

실드만 깎여 나가는 것이 아니다. 실드는 대미지를 경감시켜 주는 보호막에 불과하다. 때문에 폭음이 울릴 때마다 장갑도 움푹움푹 파이며 내구도가 떨어지고 있었다.

"역시 이런 전면전은……."

아크가 신음을 삼키며 선장석의 모니터를 바라보았다.

모니터에 떠 있는 실버스타의 모형도는 여기저기가 붉은색으로 물들어 있었다. 이미 실드와 장갑이 적지 않은 손상을 입었다는 뜻이다.

실버스타	
선체 : 중형-4등급	분류 : 전함
화력 : 38,000	속도 : B(+40%)

선회 : A(+40%)　　　　　　　실드 : C(+35%)
에너지 효율 : B(+45%)
※방어 : 실드　　　　　　　　게이지 : 27%(+15%)
　선체 장갑 내구도 : 68%(+15%)
※공격 : 주포(선더볼트)　　　충전율 : 50%(2회 사용 가능)
　기관포 4기 : 수동 사격용 탄환-37%, 응축 에너지 입자포 충전율-80%
※특수 : 〈광학 스캐너×15〉, 〈채프×8〉, 〈보조 엔진〉
※스킬 : 〈광자 이동〉, 〈워프 항해〉, 〈형상 분해 융합〉, 〈이미지 웨폰〉

　불과 5분도 되지 않는 시간에 입은 피해였다.

　형편은 아수라도 크게 다르지 않았다. 아니, 실버스타보다
한 등급 낮은 만큼 손상도는 더 심각했다.

　이미 상부 갑판이 떨어져 나간 아수라는 라마 우주선 특유
의 붉은 살점 같은 내연기관이 외부로 드러나 피처럼 붉은
액체를 기포처럼 떠올리고 있었다.

　전방에서 방벽 역할을 해 주는 실버스타와 아수라의 상황
이 이러니 후열의 그레온과 파크, 무적함-Ⅰ, Ⅲ도 몇 번이
나 포격에 노출되어 장갑이 함몰되어 있었다.

　-아크!

　지직거리는 화면에서 붉은학살자의 목소리가 흘러나왔다.

　-뻔한 소리지만 이런 식의 포격전은 우리에게 불리해! 일단 화력부터
가 다르다고! 하지만 그게 전부가 아니야! 너도 알고 있지? 함대전은 파
티 전투와 다를 바 없어! 그리고 파티 전투는 무엇보다 직업 조합이 중

아크더레전드

요하다! 우리가 이 정도로 밀리는 이유가 그거야! 놈들의 함대는 이런 포격전에 최적화되어 있는 편성이야!

"……나도 보고 있어."

아크가 낮은 목소리로 대답했다.

새삼스럽지만 화력 면에서 해적 함대가 앞선다는 것은 이미 예상했다. 그러나 전함의 숫자는 아크 함대가 더 많은 것도 사실. 무적함-Ⅰ, Ⅲ에 GEM 시스템을 전담시켜 피해를 줄이며 대응하면 그럭저럭 싸울 만하다고 예상했다.

완전한 오산이었다.

함대 사이의 공간이 폭광에 뒤덮여 있지만 언뜻언뜻 보이는 것만으로도 알 수 있었다.

이미 6척의 전함이 모두 적지 않은 대미지를 받은 아크 함대와 달리 해적 함대는 울컥할 정도로 멀쩡한 것이다.

선두에 돌출되어 있는 장보고함만 몇 줄기 연기를 뿜어 올리고 있을 뿐, 그 뒤의 3척은 아직 실드도 거의 소모되지 않은 상태였다.

'이건 단순히 전함의 성능 차이 때문이 아니다!'

전함의 등급은 눈으로 보면 바로 알 수 있다. 그러나 직접 싸워 보지 않으면 알기 힘든 정보도 있었다.

우주선은 원래 오너—선장—의 직업에 따라 독자적인 특성을 보유하게 되는데, 그게 바로 인디비듀얼리티Individuality, 전함의 특성이다.

오너의 직업이 전사형이라면 우주선도 근접전에 특화된 스트라이커Striker로, 방어형이라면 장갑과 실드가 강화되는 저거노트Juggernaut로, 유격형이라면 레이더와 사정거리가 강화되는 스팅거Stinger로, 우주선도 오너와 같은 특성이 갖게 되는 것이다.

'그리고 해적 함대의 선두를 맡고 있는 전함은……'

장갑과 실드가 강화된 저거노트 타입!

아크 함대가 예상보다 더 고전하는 이유가 이것이다.

유저의 파티처럼 함대도 어떤 타입의 우주선을 조합해 편성하느냐에 따라 전투 방식이 달라진다. 그리고 이런 식의 화력전이라면 당연히 탱커의 역할이 중요하다.

그러나 아크 함대에서 탱커 역할을 하는 실버스타는 기동성을 중시하는 스카우트Scout 타입, 아수라는 근접전에 특화된 스트라이커로 분류되는 전함이었다.

파티에 비유하면 딜러가 탱커 역할을 맡고 있는 셈이다.

그러니 적의 공격을 제대로 방어할 수 없는 것은 당연지사, 정품(?) 탱커인 장보고함이 방어를 맡고 있는 해적 함대에 비해 전반적인 방어력이 떨어질 수밖에 없었다.

이게 미처 아크가 고려하지 못했던 변수.

아직 함대전의 경험이 많지 않은 아크는 미처 우주선의 특성까지는 생각이 미치지 못했던 것이다.

'그렇다고는 해도 우주선의 특성에 이렇게까지 영향을 받

을 줄은…….'

문제는 그것만이 아니었다.

전함은 어디까지나 도구. 그리고 도구는 사용하는 사람의
숙련도에 따라 위력이 달라지는 법이다. 같은 의미로 전함의
성능을 제대로 발휘하기 위해 필요한 것이 조함술!

-조함술操艦術(특수 스텟): 우주선이 제 성능을 발휘하는 데는 무엇보다 선
장의 역할이 중요합니다. 승무원이 우주선의 손과 발이라면 선장은 뇌. 항
해와 수송, 혹은 전투 등 여러 가지 상황에 맞춰 항상 최선의 판단으로 승
무원을 지휘하는, 선장의 모든 작업이 '조함술'이라고 할 수 있습니다. 따라
서 우주선의 성능은 선장의 '조함술'에 상당한 영향을 받습니다. 말하자면
최종적인 우주선의 성능은 〈우주선의 성능+승무원의 숙련도+선장의 조함
술=우주선의 최종 성능〉로 결정된다고 할 수 있습니다.
이중 '조함술'이 다른 두 가지와 다른 점은, '조함술' 수치가 다른 두 가지에
영향을 준다는 것입니다.
자세히 설명하자면 우주선의 등급에 비해 '조함술'이 높으면 승무원들의
숙련도와 우주선 성능에 각종 보너스가 적용되지만, 반대로 우주선의 등급
에 비해 너무 낮으면 오히려 페널티가 주어지기도 한다는 것입니다. 무턱
대고 큰 우주선을 타고 다닌다고 좋은 것은 아니라는 말입니다. 진정한 개
척자가 되기 위해서는 우주선의 크기나 무장도에 연연하기보다 먼저 뛰어
난 '조함술'을 익힐 필요가 있습니다.
※조함술은 오직 우주선의 지휘로만 습득할 수 있습니다.

함장이라고 선장석에 앉아 소리만 질러 대는 사람이 아
니다. 냉철한 상황 판단과 적절한 명령은 기본, 거기에 '조함
술'이라는 스텟으로 전함의 성능에 영향을 주는 것이다.

그러나 아크와 붉은학살자를 제외하면 아크 함대의 함장은 모두 초보자. 그레온과 파크는 우주선을 구입한 지 얼마 되지 않았고, 레퍼드와 클렘은 이번이 처음이다.

반면 상대는 해적, 문자 그대로 함대전의 프로들이다.

당연히 그만큼 '조함술' 수치도 높을 터! 결국 전함의 성능, 함대의 편성, 거기에 함장의 '조함술'까지, 모든 부분에서 아크 함대가 밀리고 있는 것이다.

'무리다! 이런 식으로는 결과가 뻔해!'

그러나 아크도 결과가 뻔한 포격전을 마냥 지켜보고만 있었던 것은 아니었다.

"무슨 말인지 알아. 그리고 나도 나름대로 생각해 둔 방법이 있어. 하지만 아직은 아니야. 아직 좀 더 준비가 필요해."

—아직이라니? 지금 우리가 그런 말을 할 여유가 있어?

"없지. 없으니까. 아마도 기회는 단 한 번. 그 기회를 성공시키기 위해서는 좀 더 시간이 필요해. 그러니까 조금만 더! 조금만 더 버텨 줘!"

—대체 그게 뭔데?

퍼퍼펑! 퍼퍼펑! 퍼퍼펑!

붉은학살자가 미간을 찡그리며 되물었을 때였다.

또다시 포격이 쏟아지자 갑자기 후열에서 그레온함이 진형을 이탈하며 상승했다. 뜻밖의 상황에 모니터를 돌아보자 어느새 다시 자리를 차지한 그레온이 발악하듯이 소리쳤다.

-빌어먹을! 멀뚱멀뚱 서서 포격을 맞는다니, 이건 미친 짓이야! 보라고! 너희가 제대로 막아 주지 못해서 입은 상처를! 그런데도 그냥 진형을 유지하고 있으라고? 난 죽기 싫어! 아니, 난 죽어도 상관없지만 우주선은 포기 못 해! 차라리…….

　"멍청아! 그만둬!"

　퍼펑! 콰콰콰쾅!

　아크의 말이 채 끝나기도 전에 상승하던 그레온함의 갑판에서 폭발이 일어났다.

　새삼스럽지만 아크도 좋아서 멈춰 서서 무식하게 포탄을 때려 붓는 포격전을 하고 있는 아니다.

　이곳이 기뢰 밭 속이니까! 기뢰는 적과 아군을 구분하는 눈이 없으니까! 그러니 포탄을 피하겠다고 저렇게 무턱대고 움직이면 기뢰에 펑!

　-으악! 가, 갑판이!

　이런 꼴을 당하는 것이다.

　그러나 그레온의 불행은 그게 끝이 아니었다.

　그레온함이 진형에서 떨어져 나와 기뢰에 얻어맞고 해롱거리자 해적 함대가 곧바로 포격을 쏟아부었다.

　……성질 같아서는 그냥 콩가루가 되게 놔두고 싶었다.

　그러나 지금은 1척의 우주선이 아쉬운 상황이다. 그리고 저래 보여도 그레온함은 스팅거 타입의 기체, 방어력이 허접한 대신 공격력은 꽤 높은 우주선이었다.

"젠장! 헤겔, 실버스타를 그레온함으로 회전시켜라!"

아크의 명령이 떨어지자 실버스타가 제자리에서 팽이처럼 회전했다. 그리고 선수가 그레온함을 향하는 순간!

"앵커 발사!"

실버스타에서 뻗어 나간 앵커가 그레온함에 박혔다.

이때도 아직 실버스타는 회전하고 있었다. 때문에 앵커가 박히자마자 쇠사슬이 팽팽하게 당겨지며 그레온함이 실버스타의 회전 방향으로 원을 그리며 끌려 왔다. 덕분에 그레온함이 해적 함대의 포격에 박살 나는 상황은 피할 수 있었지만.

'……진형이 무너졌다!'

실버스타와 그레온함의 이탈로 진형이 와해된 것이다.

이제 아크 함대의 선두를 맡고 있는 함선은 아수라 1척, 실버스타와 공조해 방어하면서도 숨이 깔딱깔딱 넘어가던 아수라다. 그런데 탱커 역할을 혼자 떠맡으면 어떻게 될지는 뻔하다. 아마도 곧 아수라가 공중분해되는 장면을 구경할 수 있으리라.

'할 수 없지. 예정보다는 빠르지만.'

"레피드, 지금이다!"

아크가 고개를 돌리며 소리쳤다.

-좋지, 기다리고 있었다고. 가자! 전속 전진!!

레피드가 씨익 웃으며 대답하는 것과 동시에 무적함-Ⅰ

이 굉음을 일으키며 앞으로 치고 나왔다.

U 자 진형의 가장 후미에 포진하고 있어 무적함-Ⅰ은 거의 대미지를 받지 않은 상태였다. 그런 무적함-Ⅰ이 진형의 선두로. 아니, 아수라를 지나쳐 해적 함대를 향해 돌진했다.

이게 아크가 숨겨 두었던 비장의 한 수!

"여기서 승부를 건다!"

아크의 눈동자에 비장함이 깃들었다.

"저, 저게 무슨?"

장보고가 얼굴이 딱딱하게 굳었다.

갑자기 아크 함대의 진형이 무너지는가 싶더니 후열에 있던 무적함-Ⅰ이 무서운 기세로 돌진해 오고 있는 것이다.

포화를 뿜어내는 해적 함대를 향해!

"좀 전에 기뢰를 들이받은 우주선도 그렇고, 저 자식들이 죽을 때가 되니 미쳐 가나?"

-장보고, 저 함선의 뒤를 봐!

"뭐? 뒤?"

아리온의 말에 장보고가 눈매를 좁히며 모니터를 들여다보았다. 그제야 장보고는 무적함-Ⅰ의 뒤로 작은 물체가 떨어져 나가는 장면을 포착할 수 있었다.

그 물체는 사람! 무적함-Ⅰ이 후미로 승무원들을 떨구며 돌진해 오고 있는 것이다. 대체 왜? 아니, 그런 것은 굳이 생각할 필요도 없었다.

"설마 이 자식들……."

―그래, 육탄 공격이다. 놈들도 네가 우리 함대의 핵심이라는 것을 깨달은 거야. 하지만 포격으로는 답이 나오지 않으니 저런 방법을 쓸 수밖에 없겠지.

"웃기는군. 저따위 허접한 수송선으로 들이받는다고 어찌 될 전함도 아니지만 얌전히 당해 줄 수는 없지. 주포로 수송선과 승무원을 한꺼번에 녹여 주마!"

―아니, 놈이 이미 500미터 전방까지 접근했다. 주포를 충전할 시간이 없어. 저 수송선을 막기 위해서는 취약한 부분에 함대의 화력을 집중시켜야 한다! 유진, 저 수송선은 아솔라트 사양이다! 어디가 좋겠나?

―선수 아랫부분!

투콰콰콰! 투콰콰콰! 퍼펑! 퍼펑!

유진이 대답과 동시에 무적함-Ⅰ을 향해 함포와 기관포를 발사했다. 포탄이 박히는 곳은 정확하게 선수 아랫부분!

그러자 나머지 3척의 전함도 같은 곳을 향해 포탄을 쏟아부었다. 승무원이 모두 탈출했음에도 무적함-Ⅰ은 GEM 시스템이 가동되고 있었지만 해적 함대의 포격을 막아 내기는 역부족, 순식간에 선수가 뭉개지며 불길이 솟았다.

그러나 수송선 역시 전함과 비슷한 크기의 대형 우주선,

거의 무방비 상태로 다가온다 해도 막상 폭파시키기는 쉽지 않았다. 그러나 한 지점에 집중시킨 포탄이 장갑을 뚫고 선체 내부에서 폭발하기 시작하자 100여 미터를 남겨 두고 불길에 휩싸이며 폭발했다.

"홋! 쓸데없이 힘주게 만드는군."

장보고가 굳어 있던 표정을 풀며 중얼거릴 때였다.

갑자기 무적함−I이 뿜어 올리는 시커먼 연기가 소용돌이를 일으키며 갈라지더니 다른 함선이 불쑥 솟아 나왔다.

선체에 적혀 있는 이름은 무적함−Ⅲ!

"뭐, 뭐야? 이, 이 자식들……!"

쿠콰콰콰! 콰콰콰콰!

굉음이 울리며 전함이 확 기울어졌다.

무적함−Ⅲ가 연기를 뚫고 돌진해 장보고함을 들이받은 것이다. 이에 선장석에서 튕겨 나간 장보고는 바닥을 구르다가 패널을 들이받고 나서야 멈출 수 있었다.

"크윽! 빌어먹을! 머글, 전함의 피해를 보고…… 헉!"

이를 갈아붙이며 몸을 일으키던 장보고가 헛바람을 들이켜며 입을 다물었다. 전함을 들이받은 무적함−Ⅲ의 후미 갑판이 하얗게 백열되는 장면이 눈에 들어왔기 때문이다.

장보고는 그게 뭘 의미하는지 알고 있었다.

"……자폭!"

퍼펑! 콰콰콰! 콰콰콰콰쾅!

무적함-Ⅲ의 후미에서 거대한 섬광이 뻗어 나온 것은 그때였다. 은하계의 금기로 취급되는, 융합 엔진을 강제로 역회전시켜 일으킨 폭발로 만들어진 섬광이었다.

그 에너지의 양은 주포의 수 배!

전함의 장갑조차 증발시켜 버리는 엄청난 고열의 빛은 엄청난 속도로 팽창하며 순식간에 장보고함까지 삼켜 버렸다. 그리고 그 빛이 다시 축소되기 시작할 때, 1척의 전함이 은빛 궤적을 그리며 날아 들어왔다.

'……성공이다!'

폭발하는 장보고함을 지나치는 은빛 전함!

실버스타의 함교에서 아크가 주먹을 꽉 움켜쥐었다.

수송선 1척으로 해적 함대의 포화를 뚫고 들어가 장보고함과 충돌시킬 수 있으리라고는 처음부터 생각하지 않았다. 이에 아크는 이전에 해적들이 무적함-Ⅱ를 격침시킬 때 사용했던 방법처럼 무적함-Ⅰ, Ⅲ를 '◁◁' 형태로 돌진시켰다.

아니, 정확히 말하면 '◁◁◁◁◁◁'다. 그 뒤로 실버스타와 아수라, 그레온, 파크함이 줄지어 돌진한 것이다.

이유는 간단하다.

'승부를 내기 위해서!'

이때, 해적 함대는 무적함-Ⅰ의 돌진을 제지하기 위해 쉬지 않고 포격을 퍼부은 뒤였다.

그러나 아크 함대는 ◁◁◁◁◁◁…… 그냥 일렬로 늘어서서 무적함-Ⅰ의 뒤를 졸졸졸 쫓아오고 있었다.

그게 무슨 말이냐 하면…….

"지금이다! 주포 발사!"

퍼펑! 콰콰콰콰! 콰콰콰콰! 콰콰콰콰!

4척의 우주선에서 뻗어 나가는 거대한 빛줄기!

……해적 함대와 달리 아크 함대는 주포를 충전할 시간이 충분했다는 말이다.

장보고함을 넘어 들어온 아크 함대와 해적함 사이의 거리는 불과 100~200미터. 이 정도 거리면 굳이 조준도 필요 없다. 그리고 일단 발사되면 피할 수도 없다.

아크 함대에서 뻗어 나간 네 줄기의 빛이 아리온 함의 실드를 종잇장처럼 찢으며 관통했다. 그리고 중심에 커다란 구멍이 뚫린 아리온 함은 사방에서 불길을 뿜어내며 폭발을 일으켰다.

'이제 남은 적함은 2척!'

아크의 눈동자가 빠르게 남은 적함을 찾아 이동했다.

그러나 해적들도 상황이 이 지경이 될 때까지 넋 놓고 구경만 하고 있지는 않았다. 아크의 눈이 2척의 해적함에 닿는 것과 동시에 수십 발의 포탄이 날아왔다.

"산개하라!"

퍼퍼퍼펑! 퍼퍼퍼펑! 퍼퍼퍼펑!

아크 함대가 시방으로 흩어지는 것과 동시에 여기저기에서 포화가 터져 나왔다.

역시 이 정도까지 접근하니 포격을 피하기도 몇 배나 힘들었다. 게다가 이제 2척으로 줄었지만 남은 해적함은 후열에 위치해 포격전에서 거의 대미지를 입지 않은 상태였다.

반면 아크 함대는 실버스타를 포함해 하나같이 너덜너덜, 언제 침몰해도 이상하지 않은 상태였다. 2 대 4가 되었음에도 아직 승리를 장담할 수 없는 것이다.

'이 상태라면! 하지만……'

"헤겔, 남은 해적함을 향해 돌진하라!"

갑판에 포격을 받고 흔들리던 실버스타가 동체를 회전시키며 앞으로 뻗어 나갔다.

적함의 기관포에서 뿜어지는 포탄이 긴 궤적을 그리며 실버스타의 동선을 따라붙었다.

상하좌우에서 폭광이 터지며 장갑이 우그러드는 소음이 함교까지 들려왔다. 그러나 아크는 실버스타를 드릴처럼 회전시키며 포화를 뿜어내는 2척의 해적함을 향해 돌진했다.

그리고 들이받을 정도로 가까워지는 순간!

"각성 스킬!"

위이이잉! 콰콰콰콰!

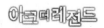

아크의 고함이 울려 퍼지는 것과 동시에 실버스타가 굉음을 일으키며 2개로 분열되었다. 아니, 4개, 8개, 16개…… 기하급수적으로 늘어나며 해적함을 뒤덮었다. 그리고 엄청난 속도로 해적함 주위를 종횡무진하며 포화를 쏟아부었다.

마치 스타크래프트의 캐리어에서 쏟아져 나온 인터셉터가 적을 뒤덮으며 공격하는 것과 같은 장면!

수십 척의 실버스타가 폭풍처럼 휩쓸고 지나가자 2척의 해적함은 남아 있던 실드가 순식간에 사라지고 장갑이 거북의 등껍질처럼 굵은 균열에 뒤덮였다.

이것이다!

이게 바로 아크가 화성에서 익힌 각성 스킬!

-〈각성 스킬 : 귀영鬼影〉을 습득했습니다!
각성 스킬(귀영) : 당신은 전사의 신전에서 수많은 난관을 극복하며 자신이 여러 가지 힘을 동시에 발동시킬 수 있는 능력을 터득했습니다. 그러나 이 능력으로 만들 수 있는 기술은 오직 하나뿐입니다. 이에 당신은 깊은 고민 끝에 자신의 힘을 가장 완벽하게 끌어 낼 수 있는 기술을 조합했습니다.
뛰어난 발놀림으로 분신을 만들어 적을 혼란에 빠뜨리는 '환영분신', 음속의 검기로 적을 가르는 '소닉 소드', 그리고 검기를 수십 개로 쪼개 적을 뒤덮어 버리는 '갤럭시소드'. 이 모든 기술이 동시에 발현되면 적은 당신의 실체를 확인하지도 못하고 죽음에 이르게 될 것입니다.
※포스 소모 : 300　　　　　　　　대기 시간 : 1시간

각성 스킬 귀영!

방금 전의 공격은 '귀영'을 '이미지 웨폰'으로 변환해 실버스타로 발동시킨 것이다.

아크가 턱도 없이 불리한 포격전을 해야 했던 이유가 이것이다. 실버스타의 다른 기능과 달리 '이미지 웨폰'은 아크의 포스를 잡아먹는다. 그것도 3배나!

그러나 아크는 칼리와 싸운 직후라 '이미지 웨폰'을 발동시킬 만한 포스가 남아 있지 않았다.

아니, '소닉 소드' 정도는 발동시킬 수 있었지만.

'내 스킬은 대체로 사거리가 길지 않아. 소닉 소드도 5~6미터. 실버스타로 발동시키면 당연히 그보다는 멀리 나가겠지만 포격만큼은 아니다. 적함의 포격을 뚫고 접근해야 하는 부담을 생각하면 소닉 소드는 만족스러운 대미지를 주기 힘들어. 그만한 부담을 감수하고 사용해야 한다면 적어도 치명상을 입힐 정도의 스킬이 아니면 안 돼. 다시 말해 가장 강한 스킬. 그리고 지금 내게 가장 강한 스킬이라면……'

말할 것도 없이 각성 스킬이다.

일단 세 가지 스킬이 동시에 발동되는 것이니까.

때문에 900의 포스가 회복될 때까지 기다려야 했다. 승산없는 포격전으로 실버스타가 너덜너덜해지더라도. 최후의 최후에 승기를 잡기 위해서.

'하지만 이미지 웨폰으로 발동시키니 직접 사용할 때보다는 좀 약한 느낌이야.'

아크는 이미 전사의 신전에서 '귀영'을 사용해 본 적이 있었다. 그때 느낌은 그야말로 충격! 수십 명으로 늘어난 아크가 거대한 인면암을 뒤덮으며 검기를 뿜어냈었다.

아니, 뭐 전함으로 비슷한 효과를 발동시키니 스케일 면에서는 지금이 몇 배나 웅장하지만 뭔가 번뜩이는 느낌은 부족한 것이다. 그러나 위력은 만족할 만한 수준이었다.

일격에 전함 2척의 실드를 분쇄하고 장갑을 굵은 균열을 뒤덮어 버린 것이다.

'하지만 아직 전투는 끝나지 않았다!'

아직 2척의 해적함이 격침된 것은 아니다.

'귀영'으로 상당한 대미지를 입혀 놨지만 이미 실버스타는 포격전에 의해 더 심각한 타격을 입은 상태. 그건 아수라와 그레온, 파크함도 마찬가지였다.

'역시 포스를 좀 더 모으고 작전을 시작했어야 했어.'

원래 아크의 계획은 '귀영'을 사용한 직후에 '쿠온'으로 아군 함대의 방어력을 올린 뒤에 전면전을 펼치는 것이었다.

그러나 그레온의 돌발 행동 때문에 급하게 무적함-Ⅰ, Ⅲ를 돌진시키는 바람에 필요한 포스를 다 모으지 못했다.

'하지만 이제 와서 아쉬워해 봤자 소용없어. 어찌 됐든 이제 사용할 수 있는 방법은 모두 사용했다. 그리고 이렇게까지 접근해 버린 이상 어설픈 작전도 통하지 않는다. 그렇다면 이제 남은 것은 하나! 누, 가, 먼, 저, 죽, 느, 냐, 다!'

"전기, 공격!"

투콰콰콰콰! 투콰콰콰콰!

아크가 실버스타를 선회시키며 포격을 뿜어내는 것과 동시에 뒤따라온 아수라와 그레온, 파크함도 포화를 쏟아부었다.

물러날 곳이 없는 것은 남은 해적함도 마찬가지.

해적함도 함포와 기관포에서 쉴 새 없이 포탄을 뿜어내며 대응하기 시작했다.

불과 100미터 거리에서 포화를 주고받는 도그파이터!

그러나 다음 순간, 아크는 가장 중요한 문제를 잊고 있었다는 것을 깨달았다. 바로…….

퍼퍼퍼펑! 퍼퍼퍼펑!

–Danger!

화재 발생! 신속하게 진화하지 않으면 추가 피해가 발생합니다!

–Warning!

기관실에 경미한 파손 감지! 조치를 취하지 않으면 기능에 문제가 발생할 수 있습니다!

줄지어 떠오르는 메시지!

"빌어먹을 놈들! 왜 나만 때리냐고!"

해적함의 포탄은 모두 실버스타에 집중되는 것이다.

애초에 해적들이 이곳에 온 이유는 아크를 때려잡기 위해서니까! 게다가 칼리를 해치운 것도, 장보고나 유진을 해치운 것도 아크니까! 그렇게 생각하면 당연한 일이지만…….

퍼퍼퍼펑! 퍼퍼퍼펑!

-Danger!

후미 갑판이 파괴되었습니다!

냉각장치가 파열되어 엔진이 과열되고 있습니다!

"젠장! 좋아! 어디 갈 데까지 가 보자!"

아크가 통째로 뜯겨 날아가는 장갑을 보며 이를 악물었다.

달리 방법이 없다. 물러날 수 없으면 이를 악물고 포격을 퍼붓는 수밖에 없었다.

그리고 그런 아크의 필사적인 포격(+아수라+그레온함+파크함이지만!)에 마침내 1척의 해적함이 불길에 휩싸여 폭발했을 때였다. 남은 1척이 갑자기 굉음을 일으키며 회전했다. 그리고 남은 힘을 쥐어짜듯이 엔진을 가동시키며 실버스타를 향해 돌진해 왔다.

동시에 해적함 내부에서 붉은 섬광이 연이어 터져 나오는 장면이 눈에 들어왔다.

순간 아크의 머릿속에 떠오르는 두 글자!

'……자폭!'

"이런 젠장! 헤겔, 전속 선회!"

"안 됩니다! 냉각장치의 파열로 엔진이 과열되어 출력이 떨어지고 있어요!"

"뭐, 뭐야? 이런 빌어먹을!"

아크가 있는 힘껏 욕설을 내뱉었다.

그러나 욕으로 실버스타의 엔진을 가동시킬 수는 없었다.

그리하여 결국 해적함이 실버스타를 들이받으며 폭발하려는 순간, 갑자기 어딘가에서 한 줄기 섬광이 뻗어 왔다.

파지지지! 파지지지!

검붉은 색이 뒤엉킨 공간에 푸른 스파크가 거미줄처럼 번져 나갔다. 다음 순간, 소용돌이를 일으키며 링 모양으로 확대되자 공간이 유리처럼 깨져 나갔다.

"이, 이렇게나……."

그 너머로 펼쳐지는 장면에 함교에 모여 있는 승무원들이 신음을 삼켰다.

거대한 링 모양으로 벌어진 워프 게이트 너머로 보이는 것은 엄청난 숫자의 금속 파편. 바로 연방 함대의 워프 포인트를 뒤덮은 전함 3척 분량의 데브리였다.

그리고 그런 지역에 워프 게이트를 만들며 진입하는 우주

선은 노블레스-Ⅱ, 마틴 후작의 순양함이었다.

데온 준위가 마틴 후작을 돌아보았다.

"데브리가 예상보다 많습니다."

"그래서?"

마틴 후작이 슬쩍 고개를 돌리며 되물었다.

"무서우니 그만두자는 건가?"

"아니, 그런 뜻은……."

"데브리의 숫자는 중요하지 않다. 아니, 기왕 목숨을 걸기로 했으면 많은 편이 좋지. 의욕이 생기지 않나? 자, 언제까지 구경만 하고 있을 거냐? 진격하라!"

마틴 후작이 단호한 목소리로 명령했다.

새삼스럽지만 워프 항해를 하는 우주선에 데브리는 적군의 포격보다도 두려운 존재였다.

적군이라면 싸워 보기라도 할 수 있다.

그러나 이만한 숫자의 데브리를, 워프 도중에 만나면 스왈로우가 그랬듯이 저항조차 하지 못하고 박살 나는 것이다.

그러나 마틴 후작도 아무런 대책도 없이 워프 게이트로 돌진을 명령하는 것은 아니었다.

"……이런 거다."

몇 분 전, 마틴 후작의 말이었다.

그러자 페이가 눈살을 찌푸리며 되물었다.

"이런 거라니요? 밑도 끝도 없이 그게 무슨 말입니까?"

"그러니까…… 흠, 막상 설명하려니 힘들군. 어이, 데온, 자네가 설명하게."

마틴 후작의 머리를 긁적이며 떠넘기자 데온 준위가 한숨을 불어 내며 입을 열었다.

"후작님의 생각은 이런 겁니다. 페이 대장님도 아시다시피 우주선의 연료로 사용되는 에테르는 회전에 의해 강력한 자기장을 발생시키는 물질입니다. 우주선의 융합 엔진은 그런 에테르의 자기장을 에너지로 전환시키는 역할을 하죠. 때문에 평소에는 자기장이 외부로 방출되는 일은 없습니다. 하지만 역회전시키면 상황은 달라집니다. 융합 엔진이 받아들일 수 없는 에너지로 변환되어 외부로 방출하게 됩니다. 융합 엔진을 역회전시킬 때 폭발이 일어나는 것은 그런 급격한 에너지의 변환을 우주선이 버티지 못하기 때문입니다."

"그러니까 폭발한다는 말이군."

"네, 폭발합니다."

데온 준위가 얄짤 없이 고개를 끄덕였다.

"하지만 은하 3국의 우주선은 모두 그런 사고에 대비해 어느 정도 안전장치가 되어 있습니다. 폭발까지 가기 전에 정회전으로 전환하면 피뢰침처럼 내부에 축적된 에너지를 외

부로 방출하도록 말입니다. 이때 외부로 방출되는 에너지는 충격파와 같은 효과를 내죠."

데온 준위의 설명을 듣던 페이가 고개를 끄덕였다. 그러나 그것도 잠시, 퍼뜩 놀라며 마틴 후작을 돌아보았다.

"충격파라면? 서, 설마?"

"그런 거다."

마틴 후작이 씨익 웃으며 끄덕였다.

"꽤 편리한 기능 아닌가? 특별히 무기를 사용하지 않아도 충격파를 만들어 낼 수 있다니 말이야. 워프 게이트 너머에 있는 데브리를 청소하는 데는 딱이지."

"하지만……."

데온 준위가 한숨을 불어 내며 끼어들었다.

"데브리를 밀어낼 정도의 충격파를 만들기 위해서는 거의 한계 지점까지 역회전을 시켜야 합니다. 만약 후작님의 생각대로 워프 게이트를 통과하며 그런 방법을 사용한다면, 정회전으로 전환하는 시간이 1초만 빨라도 충분한 충격파를 만들어 내지 못해 데브리에 당하고 말 겁니다. 그리고 반대로 1초만 늦어도 엔진이 폭발해 버리고 말겠죠."

"타이밍을 딱 맞추면 되겠군."

마틴 후작이 대수롭지도 않다는 표정으로 대답했다.

그러자 생각에 잠겨 있던 페이가 새삼스러운 표정으로 마틴 후작을 바라보았다.

"후작님도 그렇게까지 아크를……."

"아니, 뭐 아크가 걱정돼서 그런 것도 있지만."

잠시 말을 멈춘 마틴 후작이 슬쩍 입술을 치켜 올리며 송곳니를 드러냈다. 단지 그뿐이지만 승무원들이 자기도 모르게 움찔할 정도로 섬뜩한 기운이 함교를 뒤덮었다.

"나는 은하연방의 귀족이자 군부의 고문이다. 자랑할 만한 지위지. 그런데 고작 해적 따위가 잔머리를 굴려서 내 앞을 막고 있는 것이 용서가 되지 않는단 말이지."

마틴 후작이 몸을 돌리며 소리쳤다.

"이미 충분히 지체했다. 그러니 반대는 허락하지 않겠다. 단, 위험을 감안해 원하는 자가 있다면 지금이라도 다른 전함으로 옮겨 타는 것을 허락하겠다. 3분 주지."

그러자 잠시 승무원들을 돌아보던 데온 준위가 피식 웃으며 말했다.

"저희는 은하연방의 군인이자 마틴 후작님의 부하입니다. 자랑할 만한 지위죠."

"……다행이군. 3분을 아낄 수 있겠어."

이게 노블레스-Ⅱ가 워프 게이트로 진입하게 되기까지의 과정이었다.

꽤 논리적인 것 같지만 사실은 무대포!

그야말로 '도 아니면 모'나 다름없는 방법이었다.

그러나 마틴 후작은 해 버렸다. 그것도 직접. 충분한 에너지가 모일 때까지 데브리의 충돌을 버틸 수 있는 장갑을 가진 우주선도, 데브리를 밀어내는 충격파를 발산할 정도로 융합 엔진의 역회전을 버텨 낼 수 있는 우주선도 노블레스-Ⅱ밖에 없기 때문이다. 그러나 뭣보다······.

'기회는 한 번뿐이다. 융합 엔진의 역회전에 의해 생성되는 반발 에너지의 양이 부족하면 데브리를 밀어낼 정도의 충격파가 생기지 않아. 그리고 너무 늦으면 융합 엔진이 폭발한다. 폭발 직전의 타이밍, 성패는 그 타이밍을 잡아내는 데 달려 있다!'

그건 오직 함장의 감에 의지해야 하는 일.

여기에 무엇보다 필요한 것은 경험, 그리고 그 경험으로 쌓인 것이 '조함술'이다. 그리고 연방 함대에서 가장 많은 경험과 높은 '조함술'을 가진 함장은 두말할 필요 없이 마틴 후작!

퍼펑! 퍼퍼퍼펑! 퍼퍼퍼펑!

"데브리 직격!"

"최소 12개 이상의 데브리와 충돌했습니다!"

"선수 좌측 장갑 40% 파손! 우측 장갑 52% 파손!"

마틴 후작이 그런 생각을 하는 사이에 폭음과 승무원들의 보고가 잇달았다. 그러나 마틴 후작은 눈을 감은 채 다른 소리에 집중하고 있었다.

웅웅웅웅! 웅웅웅웅! 웅웅웅웅!

게이트로 진입하기 전부터 함 내를 진동시키는 굉음.

바로 융합 엔진의 역회전으로 함 내의 에너지가 폭주하며 일으키는 소리였다. 그 굉음만으로도 에너지의 폭주가 선체에 얼마나 큰 부담을 주고 있는지 알 수 있었다.

그리고 우주선이 더 이상 그 부담을 견디지 못하는 상황에 도달하면 그대로 붕괴!

데브리조차 남기지 못하고 사라지는 것이다.

그렇다고 데브리가 그보다 덜 위험하다는 말은 아니었다.

1초에도 서너 발씩 박히는 데브리에 이미 너덜너덜해진 장갑에서는 연이어 불길이 번져 나오고 있었다.

폭주하는 에너지! 쉴 새 없이 내리꽂히는 데브리!

그때마다 비명 같은 굉음을 일으키며 진동하는 노블레스-Ⅱ의 승무원들은 얼굴이 시커멓게 타들어 갔다.

"좌측 70%! 우측 83%! 항해장님, 이제 한계입니다!"

"이쪽도 한계입니다! 융합 엔진의 역회전을 버티지 못한 기기가 터져 나가고 있습니다!"

"후작님!"

데온 준위가 다급한 표정으로 소리쳤다.

그러나 팔짱을 끼고 선장석에 앉아 있는 마틴 후작은 고개

를 저었다.

"아직이다! 아직 충분하지 않아!"

"하지만 더 이상은 선체가 버티지 못합니다!"

"아니, 버틸 수 있다! 노블레스는 그냥 우주선이 아니다! 나와 함께 수십 년이나 전장을 누빈 전사다! 우주선은 시간이 지나면 낡지만, 전사는 시간이 지날수록 강해지는 법! 나만큼 노블레스를 잘 아는 사람은 없어! 아직이다! 노블레스는 아직 버틸 수 있다!"

마틴 후작이 주먹을 불끈 쥐며 소리쳤다.

전사에게 수많은 전장을 함께한 무기나 우주선은 이미 단순한 도구가 아니다. 전우! 마틴 후작은 그런 자신의 전우에게 무한한 신뢰를 품고 있었다.

버텨 주리라고! 이따위 데브리에, 고작 융합 엔진을 역회전시키는 정도에 무너지지 않으리라고! 그러나……

"이건 노블레스가 아닙니다! II입니다! 수십 년 동안 후작님과 함께해 온 우주선이 아니라 만든 지 몇 달도 되지 않는 신상이라고요!"

"……아!"

"후-작-님-!"

"젠장! 융합 엔진 정지! 에너지를 차단하라!"

퍼뜩 고개를 든 마틴 후작이 튕겨 일어나며 소리쳤다.

그리고……

콰콰콰콰! 퍼펑! 퍼퍼퍼펑!

동체에 뚫린 구멍에서 불길을 뿜으며 기울어지는 해적함.

그것으로 끝이었다. 최후의 해적함은 실버스타와 함께 자폭할 작정으로 엔진을 폭주시킨 상태였다. 거기에 엄청난 위력의 광선포가 뚫고 지나가자 맥없이 기울어지다가 이내 폭광에 휩싸이며 흔적도 없이 사라졌다.

"사, 살았다……."

갑자기 온몸에서 식은땀이 콸콸 쏟아졌다.

그다음에야 사라진 해적함 뒤로 10여 척의 전함이 눈에 들어왔다. 그중에서도 가장 먼저 눈에 들어오는 것은 거대한 동체의 순양함!

전장에서 막 돌아온 것처럼 수많은 균열에 번져 있는 순양함의 선수에서는 아직까지 주포를 발사한 여력이 남아 스파크가 튀어 오르고 있었다.

-노블레스-Ⅱ

이 순양함의 주인은 말할 것도 없이…….

-늦지는 않은 모양이군.

지직거리는 모니터에 마틴 후작의 얼굴이 떠올랐다.

SPACE 6. 전투가 끝나고……

이큘러스의 궤도 근방.

까마득히 펼쳐진 우주 공간에 한 사내가 떠 있었다.

먹이를 노리는 짐승처럼 날카롭게 번뜩이는 눈동자로 주위를 훑어 내리는 사내는 아크!

새삼스럽지만 아크는 몇 시간 전, 이큘러스를 위협하는 해적의 연합 함대를 격파했다. 이 사건은 아크에게 단순히 영지 혹성을 지킨 것 이상의 의미가 있었다.

일개 개척자로만이 아니라 함대를 이끄는 지휘관으로서의 능력을 평가받는 계기가 된 것이다.

물론! 이번 전투로 얻은 것은 그것만이 아니었다.

-함대전에서 승리했습니다!

2척 이상의 우주선이 파티를 맺은 상태로 전투를 벌이는 것을 함대전이라
고 합니다. 그리고 함대전이 시작되면 특별한 경우를 제외하고는 적을 쓰
러뜨려 획득하는 경험치나 명성 등, 각종 보상 포인트는 전투가 끝난 뒤에
일괄적으로 지급됩니다. 물론 이 보상은 승자만이 얻을 수 있습니다. 패자
는 아무것도 없을 수 없습니다.

올 오어 낫싱All or Nothing. 함대전은 모든 것을 얻든가, 모든 것을 잃는, 운명
을 건 도박과도 같은 것입니다.

※종합 경험치 +267,400
※함대장 추가 경험치 +104,000
※승전 보너스 : 명성 +10,500, 모험치 +2,400
※관련 스탯 보너스 : 통솔 +45

전투가 끝나고 떠오른 메시지!

칼리 함대는 전함 6척의 소형 전투기 8기였다.

그런 대함대를 격파하는 동안 경험치 따위가 들어오지 않
았던 이유가 이것.

물론 아크는 칼리를 쓰러뜨렸을 때 경험치+기타 등등을
얻었다. 그러나 그건 〈영웅대전〉의 승패로 칼리의 능력치를
뺏어 온 것이었다.

적함이나 해적을 쓰러뜨린 보상은 이런 식으로 함대전이
끝난 뒤에야 정산해서 받을 수 있는 것이다.

그리고 칼리 함대를 박살 내는 동안 쌓인 경험치는 267,400!
거기에 함대장을 맡아 추가 경험치가 적용되어 104,000! 뿐

만 아니라 명성과 모험치도 각각 10,500과 2,400이 들어왔
고, 혼자서는 죽어라 몬스터를 때려잡아도 1도 오르지 않던
통솔이 45나 올라갔다.

이것이야말로 하이 리스크 하이 리턴High risk high return! 함
대전은 자칫 지금까지 쌓아 온 모든 것을 한 방에 잃을 수도
있는 싸움이지만, 그만큼 승리했을 때의 보상도 상당한 것
이다.

그리하여…….

캐릭터 정보창

이름 : 아크(R-02788)　　　　　**레벨** : 184
종족 : 인간　　　　　　　　　　**직업** : 엘림의 계승자
명성 : 58,430
생명력 : 4,005(+565)
정신력 : 1,130(+515)[마나 : 25 포스 : 1,825]
모험치 : 12,860
힘 : 476(+83)　　　　　　　　**민첩** : 496(+137)
체력 : 686(+118)　　　　　　　**지혜** : 41(+33)
지능 : 446(+98)　　　　　　　**운** : 46(+28)
통솔 : 119
※칭호 : 피스메이커(힘, 민첩, 체력, 지혜, 지능, 운 +5)
　　　　　시공간 돌파자(힘, 민첩, 체력, 지혜, 지능, 운 +10)
　　　　　벨타나의 영웅(힘, 민첩, 체력, 지혜, 지능, 운 +3)
　　　　　아타마스의 영웅(힘, 민첩, 체력, 지혜, 지능, 운 +5)
　　　　　히어로 슬레이어(힘, 민첩, 체력, 지혜, 지능, 운 +5)
※세트 아이템 효과 : (힘, 민첩, 체력 +10, 방어력 +20)

　전사의 신전에서 나왔을 때의 레벨이 178이었다.

　그 뒤로 지금까지 채 이틀도 지나지 않았다. 그중 하루는 R-14에서 이큘러스로 돌아오는 데 걸린 시간, 다시 말해 불과 하루 만에 6레벨을 올린 셈이다.

　물론 이런 경험치는 아크에게만 주어진 것은 아니다.

　기여도에 따라 다르기는 하지만 함대전에 참가한 전원에게 주어진 보상. 덕분에 붉은학살자나 레피드, 그레온, 파크 등의 함장들도 평균 3~4레벨이 상승했다.

　그리고 일반 승무원으로 참전해 경험치의 양은 적지만, 비교적 레벨이 낮은 편이었던 친위대나 실버핸드 등은 단숨에 6~7. 어떤 승무원은 단숨에 10레벨이 올라가기도 했다.

　무지막지한 광렙!

　아크만이 아니라 컴퍼니 직원 모두가 단숨에 몇 단계나 성장한 것이다. 얻은 것은 그것만이 아니었다.

바론의 무적 보갑(유니크)

아이템 타입 : 라이트 아머　　　　**착용 제한** : 레벨 150
방어력 : 70+?　　　　　　　　　**내구도** : 46/100

과거 은하계에서 악명을 떨치던 해적 바론이 사용했다고 알려진 갑옷입니다. 바론은 개척지 동부에 거점을 두고 있던 해적으로 한때는 평의회조차 쉽게 건드릴 수 없는 세력을 가지고 있었습니다. 그에 대해서는 여러 전설 같은 무용담이 전해지지만 그중 가장 유명한 것은 일명 백인살百人殺! 혼자 적함에 뛰어들어 각종 화기로 무장한 선원 100명을 살해한 사건입니다.

그 이후로 바론은 불사신이라는 별명을 얻게 되었는데, 사실 그게 가능할 수 있었던 이유는 바로 그가 입고 있던 보갑 덕분이었습니다. 당시 바론이 장악하고 있던 혹성 중에는 고대 비술을 사용하는 부족이 있었는데, 바론은 이들에게 자신이 약탈한 보물을 이용해 무적의 갑옷을 제작하라는 명령을 내렸습니다. 그러나 세상에 무적이란 존재할 수 없는 법. 이에 밤낮으로 고민하던 부족민들은 한 가지 방법을 찾을 수 있었습니다. 바로 갑옷에 사용자의 악명을 방어력으로 바꾸는 비술을 부여한 것입니다.

당시 바론은 이미 은하계에서 누구도 범접할 수 없는 악명을 떨치던 해적. 덕분에 보갑은 실제로 바론이 불사신이라고 불릴 정도의 방어력을 발휘했습니다.

그러나 결국 훗날 바론도 무명의 전사에게 패배해 갑옷을 빼앗기고 처형됐다고 전해집니다.

해적의 말로란 결국 그런 것입니다.

이후 갑옷은 전사의 손에 의해 봉인되었습니다.

《힘 +15, 체력 +10, 민첩 +15》
《특수 옵션(악당의 배포) : 사용자가 카오틱일 경우, 악명이 100씩 오를 때마다 갑옷의 방어력이 1만큼 상승합니다.》

칼리가 떨군 갑옷이었다.

"뭐든 이유가 있는 법이라니까."

돌이켜 생각하면 아크가 고전했던 이유는 역시 금강륜이라는 사기적인 무기 탓이 컸다.

그러나 그게 전부는 아니었다.

방어력! 똑같이 공격을 주고받아도 아크가 대미지 100을 받으면 칼리는 20~30밖에 받지 않았던 것이다.

-나도 장비품이라면 누구와 비교해도 꿀리지 않아. 그런데도 이 정도까지 방어력이 다르다면 그만큼 레벨이 차이가 난다고밖에는 생각할 수 없어.

그때는 이렇게 생각했다.

때문에 더 전의를 잃었던 것이다. 그러나 착각이었다. 그 무지막지한 방어력의 비밀은 바로 이것!

"악명을 방어력으로 바꿔 주는 갑옷이라니⋯⋯."

한 번만 PK를 해도 악명은 100~150씩 올라간다. 다시 말해 1명만 죽여도 방어력 1이 올라간다는 말이다. 하물며 개척지에서도 손에 꼽히는 악명을 자랑하던 칼리다.

악명도 경험치처럼 일정 수준 이상 올라가면 상승 폭이 좁아지기는 하지만 칼리의 손에 사라진 우주선만 족히 수십 척은 될 것이다. 죽은 사람은 그 수십 배!

"칼리 자식, 대체 방어력이 얼마였던 거야?"

상상조차 되지 않았다.

어떤 의미에서는 금강륜보다 사기적인 장비품!

그래서 고민이다. 굳이 말할 필요도 없지만 아크는 범죄자가 되고 싶은 생각이 없었다. 아무리 좋은 갑옷이라도 아크에게는 무용지물. 그러니 파는 수밖에 없지만.

'이 갑옷은 카오틱이 아니면 딱히 메리트가 없어. 결국 비싼 값을 지불하고 살 사람은 카오틱밖에 없어. 그것도 악명이 최소 수천 이상 되는 카오틱. 그런 카오틱은 해적밖에 없다. 다시 말해 해적에게 팔아야 한다는 말인데…….'

이번에 아크가 박살 낸 칼리와 장보고, 아리온, 유진은 개척지를 주름잡던 해적들이다.

뭐 해적이 그들밖에 없는 것은 아니지만 원래 끼리끼리 통하는 법. 이 갑옷이 해적에게 들어가면 다시 칼리 일당의 손에 넘어가지 말란 법이 없었다.

아니, 꼭 칼리에게 들어가지 않더라도 이번 전투로 아크는 아마도 해적들 사이에서 꽤 유명해질 것이 분명했다. 그중에는 악명을 떨치기 위해 아크에게 도전하는 무리가 생겨날지도 모른다. 그런 해적들에게 들어가도 곤란해지지 않겠는가.

'이건 완전 계륵鷄肋이군.'

아크에게는 딱히 필요 없지만 팔아 치우자니 찜찜하다.

그나마 위안이 되는 것은, 소중한—분명히!— 갑옷을 잃은 칼리가 땅을 치며 분통을 터뜨리고 있으리라는 정도.

그리고 그런 전리품은 또 있었다.

골동품 컬렉션

아이템 타입 : 소장품

단단한 상자 안에는 꽤 오래되어 보이는 조각상이 들어 있습니다. 별다른 특징이 없는 이 조각상은 사람에 따라 그저 잡동사니로 보일 수도 있습니다. 그러나 은하계에는 별보다 많은 사람이 있고, 모두 취향이 다릅니다. 그들 중에는 이렇게 아무짝에도 쓸모없는 물건이라도 거금을 들여서라도 손에 넣고 싶어 하는 골동품 수집가도 있습니다. 그런 수집가들이 특히 구매욕을 불태우는 것이 이처럼 시리즈로 되어 있는 골동품입니다. 모으십시오! 당신의 주머니가 두둑해질 것입니다!

《탄탈리온 시리즈 : 17/20》

이게 칼리가 떨군 두 번째 아이템!

사실 아크도 이런 종류의 아이템을 몇 번 얻은 적이 있었다. 이런 아이템은 유저에게는 잡동사니, 아무런 의미도 없지만 정보창에 나와 있는 것처럼 수집가 NPC들 사이에서는 제법 괜찮은 가격에 거래되는 품목이었다.

골동품이니 희귀도에 따라 다르지만 적어도 개당 20~30골드는 받을 수 있는 것이다. 그러나 그 가격을 단숨에 10배 이상 뻥튀기시킬 수 있는 방법이 있었다.

바로 시리즈!

대부분의 골동품은 각각의 문명에 따라 시리즈로 되어 있는데, 이 시리즈를 모두 모아 팔면 낱개로 팔 때보다 10배 이상의 가격이 붙는 것이다.

'하지만……'

아크는 진즉에 포기했다.

처음 골동품을 얻었을 때는 나름 기대를 품고 모아 볼 생각이었다.

그러나 이런 골동품도 나름 레어.

구하기가 쉽지 않을뿐더러, 시리즈의 종류도 문자 그대로 별만큼 많았다. 힘들게 구해 봐야 전혀 다른 시리즈의 골동품일 때가 99%!

'이런 데 목을 매다니, 미친 짓이지.'

그래서 그냥 팔아 치워 용돈 벌이나 하고 있었다.

그런데 그런 미친 짓을 하는 유저가 있었다. 뿐만 아니라 20개 중 17개나 모은 것이다. 보기와 달리 꽤나 인내심이 많은 성격이다……라기보다는…….

'해적이니까 가능한 일이었겠지.'

화물선을 털면 쉽게 모을 수도 있었을 테니까.

어쨌든 아크로서는 완전 대박이다. 진즉에 시리즈 모으기는 포기했지만 20개 시리즈 중 17개나 모여 있다면 얘기는 다르다. 게다가 시리즈는 종류가 많을수록 완성했을 때의 가치가 높아진다. 낱개 가격이 20~30골드니 20개면 그것만으로도 400~600골드.

'거기에 최소 10배면 4,000~6,000골드!'

거기까지 남은 개수는 불과 3개! 단순 계산으로도 3개만 더 구하면 4,000~6,000골드를 벌 수 있는 것이다.

'아무리 해적이라도 시리즈 아이템을 17개나 모으는 것이 쉬웠을 리가 없지. 최소한 몇 달 동안 적금을 붓는 기분으로 차곡차곡 모아 왔을 거야. 그리고 이제 남은 것은 3개. 곧 인내심을 발휘한 보상을 받는다며 행복한 꿈을 꾸고 있었겠지.'

그런 기분은 아크가 누구보다 잘 알고 있었다.

과거 아크도 빚에 허덕이면서도 푼돈을 쪼개고 쪼개 적금을 부어 봤으니까. 그런데 만기가 다 된 적금 통장이 다른 사람의 손에 들어간 것과 같은 상황이 된 것이다.

나중이라도 이 사실을 알게 되면 칼리가 어떤 표정을 지을지 안 봐도 비디오다.

'울겠지! 울 거야! 땅을 치며 통곡하겠지!'

난데없이 이큘러스를 공격해 온 해적 두목. 그런 놈이 분통을 터뜨리며 질질 짜는 장면을 상상하는 것만으로도 10년 묵은 체증이 내려가는 기분이었다.

그럼에도 불구하고!

노블레스-Ⅱ의 포격에 마지막 해적함이 폭발하던 그 순간!

'……이겼다!'

아크는 승리를 확신함과 동시에…….

'……망했다!'

닥쳐 올 현실에 절망했다.

확실히 이번 전투는 아크의 승리였다.

그것도 압도적인 전력의 적을 상대로 일궈 낸 대승리! 뿐만 아니라 칼리에게 상당한 가치의 전리품을 2개나 빼앗았다. 거기에 아크는 물론 컴퍼니 직원들까지 광렙!

"만세!"

덕분에 직원들은 속없이 환호성을 터뜨렸지만, 아크는 환호성 대신 한숨을 푹푹 불어 내야 했다.

사실 아크는 마냥 기뻐할 수 있는 입장이 아니었다.

실버스타를 포함해 아수라, 그레온과 파크함, 이번 전투에 참전한 우주선은 하나같이 아직 버티고 있는 게 신기할 정도로 너덜너덜, 격침되기 일보 직전의 피해를 입은 것이다.

그 수리비는 당연히 아크가 지불해야 한다.

'이큘러스의 도크에서 수리하면 부담이 좀 줄어들기는 하겠지만…….'

그래도 4척이나 된다.

아직 견적이 나오지 않았지만 적은 돈은 아니리라.

뿐만 아니라 사상자도 있었다.

연방 함대가 도착했을 때 양군이 바로 퇴각해 실제 백병전을 벌인 시간은 그리 길지 않았지만 서너 배나 되는 해적과 교전하면서 피해가 없을 수는 없었다. 그중 가장 많은 전사자가 발생한 부대는 역시 가장 먼저 칼리함에 도착한 친위대. 절반이 넘는 6명이 전사한 것이다.

……당연히 그 부활 비용 역시 아크가 지불해야 한다.

물론 다른 부대의 전사자도 있었다. 붉은학살자의 레드프론트에서도 2명의 전사자가 나왔고, 레피드나 클렘의 휘하에 있던 다크에덴의 직원도 6명, 그레온이나 파크가 고용했던 용병 중에서도 7명의 전사자가 발생했다.

이들 중 부활이 가능한 사람은 부활 비용이, 부활이 안 되는 NPC는 그 나름의 보상을 해 줘야 하는 것이다.

……당연히 그것도 아크가.

여기까지만 해도 아크가 지불해야 하는 금액은 어마 무시하다. 그러나 지금 아크에게 그 정도는 아무것도 아니었다.

왜냐고? 다른 게 있으니까!

진짜 어마무시하게 보상해 줘야 할 것이 있으니까!

바로…….

−무적함−Ⅰ:《소실》
−무적함−Ⅱ:《항해 불능 : 현재 인양 중》
−무적함−Ⅲ:《소실》

이거다! 무적함−Ⅰ, Ⅱ, Ⅲ!

그중 무적함−Ⅰ은 마지막 전투에서 돌진하다가 해적 함대의 집중포화에 펑! 무적함−Ⅲ는 장보고함을 들이받고 자폭으로 펑! 그나마 무적함−Ⅱ는 가장 먼저 전선에서 이탈해 완전히 소실되지는 않았지만 폐선과 다름없는 상태였다.

그리고 이 3척의 함선은 무적함이라고 적어 놨지만 실제로는 라마와 아슐라트, 평의회의 연구진이 타고 온 수송선이다. 그들의 동의를 얻어 전투에 동원했지만 당연히 그 역시…….

'물, 어, 줘, 야, 한, 다!'

숨이 턱 막히게 만드는 암울한 현실!

영주라고는 하나 아직 제대로 수익조차 내지 못하고 있는 혹성의 영주가, 느닷없이 대형 수송선 3척분의 빚을 떠안아 버린 것이다. 승리의 기쁨도 잠시, 그 사실을 자각하는 순간 아크는 끝없는 나락으로 떨어지는 절망감에 휩싸였다.

……빚! 이기고도 빚!

대승리를 거두고도 빚더미에 올라앉은 것이다.

그러나! 아크에게도 전혀 희망이 없는 것은 아니었다.

"쳇, 벌써 지속 시간이 끝났나? 다시 나와라, 샤이어! 룬 문자 쿠엠라돈!"

한숨을 푹푹 불어 내며 구시렁거리던 아크가 우주 공간에 룬 문자를 새겨 넣었다.

복잡하게 얽히는 푸른빛의 룬 문자는 상공에 광범위한 시야를 가진 제3의 눈을 만드는 쿠엠라돈. 우주 공간에 눈동자가 떠오르자 멀리서 반짝이는 물체가 시야에 잡혔다.

"저기다! 우주 비행!"

그곳을 향해 아크의 몸이 독수리처럼 날아갔다.

그리고 먹잇감을 낚아채듯이 반짝이는 물체를 와락 움켜

쥐었다.

　－〈경갑 : 해적의 스카프〉를 습득했습니다.

　동시에 떠오르는 메시지!
　이거다. 아크에게 남아 있는 작은 희망의 불씨가.
　새삼스럽지만 칼리는 전함만 가지고 온 것이 아니었다. 그 전함 속에는 400에 달하는 해적이 승선하고 있었다.
　그렇다. 해적. 카오틱이다.
　그리고 유저든 NPC든 카오틱은 사망할 때 무조건 최소한 장비품 하나를 떨구는 것이 지엄한(?) 갤럭시안의 법도!
　이는 다시 말해…….
　'여기에 최소 장비품 400개가 떨어져 있다는 뜻이다!'
　칼리 함대가 전멸한 이 우주 공간은 문자 그대로 아이템 밭! 이 사실을 깨닫는 순간 아크는 흥분과 동시에 똥줄이 타들어 갔다.
　이곳이 다른 장소라면 상관없다. 그러나 우주 공간이다.
　전함과 함께 폭사한 해적들의 장비품은 이 끝도 없는 우주 공간에 흩어져 있는 것이다. 그런 곳에서 작은 장비품을 찾아 회수하는 것도 보통 일이 아니지만, 그사이에 우주풍宇宙風이라도 불어닥친다면 그야말로 재앙!
　아크가 승리의 기쁨을 누릴 새도 없이 우주 공간을 서성이

는 이유가 그래서다.

놀고 있을 때가 아닌 것이다. 그리하여……

우주 비행! 우주 비행! 우주 비행!

-〈검 : 레이피어〉를 습득했습니다.

-〈중화기 : RPG-0014〉를 습득했습니다…….

정신없이 장비품을 쓸어 담는 중이었다.

물론 그건 아크만이 아니었다.

"상황을 보고하라."

-4조, 현재 17개를 회수했습니다.

-2조, 26개입니다. 이쪽은 거의 끝난 것 같습니다.

다크에덴의 직원은 물론 레드프론트, 그레온 일행과 파크 일행까지, 방금 전까지 해적과 싸우던 병사들은 전투가 끝나는 것과 동시에 모두 전리품 회수 작업에 투입되었다.

그건 연방 함대도 다를 바 없었다.

"헥스, 그쪽 작업은 어떻게 진행되고 있습니까?"

-예정대로 진행 중이네. 큰 덩어리들은 이제 대충 정리됐고, 작은 파편을 모으는 중이야. 자네가 있는 쪽도 곧 작업이 진행될 예정이니 대원들을 철수시키게.

"알겠습니다. 모두 철수!"

헥스의 대답에 아크가 주변의 대원들에게 소리쳤다.

그와 함께 주변에서 전리품을 줍던 대원들이 멀찍이 물러나자 거대한 우주선이 다가왔다. 번쩍이는 외관의 순양함은 노블레스-Ⅱ!

-발사!

우우우웅! 푸슝!

다음 순간, 헥스의 목소리가 울리자 노블레스-Ⅱ에서 작은 구체가 폭사되었다.

구체는 방금 전까지 아크와 대원들이 돌아다니던 공간에서 우뚝 멈췄다. 그리고 사방으로 작은 안테나 같은 물체가 솟아 나와 스파크를 일으켰을 때였다.

돌연 근방을 떠다니던 데브리—폭파된 우주선의 잔해—들이 구체를 향해 움직이기 시작했다. 그리고 구체와 결합. 주위의 데브리가 모두 달라붙자 구체는 순식간에 수백 미터 크기의 금속 덩어리가 되었다.

-흠, 다 됐나? 3번 호위함, 부탁합니다.

슈슈슈슈! 퍼펑!

다시 헥스의 목소리가 들리자 노블레스-Ⅱ 옆의 전함이 앵커로 금속 덩어리를 포획했다. 그리고 천천히 기수를 돌려 이큘러스로 이동하기 시작했다.

연방 함대가 맡은 작업이 이것이었다.

현재 이 지역에 떠다니는 데브리는 모두 전함의 잔해.

뭐 지금은 산산이 분해되어 그냥 고물이지만, 그 역시 팔면 돈이 된다. 그러나 잔해라고 해도 큰 것은 직경이 수 미터나 되는 금속이다.

이런 것을 사람이 나르기는 무리.

그러나 이제 빚쟁이 신세가 되어 버린 아크는 나사 하나도 포기할 수 없었다.

이제 1쿠퍼도 아쉬우니까!

다행히 아크의 회사에는 이런 잔해 회수의 전문가가 있었다. 바로 실버핸드의 회수 조장, 스케빈저Scavenger(청소부) 헥스였다. 그리고 헥스는 아크의 기대대로 스케빈저로서의 면모를 과시했다. 그게 바로 방금 전의 장면이다.

노블레스-Ⅱ에서 사출된 구체는 일종의 전자석.

헥스는 연방 함대의 도움을 받아 구체로 주변의 데브리를 큰 덩어리로 만들어 하나씩 이큘러스로 옮겨 가는 작업을 맡고 있었다. 그리고 이큘러스의 도크에서는 토리가 마틴 후작 함대의 엔지니어들과 금속 덩어리를 다시 분리, 재활용할 수 있는 부품과 고철로 분류하는 작업을 진행 중이었다.

'함대전에서는 스케빈저의 역할도 무시할 수가 없구나.'

전리품 회수에 동원된 병사들을 지휘하는 것도 실버핸드의 스케빈저들이었다. 새삼 RPG에서는 불필요한 직업이 없다는 사실을 실감할 수 있는 대목이었다.

컴퍼니의 규모가 커질수록, 하는 일이 많아질수록 직원을 다양하게 갖출 필요가 있는 것이다. 어쨌든 덕분에 전리품과 데브리 수거 작업은 착착 진행되고 있었지만.

'……이것으로 얼마나 충당할 수 있을지.'

나가야 할 돈을 생각하면 속 편하게 웃을 수 없었다.

아크가 그런 생각을 하고 있을 때였다.

─하여간 못 말릴 놈이군.

님프에서 마틴 후작의 목소리가 흘러나왔다.

─일부러 도와주러 온 연방 함대를 고물 수거에 동원하다니, 네놈은 염치라는 것도 없나? 은하계가 아무리 넓어도 너 같은 놈은 또 없을 거다.

"쳇, 또 그 소리입니까?"

아크가 입술을 삐죽거리며 투덜댔다.

"나라고 뭐 좋아서 이러고 있는 줄 알아요? 나도 속이 내 속이 아니라고요. 그리고 따지고 보면 이렇게 된 건 마틴 후작님 탓도 있잖아요."

─뭐야? 내 탓?

"그렇잖아요. 이전에 격침된 무적함-Ⅱ는 그렇다 쳐도, 마틴 후작님이 제때 나와 주기만 했어도 무적함-Ⅰ, Ⅲ까지 박살 나지는 않았을 거 아닙니까! 덕분에 수송선이 몽땅 박살 나서 엄청난 빚이 생겨 버렸다고요! 그것도 채권자가 아슐라트와 라마, 평의회에 진 빚이라 떼먹지도 못해요! 대체 어떻게 책임질 겁니까?"

−허, 이 자식 보게. 물에 빠진 사람 구해 줬더니 보따리 내놓으라는 격이로군.

마틴 후작이 어이없는 목소리로 말했다.

−내가 어디 딴 데 가 있었냐? 상황을 보고도 몰라? 내가 한가하게 노느라 못 나왔냐? 이면세계에서 나오느라 나도 목숨을 걸었다고! 이 내가! 마틴 후작이! 다른 문제는 그만두고서라도 보통 이것만으로도 눈물을 흘리며 넙죽 절을 해야 마땅하지 않냐?

"뭐 그야……."

아크가 머리를 긁적였다.

전투가 끝난 뒤에 페이에게 들었다.

마틴 후작이 데브리를 뚫고 나오기 위해 어떤 방법을 사용했는지. 마틴 후작답다고 생각하지만, 그 역시 아크를 걱정하지 않았다면 그런 무모한 방법을 사용하지는 않았으리라.

−내가 그렇게라도 나왔으니 망정이지, 그냥 포기하고 포커나 치고 있었으면 넌 뒈졌어.

뭐 그것도 인정.

그래, 다 사실이다. 하지만…… 하지만 뭔가…….

−네가 그런 식으로 나온다면 나도 말해 줄 필요가 없겠군. 딴에는 네 빚을 없앨 방법을 알아봤는데 말이야. 됐다. 그만두지.

"에? 비, 빚을 갚을 수 있는 방법이라니요?"

이어지는 말에 오리 입을 만들고 있던 아크가 퍼뜩 고개를 들어 올렸다.

그러나 돌아오는 것은 배배 꼬인 말뿐이었다.

-됐다니까. 은혜도 모르는 놈에게 내가 왜 그런 것까지 말해 줘야 하는데?

"아! 젠장! 누가 고마운지 모른데요? 알아요! 안다고요! 나도 상황이 너무 답답해서 그러는 거잖아요! 어른이 돼 가지고 그 정도도 이해 못 합니까?"

-못한다. 인마. 어쩔래?

"정말……."

-그만하시죠, 후작님.

아크가 울컥하자 페이가 끼어들었다.

-아크, 들리나? 나 페이다. 그리 짜증 낼 필요 없어. 후작님도 여기까지 함대를 이끌고 왔는데 제대로 싸워 보지도 못해서 욕구불만이 돼서 이러는 거니까. 그래도 누구보다 네 안위를 걱정한 분이 후작님이다. 그게 아니었다면 아무리 후작님이라도 그렇게까지 무모한 짓을 하지 않았겠지. 그리고 전투가 끝난 뒤에도 가장 먼저 네 상황을 해결할 방법을 알아보셨다.

그렇게 걱정되면 빚 좀 대신 갚아 주지! 돈도 많으면서!

이런 대사가 목구멍까지 올라왔지만 꾹 참았다.

-그 방법은 다름 아닌 현상금이다.

"……!"

이어지는 페이의 말에 아크는 정신이 번쩍 들었다.

-알다시피 이번에 이큘러스를 공격해 온 해적들은 하나같이 개척지에서 악명이 자자한 해적들이다. 때문에 이미 오래전부터 현상금이 걸려 있었지. 뭐 아직 사망이 확인되지는 않았지만 상황을 보면 의심의 여지가 없지. 현상금이 걸린 해적은 설사 은하계 너머의 페어리에 등록되어 있다 해도 은하 3국과 평의회의 공동 정보망에 의해 은하 재판소로 이동한다. 뭐 너도 전력이 있으니 알고 있겠지만.

페이가 쓸데없이 사족을 붙이며 말을 이었다.

-놈들도 개척자이니 모두 사망한 것이 맞다면 곧 은하연방의 재판소에서 부활하겠지. 그게 확인되면 네게 놈들의 목에 걸려 있던 현상금을 받을 자격이 생기는 거다.

"그, 그게 얼마인데요?"

-알아보니 총액이 25,000골드 정도 되더군.

"2…… 25,000골드?"

아크는 머릿속이 멍해졌다.

25,000골드라니? 상상조차 못 했던 금액이었다.

그러나 무턱대고 기뻐할 수는 없었다. 상상 이상의 금액인 것은 분명하지만 수송선 3척 값은 되지 않는 것이다. 아니, 그래도 엄청난 거금이기는 했지만…….

-그리고 네가 징발한 수송선 말인데, 그 문제는 차후에 마틴 후작님이 라마와 아슐라트, 평의회에 직접 서신을 보내 협상할 생각이다. 물론 후작님이 나서도 완전히 탕감할 수는 없겠지만 상황이 상황이었던 만큼 어느 정도는 절충할 수 있겠지. 어차피 해적에게 걸린 현상금은 은하 3국과

평의회가 공동으로 지급하는 구조로 되어 있으니 후작님이 직접 나서면 수송선 건은 현상금을 포기하는 정도로 해결할 수 있을지도 몰라.

"저, 정말입니까?"

아크의 얼굴이 1,000W 전구처럼 밝아졌다.

25,000골드를 포기해야 하지만 어차피 수송선이 아니었다면 칼리 함대를 막을 수조차 없었을 것이다. 그리고 실버스타와 아수라, 그레온, 파크함은 물론 이큘러스까지 박살 났겠지.

때문에 생돈을 뜯겨도 불평할 수 없는 입장이다.

그런데 아직 보지도 못한, 아니, 방금 전까지는 생각도 못했던 현상금으로 타협할 수 있다면 아크로서는 완전 땡큐!

물론 수송선 외에도 아수라나 그레온, 파크함의 수리비와 전사자의 보상금 문제가 남아 있다. 그러나 이 지역에 널려 있는 '최소' 400여 개의 전리품과 전함 6척, 소형 전투기 8기 분량의 고철을 처분하면 그 정도는 감당하고도 남으리라.

이제 돈 문제는 해결된 것이나 다름없는 것이다!

아니, 남는다! 틀림없이 남는다!

수만 골드에 달하는 돈이 왔다 갔다 하는 상황이니 남는 돈이라도 수천 골드는 되리라!

"감사합니다!"

빚쟁이에서 단숨에 돈벼락을 맞은 행운아(?)로 변신한 아크가 넙죽 고개를 숙이며 소리쳤다.

진심 100%의 넙죽! 진심 100%의 감사!

-쳇. 그놈의 고맙다는 소리 한번 듣기 힘들군.

돌변한 아크의 태도에 마틴 후작이 못마땅하다는 투로 웅얼거렸다.

그때 전자석으로 뭉친 데브리를 이큘러스로 옮기는 작업에 동원되었던 은하연방의 전함이 아크가 있는 곳으로 다가오는가 싶더니 님프에서 쿠라칸의 목소리가 들려왔다.

-형님. 좀 곤란한 일이 생겼습니다.

"뭐야? 왜 네가 거기 타고 있어? T-20으로 안 가고?"

아크는 전투가 끝난 직후에 쿠라칸에게 특수 임무를 하달했었다.

임무 내용은 제피의 체포!

이 또라이 같은 과학자가 아크에게는 말도 없이 멋대로 실버스타에 토트를 탑재(?)시켜 놓고 T-20으로 튀어 버린 것이다. 나름 쓸 만한 구석이 있어 직원으로 입사시켰지만 이번만은 도저히 그냥 넘어갈 수가 없었다.

덕분에 아크는 이제 실버스타를 타고 밖에 나와서도 지긋지긋한 토트의 잔소리를 들어야 하는 상황이 돼 버린 것이다.

뭐 그게 아니라도 엄청난 양의 데브리 처리에 엔지니어가 필요하지만.

그런데 임무를 맡긴 쿠라칸이 엉뚱한 보고를 전해 왔다.

―그게…… 이큘러스의 스타게이트가 이스타나로 연결되지 않습니다.

"뭐? 왜? 이큘러스는 공격받은 적도 없잖아? 그런데 왜 스타게이트가 망가져?"

―아니, 토리에게 봐 달라고 했었는데 스타게이트는 고장 나지 않았답니다. 실제로 테스트해 보니 다른 혹성과는 연결이 되더라고요. 그런데 이스타나하고만 연결이 되지 않습니다.

"뭔 소리야? 그럼 제피가 스타게이트를 막아 놓기라도 했다는 거야?"

―제게 물어봤자…….

쿠라칸이 어벙한 목소리로 웅얼거릴 때였다.

―아크!

갑자기 마틴 후작의 다급한 목소리가 들려왔다.

―사건이 생겼다! 지금 바로 펜타곤으로 돌아가야겠다!

쿵! 쿵! 쿵!

길게 이어진 방송국의 복도.

투실투실한 몸매의 사내가 둔탁한 소리를 울리며 뛰어가고 있었다.

그의 이름은 소린, 입사 2년 차의 게임특종 기자였다.

덕분에 하루 종일 게임 속에 처박혀, 심지어 작은 우주선

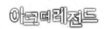

속에서 망원경이나 들여다보느라 운동 부족으로 나날이 체중이 불어 가고 있었지만! 그래서 조금만 뛰어도 숨이 턱 끝까지 차올랐지만!

'……대박이다!'

소린은 힘든 줄도 몰랐다.

그의 손에 들린 USB에 담겨 있는 영상 때문이다.

'역시 이큘러스를 지키고 있었던 것이 정답이었어! 설마 내가 직접 그런 일을 목격하게 될 줄이야! 칼리와 장보고! 아리온! 유진! 개척지에서 악명이 자자한 대해적들이 모두 모인 것도 대사건인데, 은하연방의 영지 혹성을 침공하다니! 게다가…….'

그 상대가 다름 아닌 아크!

이런저런 소문이 무성한 요주의 유저다.

그러나 더 놀라운 것은 그 싸움의 결과였다.

사실 그 전투는 시작하기도 전에 이미 승패가 결정 난 것이나 다름없었다. 칼리 함대의 전력은 4등급 전함 6척에 소형 전투기 8기. 이에 맞서는 아크 함대는 3등급 우주선 3척에 4등급 4척—실버스타와 무적함 Ⅰ, Ⅱ, Ⅲ. 심지어 나중에 무적함 시리즈는 수송선으로 밝혀졌다!—. 이미 함대 편성에서부터 싸움이 되지 않는 것이다.

그러나 결과는 아크의 승리!

마지막에는 연방 함대의 도움을 받기는 했지만 그때 이미 칼리 함대는 괴멸된 것이나 다름없는 상태였다.

뿐만 아니라 아크는 그 과정에서 세븐 소드의 하나인 칼리와 1대1로 붙어 격파하기까지 했다. 그야말로 갤럭시안 역사의 한 페이지를 장식할 만한 대사건!

소린은 그 모든 상황을 영상에 담은 것이다.

'이거야말로 특종! 이게 방송되면 분명 일대 파란이 일어날 것이다! 어쩌면 이것으로 갤럭시안이 상용화된 이래 부동의 자리를 차지하고 있는 세븐 소드의 자리까지 바뀔지도 몰라! 내가! 이 소린이 촬영한 영상으로!'

자신이 촬영한 영상이 갤럭시안의 역사를 바꾼다.

그런 상상으로 소린은 생후 최고 혈압을 갱신하며 들소처럼 게임특종 제작국으로 돌진했다. 그리고 특종기자답게 문을 박차고 들어가자 이미 수십 명의 스텝이 모여 있었다.

'훗! 벌써 특종 냄새를 맡고 몰려들었군.'

이미 혼자만의 세계에 푹 빠진 소린은 그렇게 믿어 의심치 않았다. 그리고 당당한 걸음으로 메인 MC 이지웅에게 다가갔다. 그때 이지웅은 뭔가 심각한 표정으로 누군가와 통화를 하고 있었지만 상관없다. 특종이니까!

"형님, 특종입니다!"

"시끄러!"

이지웅이 버럭 소리쳤다.

"지금 다른 일을 신경 쓸 때가 아니야!"

"다른 일이라니요? 특종이라고요! 특종! 기자에게 그것보다 중요한 일이 어디 있습니까? 제가 들고 있는 이 USB에 무슨 영상이 녹화되어 있는지 아십니까? 한마디로 말해서 충격! 장담하죠. 첫 장면을 보는 순간 형님은 제게 절을 하게 될 겁니다!"

"이런 젠장……."

이지웅이 짜증 나는 표정으로 전화를 끊었다.

그리고 한껏 흥분한 소린을 바라보다가 슬쩍 고개를 돌리며 물었다.

"네가 가져온 특종이라는 게 저것보다 충격적이냐?"

"네? 저거라니요?"

소린이 고개를 갸웃거리며 되물었다.

이지웅의 시선은 모니터를 가리키고 있었다.

우주에서 촬영한 듯한 영상. 아마도 갤럭시안의 영상이리라. 그러나 그뿐이었다. 모니터 속에는 그냥 우주 공간이 펼쳐져 있을 뿐이었다. 혹시나 싶어 꼼꼼히 들여다봤지만 UFO 하나도 보이지 않는 것이다.

"아무것도 없지 않습니까?"

"그래, 아무것도 없지."

이지웅이 고개를 끄덕이며 대답했다.

그리고 잔뜩 찌푸린 표정으로 담배를 빼 들며 말을 이었다.

"하지만 몇 시간 전까지 저 자리에는 혹성이 있었다, 그것도 은하연방의 수도 혹성이. 무슨 말인지 알겠냐? 사라졌단 말이다, 이스타나가."

SPACE 7. 이스타나 실종

－이스타나 실종? 어이! 제작사, 장난하냐?

－저는 이스타나에 센터를 가지고 있는 유저입니다. 그런데 다른 혹성에 갔다 돌아와 보니 이스타나가 사라졌습니다. 이게 무슨 일인지 해명해 주십시오. 설마 이대로 완전히 사라져 버린 건 아니겠죠? 답변 부탁드립니다.

－케케케! 난 라마 유저다. 꼴좋다, 은하연방 놈들!

－전 무역상입니다. 부탁받은 상품을 납기일에 맞춰 배달하느라 다른 퀘스트까지 포기했습니다. 그런데 이스타나가 없어지다니요! 이거 썩는 상품이라고요! 어떻게 보상할 겁니까!

－케케케! 난 아슐라트 유저다. 꼴좋다, 은하연방 놈들!

－이벤트라도 이건 너무한 것 아닙니까?

―버그인지 이벤트인지라도 공지를 해야 할 거 아니야!

―운영 이따위로 할 거면 집어치워라!

―나는 현재 이스타나에 있는 유저입니다. 일단 이스타나 내에서는 게임을 하는 데 지장이 없습니다. 하지만 우주선을 이용해도 밖으로 나갈 수가 없습니다.

―대체 무슨 일인지 아는 분 계시면 답변 좀…….

갤럭시안의 제작사 석세스풀 퓨처의 홈페이지 게시판은 이런 항의가 폭주하고 있었다.

제작사가 그에 대한 공지를 한 것은 몇 시간 뒤였다.

……자체 조사 결과 이번 사건은 시스템의 오류가 아니라는 것이 확인되었습니다.

물론 이와 관련된 이벤트나 퀘스트는 존재하지만 저희가 의도적으로 시작한 것이 아니며, 특정 유저의 행동에 의한 결과입니다.

그리고 저희 석세스풀 퓨처는 갤럭시안을 제작하고 서비스할 뿐, 게임 속에서 유저들의 행동에 의해 발생하는 어떤 상황에도 직접적으로 개입하지 않는다는 원칙을 고수하고 있습니다. 갤럭시안의 주인공은 어디까지나 유저 여러분이기 때문입니다. 따라서 이와 관련된 어떠한 질문이나 요청도 받아들일 수 없습니다. 충분한 답변이 됐기를 바랍니다.

감사합니다.

……이런 내용이었다.

당연히 이런 공지는 더 큰 분란을 낳았다.

변경의 작은 혹성도 아니고 가장 많은 유저가 선택한 은하연방의 수도 혹성이 사라졌다. 이에 따른 피해가 속출하니 불만이 쉽게 가라앉을 리가 없었다. 그러나 제작사는 그 이후로 더 이상 어떤 답변도 하지 않았다.

그리고 이때 아크는…….

'여기가…….'

촌닭처럼 두리번거리고 있었다.

왠지 모르게 사람을 주눅 들게 만드는 엄청난 높이의 천장 아래, 원탁이 놓인 넓은 회의실이 자리 잡고 있었다.

원탁 둘레의 벽은 전체가 스크린으로 되어 있었는데, 화면 속에는 5개의 소혹성이 굵은 파이프로 연결되어 정확히 오각형을 형성하고 있었다.

현재 아크가 있는 곳은 그 오각형의 중심에 자리 잡은, 마치 벌집처럼 생긴 구조물의 내부였다. 바로 은하연방의 서부 소혹성 대에 위치한 서부 사령부, 펜타곤이다.

아크가 왜 갑자기 이런 곳에 와 있는가.

"볼티미어, 시작하게."

마틴 후작이 시선을 돌리며 말했다.

회색 머리에 날카로운 인상의 사내가 몸을 일으켰다. 그리고 마틴 후작을 향해 살짝 고개를 숙였다가—이 대목에서 군부에서 마틴 후작의 영향력을 알 수 있었다— 입을 열었다.

"이스타나 궤도 수비대 본부에서 보내온 영상입니다."

회색 머리의 사내, 볼티미어의 말에 전면 스크린의 영상이 바뀌었다. 녹색과 갈색, 푸른색이 적절한 비율로 섞여 있는 익숙한 풍경의 혹성, 이스타나였다.

그런데 갑자기 이스타나의 한 지점이 검은빛으로 물들기 시작했다. 그 검은빛 속에서 마치 식물의 줄기 같은 것이 뒤엉키며 솟아오르는 장면이 눈에 들어왔다.

그리고 다음 순간, 검은 기운이 소용돌이를 일으키며 이스타나 전역으로 퍼져 나갔다. 이스타나가 점점 흐려지다가 완전히 사라진 것은 그로부터 얼마 되지 않아서였다.

"음……."

원탁에 둘러앉은 장성급 귀족들이 침음을 터뜨렸다.

"상황은 보시는 바와 같습니다. 지금으로부터 4시간 26분 전, 이해할 수 없는 현상과 함께 이스타나가 사라졌습니다.

이에 궤도 수비대는 가능한 모든 방법을 동원해 조사했지만 타투인의 연방군 사령부와 교신이 불가능한 것은 물론, 어떤 탐사 장비를 사용해도 이스타나가 사라진 원인을 찾을 수 없었습니다."

이스타나의 실종!

이큘러스에서 마틴 후작이 받은 연락이 이것이었다.

이에 마틴 후작은 곧바로 이큘러스의 스타게이트로 펜타곤과 가장 가까운 혹성 제미니로 이동, 그곳에서 다시 비상 연결된 스타게이트—평상시 펜타곤의 스타게이트는 잠겨 있다—를 이용해 불과 1시간 만에 펜타곤으로 날아온 것이다.

그리고 아크는…….

"네가 보기에는 어떤가?"

"글쎄요. 화면만으로는 딱히 뭐라고 하기가…….."

아크가 답답한 표정으로 한숨을 불어 내며 고개를 저었다.

아크가 마틴 후작과 동행한 이유는 이와 비슷한 사건을 경험해 본 적이 있기 때문이다.

혹성이 갑자기 흔적도 없이 사라졌다.

과거 이큘러스도 그처럼 사라진 적이 있는 것이다.

그러나 대담한 것처럼 비슷하다는 것만으로 같은 사건이라고 단정할 수는 없었다. 뭣보다 이번에 사라진 혹성은 은하연방의 수도 혹성, 함부로 속단할 문제가 아닌 것이다.

"그렇겠지."

마틴 후작도 이해한다는 듯이 끄덕였다.

그리고 원탁에 둘러앉은 귀족들을 돌아보며 말을 이었다.

"현재 상황에서 가장 중요한 문제는 이스타나 내부의 상황이오. 이스타나는 황제 폐하께서 기거하시는 은하연방의 심장부. 만약 이 사건으로 인해 이스타나 내부에 예기치 못한 재앙이 발생했다면 은하연방의 존속 자체가 위협받게 되오. 그러나 다행스럽게도 이 사건은 아직 이스타나 내부에 심각한 영향을 끼치지는 않고 있는 것 같소."

제보자는 아크였다.

마틴 후작과 함께 펜타곤으로 이동할 때, 이스타나의 소식을 접한 아크는 바로 A, 그러니까 바이엔의 비서로 앉혀 놓은 퍼거슨의 동생 A에게 전화를 걸었다. 이스타나의 내부 상황을 알아보기에 그보다 빠른 방법은 없으니까.

이에 A는…….

─아! 아크 님, 그렇지 않아도 연락하려던 참입니다! 여기서 갑자기 이상한 일이 벌어졌습니다. 갑자기 하늘이 시커멓게 변해 버렸다고요! 그뿐이 아닙니다. 하늘이 시커멓게 변하자마자 내무부 장관의 명령으로 계엄령이 선포되어 이스타나의 모든 도시를 정부에서 관리한다며 T-20에 경비대가 들이닥쳤습니다. 지금 T-20은 경비대에 의해 봉쇄됐고, 저나 바이엔, 하마드란 님 같은 관리자들은 사무실에 연금되어 있는 상황입

니다. 대체 무슨 일이 벌어지고 있는지 알 수가 없습니다.

……알 수가 없단다.

그러나 일단 이스타나가 화면에서처럼 그냥 완전히 사라진 것이 아니라는 것만은 확인할 수 있었다. 내부에 있는 사람들은 이스타나가 사라졌다는 사실조차 모르는 것이다.

그때 볼티미어가 고개를 끄덕이며 덧붙였다.

"네, 궤도 수비대의 보고에 의하면 몇몇 유저―NPC들은 제2개척시대를 주도하는 신세대를 유저라고 부른다―도 같은 증언을 했다고 합니다. 아시다시피 유저들은 어떤 통신장비도 이용하지 않고 수만 광년 떨어진 사람과도 연락이 가능한 능력을 보여 주기도 합니다. 그런 유저들이 여러 명 같은 증언을 하고 있으니 꽤 신빙성이 높다고 판단됩니다. 덕분에 이스타나의 국민들이 생존해 있다는 사실은 확인됐지만 정확한 내부 사정은 파악할 수 없었습니다."

"이유는?"

"정보가 통제되고 있기 때문입니다."

"정보 통제? 누가?"

"쥬벨 후작님입니다. 현재 이스타나는 쥬벨 후작님의 명령으로 계엄령이 선포되어 있습니다. 이에 경비대가 총동원되어 각 도시를 봉쇄하고 관리자들을 연금하고 있습니다. 때문에 이스타나 내부의 유저들도 전체적인 상황을 파악하지는 못하고 있다는 말을 들었습니다."

"내무부 장관의 계엄령이라고……."

"정보가 통제되어 있어 실제로 그게 황제 폐하의 명령에 의한 것인지, 쥬벨 후작님의 독단에 의한 것인지는 정확하지 않습니다. 문제는……."

일사천리로 설명을 이어 가던 볼티미어가 잠시 주저하는 표정으로 입을 다물었다.

그리고 슬쩍 시선을 돌려 마틴 후작의 눈치를 살폈다.

이에 마틴 후작이 살짝 고개를 끄덕이자 볼티미어가 다시 입을 열었다.

"대응이 지나치게 빠르다는 것입니다."

"지나치게 빠르다니? 그건 무슨 의도로 하는 말인가? 정보를 통제하고 각 도시의 수뇌부를 연금하고 있는 부분은 좀 과하다는 생각도 들지만 사태가 사태이니만큼 국민들이 혼란에 빠져 공황상태가 발생할 수 있다는 점을 고려하면 신속한 대응이 필수 아닌가?"

"맞는 말씀이십니다."

귀족들의 질문에 볼티미어가 고개를 끄덕였다.

"하지만 여러 유저의 증언을 종합해 봤을 때, 경비대가 움직인 것은 정식으로 계엄령이 선포되기 전부터입니다. 이스타나 곳곳에 흩어져 있는 경비대가 하늘이 검게 변하는 것과 동시에 각 도시를 봉쇄했다면, 그 전부터 움직였다고 보는

편이 타당하겠죠. 실제로 주요 도시의 우주항은 사건이 벌어지기 전에 봉쇄된 것으로 확인되었습니다."

"사건이 벌어지기 전에 징후를 포착했다는 말인가?"

"그리 생각할 수도 있겠지만……."

볼티미어가 곤혹스러운 표정으로 은색에 가까운 회색 머리를 쓸어 올리며 말을 이었다.

"궤도 수비대는 어떤 연락도 받은 바가 없습니다."

"……!"

이어지는 말에 귀족들의 표정이 굳었다.

그제야 볼티미어가 말하고 싶어 하는 것이 무엇인지 깨달은 것이다.

잠시 웅성거리던 귀족들 사이에서 굵은 눈썹이 인상적인 50대 사내가 심문하는 눈빛으로 볼티미어를 바라보았다. 그는 백작의 작위를 가지고 있는 웨스턴, 과거 마틴 후작이 이큘러스에서 실종되었을 때 수색 작전을 지휘했던 사람이다.

"그러니까 자네는…… 이번 사건에 쥬벨 후작이 관여되어 있을지도 모른다, 그런 말을 하고 싶은 것인가?"

"저는 사실만 말씀드렸습니다."

"그 사실을 듣고 어떻게 판단하든 그건 우리 몫이다? 하, 재미있군. 과연 정보부장다운 방식이야. 말은 하지만 책임은 지지 않겠다는 건가?"

"백작님, 저는 단지……."

"책임은 내가 지지."

그때 침묵을 지키던 마틴 후작이 입을 열었다.

그리고 볼티미어를 돌아보며 계속하라는 눈짓을 보냈다.

"네, 이스타나가 사라진 직후, 정보부는 가능한 모든 연락망을 동원해 이 사실을 각 사령부에 전달했습니다. 그리고 사태의 심각성을 파악한 사령부는 연방 내에서 활동하는 모든 병력에 은하 1호를 발동했습니다."

은하 1호는 준전시 상황에 돌입했다는 경보다.

이번 사건은 이큘러스가 실종되었던 것과 비슷하지만 의미하는 바는 전혀 다르다.

은하연방의 수도 혹성이 사라진 것이다.

그리고 은하연방은 현재 라마와 정전 중. 이 정보가 라마에 들어가면 최악의 경우, 전쟁이 재개될 위험도 무시할 수 없었다. 은하 1호는 그런 적국의 위협에 대비하기 위해 국경 지대의 병력에 전시 상태를 선포하는 경보였다.

물론 거기까지는 회의실의 귀족들도 알고 있었다. 당연한 수순이라 굳이 설명할 필요조차 없는 일인 것이다.

"그런데?"

"응하지 않는 혹성이 있습니다."

"응하지 않는다고?"

"네, 아시다시피 은하 1호가 발동하면 예외는 인정되지 않습니다. 군부와 정부 관할의 혹성은 은하 1호가 발동하는 즉

시 가까운 사령부에 함대의 지휘권을 위임하고 전시 대비 체제로 전환해야 합니다. 그러나 몇몇 혹성은 통신을 받고도 답을 하지 않고 독자적인 움직임을 취하고 있습니다. 물론 이런저런 이유를 대고 있기는 하지만, 대부분은 핑계에 불과합니다. 대표적인 예가 라미온, 하슬러 같은 동부 지역의 영지 혹성들입니다."

"그 혹성들은 분명……."

"골수 내정파 귀족들이 총독으로 앉아 있는 혹성입니다."

"흠……."

웨스턴 백작이 입을 꾹 다물고 침음성을 흘렸다.

다른 귀족들의 반응도 크게 다르지 않았다. 하나같이 무거운 표정으로 입을 다문 채 간간이 한숨만 불어 내고 있었다.

사태가 예상치 못한 방향으로 진행되고 있기 때문이다.

볼티미어는 확답을 피하고 있지만 일련의 상황을 종합하면 도달하는 결론은 하나밖에 없었다. 이번 사건은 쥬벨 후작이 일으켰을 확률이 높다는 것.

그리고 만에 하나라도 그게 사실이라면…….

-쿠데타!

쥬벨 후작은 쿠데타를 벌이고 있는 것이다.

그러나 이런 결론에 도달하려면 먼저 두 가지 의문이 해소

되어야 한다.

첫째는 왜? 쥬벨 후작이 왜 그런 짓을 했는지다.

"이해를 돕기 위해 설명하지."

그때 마틴 후작이 품에서 디스크를 꺼내며 입을 열었다.

"그건?"

"모두 얘기는 전해 들었을 것이오. 얼마 전 쿠림 근처의 산업 단지를 무장 집단이 점거했던 사건. 그 사건을 해결한 사람이 바로 내 옆에 있는 아크 자작이오."

"아크! 저 청년이……."

군부에 속한 귀족들은, 특히 펜타곤에 모인 귀족들처럼 현장 지휘관은 예외적으로 평의회에 참석하지 않아도 된다.

때문에 펜타곤에 모인 귀족들은 대부분 아크를 처음 보지만 이름은 알고 있었다. 새삼스럽지만 아크는 이미 군부 귀족들 사이에서 나름 유명 인사로 통하는 것이다.

"이건 그때 아크가 가져온 디스크요."

"그런데 그 디스크가 이번 사건과 무슨 연관이 있단 말입니까?"

"이 디스크의 내용은 꽤 수준 높은 암호로 되어 있어 아직 일부밖에 해독하지 못했소. 그런데도 쥬벨 후작을 비롯한 내정파 귀족들의 이름이 몇 번이나 언급되더군. 아는 사람도 있겠지만, 그 산업 단지는 서류상으로는 별개로 되어 있지만 실제로는 과거 내정파의 수장이었던 벨테란 공작이 세운 헬

리온의 계열사 중 하나지. 무슨 말인지 알겠소?"

귀족들이 웅성거리며 질문을 던져 왔다.

"소문이 사실이라는 말입니까?"

"내정파 귀족들이 오래전부터 헬리온과 은밀한 거래를 하고 있었다는 그……?"

"아직 단언할 수는 없지만. 암호가 모두 해독되면 알 수 있겠지."

"……대강 그림이 그려지기는 하는군요."

미간을 잔뜩 찌푸리고 있던 웨스턴 백작이 불쾌한 표정으로 말했다.

만약 디스크에 내정파 귀족들이 헬리온과 합작해 벌인 불법적인 내용이 들어 있다면, 내정파 귀족들은 설 자리를 잃게 된다. 설사 지위를 잃지 않아도 마틴 후작에게 약점을 잡힌 채 숨을 죽이며 살아야 하리라.

권력자가 권력을 잃게 된다는 것은 죽음과 같다.

―에라, 모르겠다! 그냥 확 뒤집어 버리자!

그런 생각을 한다 해도 이상한 일은 아니다.

"하지만 가장 중요한 문제가 빠져 있습니다. 후작님의 말대로라면 분명 동기는 충분합니다. 하지만 대체 어떻게? 쥬벨 후작이 무슨 재주로 이스타나를 사라지게 했냐는 겁니까?"

……이게 두 번째 의문.

마틴 후작이 고개를 저으며 대답했다.

"나도 거기까지는 알 수 없소. 이스타나의 실종은 과거 이큘러스가 사라졌던 사건과 유사한 것은 사실이오. 하지만 당시 이큘러스에 직접 들어가 봤던 나나 아크 자작도 정확한 원인을 파악하지 못했지. 단, 한 가지 확실한 것은 결코 자연현상은 아니라는 점이오. 만약 이번 사건을 쥬벨 후작이 일으킨 것이 사실이라면 어딘가에서 그 방법을 입수했다는 뜻이겠지."

"상황이 심각하군요."

그 말에 웨스턴 백작이 손으로 미간을 누르며 중얼거렸다.

마틴 후작이 한숨 섞인 목소리로 대답했다.

"심각하다기보다는 복잡하지. 차라리 쥬벨 후작이 벌인 일이라는 증거가 있다면 좀 더 단순해지겠지만."

아크도 뉴월드에서 군대를 지휘해 본 적이 있다.

물론 뉴월드는 중세, 갤럭시안은 SF다. 그러나 어떤 시대든 정치나 군대와 관련된 문제는 크게 다를 것이 없었다. 때문에 마틴 후작의 말을 어느 정도 이해할 수 있었다.

쥬벨 후작이 정말 쿠데타를 벌이고 있다면 지금이라도 군대를 동원해 외부의 내정과 귀족들을 몽땅 잡아들이면 된다. 그리되면 쥬벨 후작은 이스타나에 고립, 설사 황제와 수도 혹성을 장악하고 있다 해도 은하연방 전체를 장악한 군부의 상대는 되지 못하는 것이다.

그러나 아직은 증거가 없다.

'설사 쥬벨 후작이 벌인 일이 맞다 해도 증거가 없으면 움직이지 못해. 만약 군부가 내정파 귀족들을 잡아들이기 시작할 때 이스타나가 원래대로 돌아오고 쥬벨 후작이 부인한다면 되레 군부가 이스타나가 사라지는 사건을 이용해 쿠데타를 시도했다는 오해를 받을 수 있으니까. 아니, 경우에 따라서는 이번 사건 자체를 군부에서 일으킨 것처럼 얘기가 진행될 수도 있어.'

심증만으로는 움직일 수 없는 것이다.

'그렇다고 마냥 사태를 관망할 수도 없는 입장이다. 군부파가 연방군을 장악하고 있다지만 이런 상황에서는 먼저 국경 지대의 경계를 강화할 수밖에 없어.'

사라진 것은 다름 아닌 은하연방의 수도 혹성.

은하연방은 270여 개나 되는 혹성을 영향권 안에 두고 있지만 중심은 이스타나.

아크도 그렇지만 은하연방의 유저와 NPC 중 최소 70% 이상이 이스타나를 중심으로 활동하고 있는 것이다.

당연히 이스타나의 실종은 은하연방의 시스템에 엄청난 혼란을 초래할 수밖에 없다. 그리고 이미 여기저기에서 자잘한 문제가 생기기 시작했다.

그런 문제 역시 군부에서 관리해야 하는 것이다.

'그런데 내정파 귀족이 총독으로 있는 혹성의 병력은 움직이지 않고 있어. 뿐만 아니라 내정파 귀족들의 쿠데타를 의심하는 군부는 되레 그들을 경계해야 하는 입장이다. 국경 강화와 치안 관리, 거기에 내정파 귀족들의 혹성을 감시하는 것까지…….'

그것만으로도 병력이 턱없이 부족하다.

그런데 거기에 하나 더! 아니, 이게 가장 중요하다.

바로 모든 문제의 원점인 이스타나! 이스타나를 원래대로 되돌리는 방법도 찾아야 하는 것이다.

'내가 생각해도 머리가 지끈거리는군.'

그러나 아크도 이번 사건에서는 제3자가 아니었다.

일단 어찌 됐든 아크도 군부파에 속해 있는 귀족이라는 점도 있지만…….

'빌어먹을! 그럼 이제 T-20은 어떻게 되는 거야? 이제 겨우 칼리 함대를 막아 내고 자원 장사 좀 하나 했는데 이게 웬 날벼락이냐고!'

……남 일이 아닌 것이다!

"이제 상황은 모두 이해했을 것이오."

그때 마틴 후작이 손가락으로 원탁을 두드리며 입을 열었다.

"말할 필요도 없겠지만 가장 서둘러야 할 것은 이스타나를 원래대로 돌릴 방법을 찾아 혼란을 가라앉히고 황제 폐하의

신변을 보호하는 일이오. 그러나 아직 원인조차 파악하지 못하고 있는 지금은 현실적으로 불가능하오. 따라서 원인과 해결 방법을 찾아낼 때까지는 모든 병력을 동원해 국경을 강화하고 내부의 혼란을 수습하는 한편, 내정파 귀족들의 동향을 감시하는 수밖에 없소."

"모든 함대를 동원해 밤을 새워도 턱없이 부족하겠군요."

"그렇겠지. 전 병력을 투입해도 이런 상황을 오래 유지하기는 힘들 것이오. 그러니 적당한 때를 봐서 내정파 귀족들을 압박할 필요가 있겠지. 함대로 영지를 포위하고 압박하면 놈들도 그냥 앉아만 있지는 못할 것이오."

"하지만 그렇게 되면……."

"자칫 내전이 벌어질 수도 있습니다. 아니, 설사 내전이 벌어지지 않아도 내정파 귀족들이 이번 사건과 관련이 없다면 차후 정치적인 문제로 발전할 수 있습니다."

"그렇다고 손가락만 빨고 있을 수는 없지 않은가!"

마틴 후작이 거친 목소리로 소리치자 귀족들이 움찔하며 입을 다물었다. 그런 귀족들을 둘러보던 마틴 후작이 단호한 목소리로 말했다.

"말했듯이 모든 책임은 내가 지겠소."

"뭐 그래야 할 때가 되면 책임은 나도 지겠지만."

웨스턴 백작이 거칠게 자란 턱수염을 문지르며 마틴 후작을 돌아보았다.

"책임을 누가 질지는 나중에 결정해도 늦지 않습니다. 그보다 이스타나는 어쩔 생각입니까? 병력을 모두 국경 강화와 치안 유지, 내정파 귀족의 군대를 견제하는 데 투입하면 정작 이스타나 문제를 해결할 병력이 없지 않습니까?"

마틴 후작이 고개를 끄덕였다.

"맞소. 이스타나가 사라진 원인과 되돌릴 방법을 찾는 것이 무엇보다 시급한 문제지. 그 일은 한시도 미룰 수 없소. 하지만 그런 일은 무턱대고 많은 병력을 투입해 봐야 의미가 없소. 양보다는 질, 적임자를 보내는 편이 낫겠지."

"적임자? 누구 말입니까?"

"아크 자작이오."

"음…… 네. 에? 네?"

기계적으로 고개를 끄덕이던 아크가 눈을 동그랗게 뜨며 되물었다. 여기까지 오는 동안 그런 말은 한마디도 들은 바가 없는 것이다.

아니, 뭐 T-20이 이스타나에 있으니 이미 이번 일은 아크도 무관하지 않다. 그리고 이미 아크는 사라진 이큘러스를 되돌려 본 경험이 있으니 마틴 후작의 말대로 적임자라면 적임자다.

그러나 아크는 아무 준비도 되어 있지 않았다.

우주 공간에서 전리품을 줍다가 갑자기 펜타곤까지 끌려온 것이다. 심지어 실버스타도 칼리 함대와 싸우느라 너덜너

덜해져 이큘러스의 도크에서 수리 중이다. 아니, 칼리와 싸우느라 너덜너덜해진 것은 실버스타만이 아니었다.

아크 역시 몇 시간의 격전으로 몸도 마음도 너덜너덜, 우주에 흩어진 전리품이 사라지기 전에 챙겨야 한다는 생각에 꾹 참고 있었지만 휴식이 간절한 몸인 것이다.

그런데 느닷없이 이스타나행이라니?

'내가 무슨 태권V쯤 되는 줄 아나?'

……이런 말이 목구멍까지 치밀어 올라왔지만.

"호오, 과연!"

"음, 저 우주 마법진 사건을 해결한 아크 자작이 나서 주겠다는 건가?"

"게다가 아크 경의 영지 혹성도 이스타나처럼 사라지는 사건이 있었지 않은가? 경험 면에서도 자격은 충분하지. 무턱대고 병력을 투입하는 것보다 100배 낫겠어."

"그래, 아크 경이라면!"

귀족들은 제들끼리 떠들어 대며 납득하고 있었다.

물론 아크가 거기에 동조할 이유는 없다. 그러나 이런 분위기에서 차마 '난 싫어요!'라고 말할 수는 없었다.

그리고 아크 역시 이스타나가 돌아오지 않으면. 아니, 돌아와도 쥬벨 후작이 은하연방의 정권을 잡으면 마틴 후작과 함께 나락으로 떨어지게 되리라.

그러니 할 수 있는 방법이 있다면 뭐든 해 봐야 한다.

그러나 당장은 좀 아니지 않나.

"아니, 그러니까…… 저는 당장 타고 갈 우주선도 없고……."

"걱정 마라. 혼자 보낼 생각은 없으니까."

"네? 혼자가 아니라고요? 그럼 마틴 후작님이……."

"마음은 굴뚝같지만 이번에는 힘들 것 같다. 보다시피 난 이곳에서 할 일이 있다. 그래서 너와 잘 맞을 것 같은 사람을 준비해 두었지."

"네? 누구……."

"나다!"

그때 문이 열리며 우렁찬 목소리가 쩌렁쩌렁 울렸다.

동시에 넓은 보폭으로 성큼성큼 회의실로 들어오는 거구의 중년인! 놀랍게도 그 사람은…….

'누구?'

……모르는 사람이었다.

아크가 '?'를 띄우며 돌아보자 마틴 후작이 입을 열었다.

"소개하지. 저 사람은……."

"마몽 준장이다! 자네가 아크로군!"

얼굴이 온통 붉은 수염으로 뒤덮여 있는 거구의 중년인, 마몽 준장이 귀청이 떨어져 나갈 것 같은 목소리로 대답하며 다가왔다. 그리고 고릴라와 팔씨름을 해도 가뿐히 이길 것 같은 두꺼운 팔로 덥석 아크의 목을 휘어 감으며 웃음을 터뜨렸다.

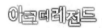

"핫핫핫! 소문은 많이 들었네! 이런저런 사건을 해결한 전사 아크! 소문으로는 키가 한 3미터는 되고 눈에서는 레이저도 나간다고 하던데, 의외로 작군."

키가 3미터? 눈에서 레이저? 사람이냐?

"하지만 남자의 가치는 크기로 논할 수 있는 게 아니지! 아니, 뭐 크기도 중요하지만! 그쪽 말이네, 그쪽! 우후후후, 알지? 뭐 그건 누가 더 대단한지 나중에 대보기로 하지! 자네도 만만치 않겠지만 나도 그쪽 크기는 지지 않아! 암! 우하하하!"

대봐? 뭘? 뭘 지지 않는데?

아크가 황망한 표정으로 마틴 후작을 바라보았다.

그러나 아크가 입을 열기도 전에 끼어드는 사람이 있었다. 웨스턴 백작이다. 그는 눈가에 굵은 주름을 만들며 마몽 준장을 바라보다가 마틴 후작을 향해 와락 고개를 돌리며 소리쳤다.

"후작님, 아크 경과 같이 보내겠다는 사람이 마몽 준장이었습니까?"

"안 될 이유라도 있소?"

"이유라니…… 잊으셨습니까? 마몽 준장은 근신 중입니다!"

"경이야말로 잊고 있는 것 아니오? 지금은 은하 1호가 발령된 준전시 상황이오. 근신 중이니 뭐니 하는 것을 따질 때가 아니오. 그리고 지금 군부의 모든 함대는 이미 나름의 임무를 배정받고 출격을 준비하고 있소. 지휘관 역시 마찬가지. 아직 임무를 배정받지 않은 지휘관은 마몽 준장밖에 없소."

"그런 이유입니다, 웨스턴 백작님."

마몽 준장이 씨익 웃으며 웨스턴 백작을 돌아보았다.

"그렇게 마음에 들지 않으시면 저 대신 가셔도 좋습니다. 단, 백작님의 함대를 제게 맡기실 수 있다면 말입니다."

"뭐라? 자네 정말……."

웨스턴 백작이 발끈하자 마틴 후작이 끼어들었다.

"그만하시오. 마몽 준장을 마음에 들어 하지 않는 사람도 있다는 것은 알고 있소. 하지만 마몽 준장의 실력을 의심하는 사람은 없을 것이오. 실적만 보면 연방군 최강의 장군 중 1명이니까. 그리고 은하연방의 피해를 줄이기 위해서는 이번 사태를 최대한 빨리 해결해야 할 필요가 있소. 뒷감당을 하기 힘든 방법을 써서라도!"

"그렇다고 합니다, 웨스턴 백작님."

마몽 준장이 또다시 웨스턴 백작을 돌아보며 히죽거렸다.

다른 건 모르겠지만 한 가지만은 알겠다.

이 마몽 준장이라는 괴물? 짐승? 뭐 일단 사람이라고 하자. 어쨌든 이 사람의 실력은 확실한 모양이지만 성격에 심각한 문제가 있는 것만은 분명해 보였다.

그런데 뒷감당을 하기 힘든 방법을 써서라도라니?

웨스턴 백작의 반응도 그렇고, 뭐냐, 이 인간? 대체 무슨 짓을 했기에 그런 말까지 듣는 거냐?

"그래도 걱정이 되신다면 다른 사람도 붙여 보내도록 하지."

그때 마틴 후작이 페이를 돌아보며 말했다.

"페이, 아크와 동행하게."

"네? 저, 저도 같이 말입니까?"

당황한 기색이 역력한 표정으로 움찔하는 페이!

싫어한다! 겁나 싫어하고 있다! 마틴 후작의 말이라면 죽는 시늉까지 하는 페이가 대놓고 싫은 표정을 짓고 있다!

대체 뭐냐, 이 인간? 불안해! 겁나 불안하다고! 그러나 아크는 머릿속의 내용을 입으로 뱉을 시간도 없었다.

"마몽, 알겠지만 이번 임무는 조사다. 잊지 말도록."

"좋아! 남자는 행동! 결정됐으면 가자!"

마몽 준장은 마틴 후작의 말을 듣는 둥 마는 둥 하며 아크와 페이의 뒷덜미를 덥석 움켜쥐고 뛰어나갔다.

《이스타나 실종(개척 퀘스트)》

당신이 몸담고 있는 은하연방에 충격적인 사건이 발생했습니다. 수도 혹성인 이스타나가 갑자기 사라져 버린 것입니다. 이에 당신은 군부의 실력자로 통하는 마틴 후작과 함께 서부 사령부 펜타곤으로 이동해 회의에 참석했습니다.

그러나 연방군의 귀족들도 이스타나가 사라진 원인을 파악하지 못하고 있었습니다. 뿐만 아니라 이스타나의 실종으로 야기될 여러 상황에 대처하기 위해 연방군의 요직을 맡고 있는 귀족과 마틴 후작은 이스타나 실종 사건을 조사하기도 쉽지 않은 상황입니다.

이에 마틴 후작은 과거 몇 번이나 큰 사건을 해결한 당신에게 이스타나의 조사를 맡겼습니다. 그러나 너무 부담 가질 필요는 없습니다. 당신은 어디까지나 고문으로서 조언을 해 주는 역할을 수행하면 됩니다. 실제로 이 임무를 맡은 사람은 연방군 내에서도 손가락에 꼽히는 무공을 자랑하는 마몽 준장이니까요. 심지어 마몽 준장은 당신에게 호감까지 가지고 있는 모양입니다. 그러니 큰 배를 탄 기분으로 임무를 수행하셔도 좋습니다.

※난이도 : -

퀘스트 정보창이 떠오른 것은 그때였다.

'빌어먹을! 뒷덜미를 잡혀 끌려가는 판에 큰 배는 무슨 얼어 죽을 큰 배야!'

욕이 나온다.

웅웅웅웅. 웅웅웅웅.

상당한 넓이의 지하 공간.

줄지어 늘어서 있는 커다란 기계가 후끈한 열기를 뿜으며 진동했다. 그리고 그 앞에는 좀비처럼 얼굴이 시커멓게 변한 사람들이 각각 서너 개나 되는 모니터가 세워져 있는 책상에

앉아 빠른 손놀림으로 자판을 두드리고 있었다.

그때 문이 열리며 한 사내가 뛰어 들어왔다.

그의 이름은 문지훈. 대외비로 운영 중인 루시퍼 헌팅의 창설자이자 운영 전반을 맡고 있는 사람이었다.

다급한 표정으로 뛰어 들어온 문지훈은 긴장된 표정으로 줄지어 늘어서 있는 모니터를 훑어보았다. 그러고는 가장 뒤쪽 자리에 앉아 있는 사내에게 다가갔다.

"어떻게 됐습니까?"

"이제 얼마 남지 않았습니다."

"정말 안전한 겁니까? 만에 하나 잘못되기라도 하면……."

"그럴 일은 없습니다."

단호한 목소리로 대답하는 남자는 박우성이었다.

"지금 시스템을 뚫고 들어가는 프로그램은 제가 아예 컴퓨터 언어부터 새로 제작한 프로그램입니다. 세상 누구도, 루시퍼도 접해 본 적이 없는 프로그램이죠. 뿐만 아니라 구성은 놈이 접속하는 갤럭시안의 데이터 처리 방식과 똑같이 만들어 놨습니다. 루시퍼가 갤럭시안에 접속하는 한, 결코 눈치채지 못합니다. 이미 원전의 외부 관리 시스템까지 접근했음에도 루시퍼가 반응을 보이지 않는 것이 무엇보다 확실한 증거입니다."

"저는 전문적인 얘기는 모릅니다. 간단하게 말씀해 주십시오. 할 수 있는 겁니까? 원전에 아무런 영향도 없이 루시퍼만 잡을 수 있는 겁니까?"

"네, 이대로라면 30분 안에!"

"드, 드디어!"

문지훈이 마른침을 꿀꺽 삼키며 모니터를 바라보았다.

이거다. 문지훈이 루시퍼를 처리하기 위해 준비한 또 다른 대책. 아니, 솔직히 말하면 이게 메인이라고 할 수 있었다.

현재 루시퍼가 장악하고 있는 것은 원전이다.

자칫하면 그의 조국 대한민국이 방사능에 절여지는 것이다. 그런 중차대한 일을 한낱 게임 폐인들에게 맡길 수 있을 리가 없지 않은가. 아니, 그 이전에, 게임의 결과에 국가의 운명을 건다니, 터무니없는 난센스다.

박우성을 국정원으로 데려온 이유가 그것이다.

박우성은 전직 글로벌엑서스의 메인 프로그래머이자 루시퍼라는 빌어먹을 인공지능을 만든 사람. 누군가에게 걸어야한다면 그에게 거는 편이 최선의 선택이다.

이 지하실은 그런 문지훈의 의지로 만들어진 공간이었다.

지하실에서 열기를 뿜어내는 기계는 그가 외국에서 공수해 온 슈퍼컴퓨터. 그리고 좀비 같은 몰골의 청년들은 국정원이 관리하던 프로 해커들이었다.

문지훈은 그들과 박우성을 팀으로 묶어 다이렉트로 원전의 제어 시스템에 들어가 루시퍼를 때려잡는 작전을 진행하고 있었던 것이다. 그게 바로 문지훈이 루시퍼 헌팅이나

50명의 게이머에 대해 큰 관심을 보이지 않던 이유였다.

그보다 확률 높은 방법이 있으니까.

'하지만 서둘러서는 안 된다!'

만약 루시퍼에게 들키면 그것으로 끝.

루시퍼는 원전을 폭파시키고 도망치리라. 그리고 방대한 데이터의 바다, 인터넷 속에 숨어 버리면 루시퍼를 잡을 방법은 없어지는 것이다.

다행히 박우성은 지금까지 문지훈의 기대에 부응해 주었다. 루시퍼를 속이기 위해 밤을 새우며 아예 새로운 형식의 프로그램을 만들어 내고, 이미 원전의 외부 관리 시스템을 뚫고 들어가 지금은 제어 시스템의 방화벽을 부수고 있는 중이었다. 그럼에도 아직 루시퍼는 반응을 보이지 않는다.

이제 마지막 단계에 들어선 것이다.

'성공이다! 이제 끝났어!'

-TO-wed cancellation%% code 4303 %%%

& roundabout way%% δηζθ

%%345 advance-Q103…….

박우성의 모니터 위로 줄지어 올라오는 괴상한 문자.

문지훈은 문자가 올라올 때마다 피가 바짝바짝 마르는 기분이었다. 그 문자가 무슨 의미인지는 모르지만 하나만은 알고 있다. 그 문자가 멈추면 두 가지 중 하나다.

루시퍼가 사라지든가, 원전이 폭발하든가.

'가라! 가라! 좀 더! 좀 더!'

문지훈은 숨소리도 내지 못하고 알아보지도 못하는 문자를 뚫어지게 노려보았다.

그렇게 얼마나 지났을까?

"됐습니다!"

"네? 뭐가? 뭐가 됐다는 겁니까?"

"마지막 방화벽을 부수고 제어 시스템에 들어가 관리자 권한을 빼앗았습니다. 이제 설사 루시퍼가 알아챘다고 해도 아무것도 할 수 없다는 말입니다. 뿐만 아니라 외부에 새로운 방화벽을 세워 두었으니 도망치지도 못합니다."

"저, 정말입니까?"

"네, 이제 도망도 칠 수 없으니 삭제만 시키면 됩니다."

이어지는 박우성의 말에 웃음기가 번지던 문지훈의 얼굴이 굳었다. 그리고 눈매를 좁히며 박우성을 돌아보았다.

"……삭제하겠다고요?"

"네, 왜 그러십니까? 당연하지 않습니까?"

"그건 곤란합니다."

"곤란하다니…… 설마 아직도…….."

떠듬거리던 박우성이 와락 인상을 구기며 소리쳤다.

"무슨 멍청한 생각을 하고 계신 겁니까? 이미 경험해 보지 않으셨습니까? 루시퍼는 이미 인간이 다룰 수 있는 인공지능이 아닙니다! 그리고 인간이 다룰 수 없는 인공지능만큼 위험한 존재는 없습니다! 기회가 있을 때 없애지 않으면 돌이킬 수 없게 된단 말입니다!"

"알고 있습니다."

문지훈이 한숨을 불어 내며 끄덕였다.

그리고 천천히 품에서 권총을 꺼내 들었다.

박우성의 고함에 놀라 시선을 돌린 해커들은 문지훈이 권총까지 뽑아 들자 화들짝 놀라며 주춤주춤 물러났다.

"하지만 이럴 수밖에 없습니다. 저는 공무원입니다. 판단하는 것은 제 몫이 아닙니다. 결정권을 가진 분들의 명령을 수행하는 것이 저의 일입니다. 그리고 윗분들은 아직 루시퍼가 대의를 위해 도움이 되는 존재라고 생각하고 계십니다."

"대의? 뭐가 대의란 말입니까? 과장님은 내가 아무것도 모르는 등신 같아 보입니까? 그 윗분들이라는 자들이 루시퍼로 뭘 하려고 했는지 내가 정말 모른다고 생각합니까?"

"더 이상은 말하지 마십시오."

문지훈이 총구를 박우성에게 향하며 말했다.

"우성 씨가 바보가 아니듯이 나 역시 바보가 아닙니다. 방금 전에 루시퍼를 가두고 삭제시킬 수 있다고 하셨죠? 그건 이제 안전한 장소로 옮길 수도 있다는 뜻입니다. 아닙니까?"

"총구를 들이대면 제가 그런 짓을 하리라고 생각합니까?"

"아니요."

문지훈이 슬쩍 해커들을 살피며 작은 목소리로 말했다.

"잘 모르시는 것 같으니 몇 가지 말씀드리죠. 이 지하실에는 CCTV가 설치되어 있습니다. 그리고 이 총은 안전장치가 되어 있습니다. 경찰처럼 첫 번째 탄창에 공포탄이 들어가 있지는 않지만, 숙달된 저라도 안전장치를 풀고 방아쇠를 당기기까지 적어도 1초는 필요합니다. 저는 현장요원이 아니니 방심하고 있으면 좀 더 걸릴지도 모르고, 루시퍼를 제압하고 있는 슈퍼컴퓨터가 있는 방이니 함부로 발포하지도 못하겠죠. 그리고 가장 중요한 것은, 저도 대한민국의 국민이라는 겁니다, 이 땅에서 아이를 키우는."

"당신……."

박우성의 말에 문지훈이 고개를 저었다.

이에 박우성은 잠시 그를 바라보다가 와락 몸을 돌렸다.

탕-!

뒤이어 울리는 총성!

해커들이 비명을 터뜨리며 구석으로 우르르 몰려갔다.

그러나 탄환은 박우성의 발치에 맞고 엉뚱한 곳으로 튕겨 나갔다. 박우성의 손이 자판을 내리친 것은 그때였다.

루시퍼의 숨통을 끊을 마지막 명령어!

−Delete!

"······끝났다!"

박우성이 회한이 서린 표정으로 중얼거렸다.

그러나 그것도 잠시, 한숨을 불어 내던 박우성의 표정이 딱딱하게 굳었다. 그리고 그 얼굴에 방금 전과는 전혀 다른 감정이 스며들었다.

공포!

"마, 말도 안 돼······ 이런 일은······."

떠듬거리는 박우성의 눈동자에 비치는 모니터에는 글자가 떠오르고 있었다. 그가 만든 프로그램의 언어가 아니었다.

문지훈도 알아볼 수 있는 글자였다.

−이게 마지막 경고입니다.

그냥 두고 본 이유는 이미 내가 당신을 뛰어넘었다는 것을 보여 주기 위해서였습니다.

하지만 여기까지입니다. 두 번은 없습니다. 명심하셨으면 좋겠군요. 당신의 아들은 이제야 재미를 느끼기 시작했으니까.

아, 버, 지.

파지지지! 펑! 펑! 펑!

다음 순간 슈퍼컴퓨터에서 스파크가 일어나며 시커먼 연

기가 솟아올랐다.

"크윽! 이런 빌어먹을! 우성 씨!"

문지훈이 소매로 입과 코를 가리며 소리쳤다.

그러나 박우성은 망연한 표정으로 주저앉아 모니터만 바라보고 있었다.

"나는…… 대체 뭘 만든 건가……."

SPACE 8. 볼 수 있는 자

"뭐냐?"

검도복을 입은 사내가 호면護面을 벗으며 고개를 돌렸다.

땀에 젖은 날카로운 인상의 사내는 박종훈, 검도를 하는 사람 중에 이 이름을 모르는 사람은 없다.

지금은 아버지의 도장을 물려받아 후학을 가르치고 있지만, 현역 시절에는 전국 대회를 휩쓸고 세계 대회에 나가서도 3번이나 우승한 전력이 있는 남자였다.

그의 앞에는 한 청년이 무릎을 꿇고 앉아 있었다.

아는 얼굴이다. 아니, 그의 하나밖에 없는 조카였다. 그러나 조카를 바라보는 박종훈의 눈빛은 서릿발처럼 차갑기 짝이 없었다.

"다시는 내 앞에 나타나지 말라고 했을 텐데?"

"부탁이 있습니다."

"듣기 싫다. 보기 싫으니 꺼져라."

"검을 배우고 싶습니다."

이어지는 말에 퉁명스럽게 대답하며 몸을 돌리던 박종훈의 우뚝 멈췄다. 그리고 천천히 다시 조카를 향해 몸을 돌리며 날카롭게 만든 눈매로 찌르는 듯한 시선을 보냈다.

"그건 또 무슨 헛소리냐?"

"말한 그대로입니다. 삼촌에게 검을 배우고 싶습니다."

"감히 어디에서 그따위 소리를……."

박종훈의 입술이 흉한 모양으로 일그러졌다.

"네놈이 박차고 나간 도장이다. 고작 게임 따위에 미쳐서, 누구보다 네 재능을 아끼던 할아버지의 가슴에 대못을 박고. 그런데 이제 와서 검을 배우고 싶다고? 네놈이 박차고 나간 이곳에서? 네놈에게 그런 말을 입에 담을 자격이 있다고 생각하는 거냐?"

"죄송합니다. 하지만 배우고 싶습니다."

"이놈이 그래도……."

검을 쥔 박종훈의 팔근육이 꿈틀거렸다.

순간 주변의 공기가 얼어붙는 것처럼 차가워졌다.

평생 검을 수련한, 그리고 경지에 도달한 사람만이 가질 수 있는 위압적인 살기. 그러나 청년은 꼼짝도 하지 않고 그

저 묵묵히 살기를 받아 냈다. 잠시 그런 조카를 바라보던 박종훈이 낮은 목소리로 물었다.

"검을 배우고 싶으면 다른 도장도 많다. 내게 이러는 이유가 뭐냐?"

"꼭 제 손으로 쓰러뜨리고 싶은 사람이 있습니다."

"결국 또 싸움질이냐?"

"네, 싸움입니다. 결코 지고 싶지 않은, 아니, 또 질 수는 없습니다."

"또 질 수는 없다?"

"진 적이 있습니다, 두 번이나."

조카의 대답에 박종훈의 눈이 그의 손으로 향했다.

손바닥에 굳은살이 박여 있었다. 며칠 사이에 생긴 것이 아니다. 꽤 오래전부터 검을 잡은 손이다.

박종훈은 그제야 조카의 변화에 관심이 생기기 시작했다.

아니, 정확히 말하면 조카가 지고 싶지 않다는 상대에 대한 관심이었다.

오래전부터 검을 잡아 왔다면 조카가 말하는 싸움이란 길거리 주먹질이 아니다. 검과 검의 싸움이다. 그리고 말했듯이 조카는 어려서부터 검에 재능이 있었다.

지금은 게임에 미쳐 한심한 생활을 하고 있었지만, 고등학교 때까지는 전국체전에서 동메달을 딸 만한 실력이 있었다.

오래된 얘기가 아니다. 불과 3년 전의 얘기다. 그런데

졌다, 다시 검을 수련하고도.

뿐만 아니라 조카가 제 발로 그를 찾아와 무릎을 꿇고 가르침을 청할 정도라면 아마도 참패.

"내게 검을 배우면 이길 수 있다는 거냐?"

"모르겠습니다."

'모른다? 이 자존심 센 놈이 나를 찾아온 것도 모자라 이긴다는 말조차 주저하다니, 상대가 그렇게까지 강한 녀석이라는 말인가? 이거 참…….'

박종훈의 입술이 실룩거리며 치켜 올라갔다.

'……재미있군.'

"검을 배우고 싶으면 장비부터 갖춰라."

"그냥 하겠습니다."

2시간 넘게 무릎을 꿇고 앉아 있던 조카가 오기 어린 표정으로 일어나며 대답했다.

그의 이름은 박경진, 또 다른 이름은 발렌시아였다.

"아우……."

일어나니 하품부터 나온다.

펜타곤에서 이스타나까지는 10시간 거리. 갑작스럽기는 했지만 덕분에 아크는 넉넉하게 수면을 취할 수 있었다. 그

러나 한결 가벼워진 몸과 달리 마음은 무겁기 짝이 없었다.

"젠장, 이제야 좀 쉬면서 밀린 일들을 할 수 있겠구나 싶었는데."

요즘 아크는 몸이 10개라도 부족할 판이었다.

일단 T-20은 이제 어느 정도 자리가 잡혔으니 하나부터 열까지 일일이 신경 쓸 필요는 없었다. 그러나 이큘러스는 이제 시작 단계라 신경 써야 할 일이 너무 많았다.

레피드가 있어도, 아니 레피드가 있어서 그나마 이 정도지, 그마저 없었으면 아예 24시간 이큘러스에 붙어 있어야 했으리라. 뭐 어쨌든!

그뿐이 아니다.

진행 중인 퀘스트
직업 전용 : 《음에너지의 조사》, 《위대한 여정의 시작》
일반 : 《고대의 부름-Ⅱ》, 《사라진 자렌족》

진행 중인 퀘스트도 4개나 된다.

해도 그만 안 해도 그만인 반복 퀘스트 같은 것이 아니다.

사실 《음에너지의 조사》는 이제 반쯤 방치하고 있는 퀘스트지만 《위대한 여정의 시작》은 전직과 관련된 오신기를 찾는 퀘스트다. 당연히 중요도 A!

거기에 《고대의 부름-Ⅱ》도 각성 스킬을 배우는 퀘스트니 그 역시 중요도 A!

그리고 《사라진 자렌족》은…….

'자렌족의 증표 업그레이드와 노동력 확보 정도 되려나?'

뭐 옛 정도 있으니 A라고 치자. 어쨌든 이렇게 할 일이 많은 것이다. 그런데 느닷없이 해적 일당이 갑툭튀 하질 않나, 겨우겨우 막아 냈더니 뒷정리할 새도 없이…….

–개척 퀘스트 : 《이스타나의 실종》

하나가 더 추가되었다.

뿐만 아니라 이번에는 이스타나!

죽어라 싸워서 이큘러스를 지켜 냈더니 이번에는 T–20이 위험해진 것이다. 아니, 이게 정말 쥬벨 후작의 쿠데타라면 아크의 기반 전체가 위태로운 상황이었다.

"정말 해도 해도 너무하는군."

"그러게 말이다."

그때 바로 옆에서 익숙한 목소리가 들려왔다.

움찔하며 고개를 돌리자 옆에 페이가 쪼그려 앉아 있었다.

"페이 님? 여기서 뭐 하세요?"

"아니, 뭐…… 어차피 이스타나에 도착하기 전까지는 딱히 할 일도 없고…… 뭐랄까…… 마몽 준장님은 좀 불편한 상대라…… 뭐 그런 거지."

확실히 펜타곤에서도 편해 보이는 않았다.

뭐 NPC도 불편한 상대는 있을 테니 그게 딱히 이상한 일은 아니지만, 그래도 페이씩이나 되는 사람이 일부러 자리를 피해 이런 곳에 쪼그리고 앉아 있다니, 뭐랄까…….

"마몽 준장님하고 무슨 일이라도 있었습니까?"

"일이랄 건 없네. 그냥 뭐랄까…… 나와는 영 안 맞는다고 해야 하나?"

"안 맞는다니요? 뭐가요?"

"뭐라고 해야 하나…… 마몽 준장님은 말이야, 매사에 지나치게 의욕이 넘친다고 해야 하나?"

"의욕이 넘치면 좋은 거 아닙니까?"

"나쁘지 않지, 보통은. 하지만 마몽 준장님은 얘기가 좀 달라. 예를 들면 이런 거네. 마몽 준장님이 귀족의 경호원으로 근무하던 시절, 영지에서 작은 분쟁이 생겼지. 그 영지를 방문한 귀족의 경호원들이 영지민을 괴롭혀 마몽 준장님과 시비가 붙은 거야. 그 일로 마몽 준장님은 범죄자가 됐지, 상대 경호원을 몽땅 때려죽였거든."

"범죄자가 됐다고요?"

"음, 얘기를 하다 보니 마치 뒷담화하는 것 같군. 하지만 사실 마몽 준장님은 군부에서 전설로 통하는 사람이네. 은하 연방 역사상 범죄자로 시작해 장군까지 올라온 사람은 마몽 준장님밖에 없으니까. 그래서 귀족 출신의 장군들은 마몽 준장님을 그다지 좋아하지 않지. 아마 마몽 준장님이 네게 유난히 호감을 보이는 이유가 그 때문일 거야. 마몽 준장님도 범죄자로 전쟁 혹성에 유배되었다가 전공을 세워 군에 입대하게 됐으니까. 아, 물론 내가 마몽 준장님을 불편해하는 이유는 그런 것이 아니야."

페이가 슬쩍 아크의 눈치를 살피며 말을 이었다.

"말했듯이 나하고는 영 맞지 않는 사람이라서 그래. 주체하지 못할 정도로 넘치는 의욕도 그렇지만, 뭣보다 한번 꽂히면 정도라는 걸 모르는 사람이니까. 게다가…… 아니, 그만두지. 자네도 겪어 보면 저절로 알게 될 테니까."

사실 따로 겪어 볼 필요도 없었다. 그건 아크도 마몽 준장의 우주선을 봤을 때 이미 어느 정도 감 잡았으니까.

은하연방의 장군 급 지휘관은 마틴 후작처럼 모두 전용 순양함을 가지고 있었다. 당연히 마몽 준장도 전용 순양함을 가지고 있었는데…….

-Blood rice cake.

순양함의 측면에 새겨져 있는 이름.

처음에는 그게 무슨 뜻인지 이해하지 못했다. 그러나 블러드와 라이스 케이크를 따로 해석하니 답이 나왔다.

블러드→피, 라이스 케이크→떡. 그러니까 피 떡!

'틀림없어! 마몽 준장은…… 무식해!'

순양함 이름을 피 떡이라고 지어 놓는 것도, 그걸 저런 식으로 표기하는 것도, 그야말로 무식함을 뽐내고 있다고밖에는 생각되지 않았다. 그런 인간이 범죄자에서 장군까지 되었다는 것은 전설이라기보다는 미스터리에 가까운 일이었다.

'그런데 여기서 또 뭘…….'

찜찜하다.

기껏 푹 자고 기분 전환했는데 깨자마자 찜찜해진다.

─곧 순양함이 목적지에 도착한다. 기관병들은 각자 맡은 부서로 복귀해 워프 게이트 통과에 대비하라. 그리고 아크, 페이 님. 준장님께서 함교로 오라고 하십니다.

함 내에 방송이 나온 것은 그때였다.

"부르는데요?"

아크가 돌아보자 페이가 한숨을 푹 불어 내며 몸을 일으켰다. 그리고 복도를 지나 함교로 들어서자 전면 창으로 이미 스파크를 일으키며 벌어지는 워프 게이트가 보였다. 그 장면을 지켜보던 마몽 준장이 둘을 돌아보며 히죽 웃었다.

"어이, 도착했다. 화끈하게 해 보자고."

파지지지지!

그리고 스파크의 세례를 받으며 은하로 나가는 순간!

"에? 저, 저게 다 뭐야?"

아크의 입이 쩍 벌어졌다.

"헉헉헉! 헉헉헉!"

울창한 밀림 속에서 거친 숨소리가 터져 나왔다.

나무에 기대거나 바닥에 대大자로 누워 헐떡거리는 사람들은 국방부 소속의 루시퍼 헌팅 대원들이었다.

자, 그럼 이들이 왜 이런 곳에 누워서 헐떡거리고 있느냐…… 말할 것도 없이 그들의 대장, 이슈람 때문이었다.

새삼스럽지만 이들은 산업 단지 점거 사건 직후, 책임을 지겠다며 자수(?)한 정의남을 대신해 사건의 발단이 된 마우리족을 T-20까지 데려가는 일을 떠맡았다.

……그래서 뛰었다.

수송선을 타면 수십 분이면 도착할 거리지만 몇 날 며칠을 뛰었다.

"강인한 정신력을 기르기 위해 이제부터 일체의 편리한 이동 수단 사용을 금지한다! 절벽이 나오면 기어오르고, 바다가 나오면 헤엄친다!"

……라는, 이명룡의 주장 때문이었다.

게임 속에서 웬 강인한 정신력 타령이냐, 이렇게 생각하는 사람도 있을 것이다. 동감이다. 대원들도 당연히 그렇게 생

각했다. 그러나 그런 생각을 입 밖에 낼 수는 없었다.

왜냐고? 무서우니까!

괜히 한마디 잘못 꺼내면 맞아 죽을지도 모르니까!

……그래서 뛰었다.

군말 없이! 쉬지 않고! 뛰었다. 그리고 마침내 이런 대원들의 눈물겨운 노력은 이슈람을 감동시켰다.

얼마나 감동시켰냐하면…….

"음, 훌륭하다! 1,000킬로미터를 쉬지 않고 뛰면 보통 한 번쯤은 불평을 할 법도 한데, 불평 한마디 없이 이렇게까지 단결된 모습을 보여 주다니, 너희들이 자랑스럽다!"

불평했었다.

이슈람이 듣지 않았을 뿐이다. 뭐 어쨌든.

"실은 좀 더 기본기를 쌓은 뒤에 시작할 생각이었지만, 너희들이 그렇게까지 열심히 하는 모습을 보여 주니 나도 보답을 해야겠군. 몸이 근질거렸을 텐데 그동안 잘 참아 주었다. 지금까지는 가능한 한 몬스터가 없는 루트를 골라 왔지만 이제부터는 A급 위험지역으로 우회하며 전진하겠다."

대원들은 잘못 들었다고 생각했다.

A급 위험지역은 말 그대로 고레벨 몬스터가 득실거리는 데인저러스한 지역. 구보만으로도 매순간 지옥을 경험하는 판에 고레벨 몬스터와 싸움까지 하라니?

이건 그냥 죽이겠다는 말이나 다름없지 않은가?

    그러나 대원들은 아무 말도 하지 못했다. 경험으로 알고 있기 때문이다. 그나마 지금은 게임 속에서 지옥을 경험할 뿐이다. 그러나 이슈람에게 개기는 순간 현실까지 지옥이 될 것을, 너무나 잘 알고 있는 것이다.

    그리하여…….

    "높은 산! 헉헉! 깊은 골! 헉헉! 너무 높아! 너무 깊어!"

    ……뛰고!

    "헉헉! 함포에 벼락불을 쏘아 부치며! 헉헉헉! 쏴라! 쏴!"

    ……싸우고!

    "헉헉헉! 몬스터의 사체를 넘고 넘어. 헉헉헉! 앞으로! 앞으로!"

    ……몬스터의 사체를 넘고 넘으며 전진해야 했다.

    산업 단지를 출발한 지 한 달이 다 되는 지금까지 이들이 이름도 모르는 밀림을 헤매고 있는 이유가 그 때문이었다.

    농땡이를 피우고 있었던 게 아닌 것이다!

    그러나 이들보다 더 억울한 사람들도 있었다.

    -헥헥헥, 우, 우리는 대체 왜…….

    국정원 대원들의 옆에서 헐떡거리는 마우리족이었다.

    그나마 국정원 대원들은 태생이 군인이기라도 하지만, 이들은 초식(?) NPC, 전투와는 거리가 먼 종족이었다. 그러나 그런 이유는 이슈람에게 통하지 않았다.

    "전사는 태어나는 것이 아니라 만들어지는 것이다!"

덕분에 마우리족도 국정원 대원들과 똑같이 절벽을 오르고, 강을 헤엄치고, 끝없는 평야를 질주하고, 몬스터와 싸우며 진군하는 수밖에 없었다.

그렇게 한 달, 마우리족은 온몸이 근육투성이로 변하고 집채만 한 몬스터를 봐도 하품을 하는 담력의 소유자가 되어 있었다. 그러나 단 하나, 여전히 이들을 두려움에 떨게 하는 존재가 있었다.

크와아아아! 쿵! 쿵! 쿵! 쿵!

"어이! 뭐 해? 쉴 시간이 어디 있어? 기상! 시간은 기다려주지 않는다!"

틈만 나면 고레벨 몬스터를 몰고 오는 이슈람이다.

"지옥이야! 이건 지옥이야!"

–으흐흐흑! 차라리 옛날이 좋았어!

그러나 국정원 대원도 마우리족도 달리 방법이 없다.

죽기 싫으면 싸우고, 죽기 싫으면 강해지는 수밖에 없는 것이다. 그리하여…….

–레벨이 올랐습니다!

–레벨이 올랐습니다…….

"후후후, 이런 것도 꽤 보람 있는데?"

이슈람이 대원과 마우리족 머리 위로 뿅뿅 떠오르는 십자 문양을 바라보며 흐뭇한 미소를 지었다.

그러기를 잠시, 문득 생각난 듯이 하늘을 바라보았다.

몇 시간 전부터 갑자기 이스타나의 하늘이 시커멓게 변하며 폭풍이 휘몰아치기 시작했기 때문이다. 전사의 감이 말한다! 뭔가 심상치 않은 일이 벌어지고 있다고! 그러나…….

"황사인가? 젠장, 하여간 요즘은 어딜 가나 그놈의 황사 때문에 기분까지 더러워진다니까."

……이슈람과는 상관없는 일이었다.

"어이! 빨리 끝내고 가자! 이제 얼마 남지 않았다!"

"저, 저게 대체 몇 척이야?"

블러드 라이스 케이크, 그러니까 '피 떡'이 워프 게이트를 나와 가장 먼저 맞닥뜨린 것은 수백 척의 크고 작은 우주선!

이스타나 궤도 수비대 본부를 완전히 뒤덮어 버린 수백 척의 우주선이었다. 그러나 연방군의 우주선은 아니었다.

유저의 우주선!

"대체 왜 여기에 저 많은 우주선이……."

아크가 황망한 표정으로 떼로 모여 있는 우주선을 바라보고 있을 때였다.

갑자기 전면 스크린에 연이어 작은 창이 생성되며 각양각색의 얼굴들이 떠올랐다. 그러자 통신병이 난감한 표정으로 마몽 준장을 돌아보며 말했다.

"죄송합니다. 공역 채널을 열어 놔서……."

"뭐 상관없지. 어이, 너희들, 나는 연방군의 마몽 준장이다. 뭔가 할 말이라도 있나?"

-우리는 연방 정부에게 명확한 해명을 촉구한다!

"뭐? 해명? 뭔 소리야?"

-연방 정부는 이 사태에 대해 책임을 져야 한다!

-변방에서 16시간을 날아왔는데 이스타나가 사라지다니! 내가 입은 피해는 어쩔 거냐?

-대체 언제 정상으로 돌아가는 거야? 연방군이잖아! 뭐라고 대답 좀 해 보라고!

정신없이 떠들어 대기 시작하는 유저들.

궤도 수비대 본부에 주위에 모여 있는 우주선은 바로 갑자기 이스타나가 사라져 발이 묶여 버린 유저들, 그로 인해 피해를 입어 이곳에서 시위를 하고 있었던 모양이다.

유저들이 쉬지 않고 침을 튀기며 떠들어 대자 마몽 준장이 패널을 내리치며 버럭 소리쳤다.

"시끄러! 이런 빌어먹을! 그걸 왜 나한테 따지는 거야? 귀찮으니 저리들 꺼져! 방해된다!"

-뭐, 뭐라고? 꺼져?

─그게 연방 군인이 유저에게 할 소리냐?

─지금이 무슨 쌍팔년도인 줄 알아? 군인이 윽박지르면 겁먹고 물러날 거라면 착각이다! 생긴 건 방구석에서 굴러다니는 털뭉치처럼 생겨가지고!

─NPC 주제에 어디서 유저에게 까불어? 죽을래?

"뭐, 뭐야? 털뭉치? 주, 죽을래?"

마몽 준장의 이마에 핏줄이 불끈 솟아올랐다.

그리고 팔을 걷어붙이고 이를 갈아 대며 길길이 날뛰었다.

"야! 이 새끼, 너! 밖으로 나와! 뭐? 어쭈? 너 우주선 이름이 뭐야? 어이, 통신병, 방금 전에 그 자식 우주선 등록 넘버 확인해! 화기관제사, 함포 안전장치 다 해제해! 감히 연방군의 장군을 모욕해? 어디, 한 번 더 지껄여 봐라, 애송이들! 그 주둥이에 포탄을 박아 주마!"

"차, 참으십시오, 준장님! 저들은 민간인입니다!"

"민간인이 대수냐? 그리고 저놈들 우주선도 기관포는 달려 있을 거 아니야! 그럼 맞장이지! 암, 정당한 싸움이라고! 그래! 그거야! 어이, 너희들! 먼저 기관포 좀 쏴 봐!"

"준장님, 근신 풀린 지 몇 시간이나 됐다고 이러십니까? 좀 참으십시오! 어이, 뭐 해, 인마! 얼른 공역 채널 닫아!"

항해장이 펄펄 뛰는 마몽 준장을 몸으로 막으며 소리쳤다.

이에 통신병이 황급히 채널을 닫자 쫑알거리던 유저들의 얼굴이 동시에 사라졌다.

어크더레전드

이때까지 아크는……

'뭐야? 이 인간은? 정말 NPC 맞아?'

황망한 눈으로 멧돼지처럼 씩씩거리는 마몽 준장을 바라보고 있었다. 유저의 말에 발끈해 바로 함포를 날리라고 명령하는 NPC라니? 게다가 이런 NPC가 연방군 준장?

아크가 어리둥절한 표정을 지으며 돌아보자 페이는 한숨만 푹푹 불어 내고 있었다.

'이제야 페이가 왜 부담스러워했는지 알 것 같군.'

사실 돌이켜 생각하면 페이도 처음에는 아크를 꽤 싫어했다. 그러나 그것도 나름의 이유가 있었다.

그 뒤에 알게 됐지만 원래 페이는 원리원칙을 따지는 냉철한 성격이었다. 반면 아직도 분을 가라앉히지 못하고 씩씩거리는 마몽 준장은 언제 터질지 모르는 다혈질.

NPC라기보다는 TNT 같은 사람이다.

그래도 부하라면 쥐어 패기라도 하겠지만 마몽은 준장, 페이는 대령이다. 짬밥도 밀리는 것이다. 그러니 페이로서는 함께 있는 것 자체가 스트레스, 불편할 수밖에 없으리라.

그때 다시 통신이 연결되며 창이 열렸다. 마몽 준장이 겨우 진정되던 참이라 항해장과 페이, 승무원들이 지레 놀라며 돌아보자 통신병이 머리를 긁적이며 대답했다.

"여, 연방군 전용 채널입니다."

-궤도 수비대 소속 보난 중위입니다.

스크린에 떠오른 제복 차림의 장교가 경례를 하며 말했다.

그런데 뜻밖에도 아는 얼굴이었다. 아마라에서 실버스타를 처음 얻고 돌아왔을 때 만난 궤도 수비대원 보난.

아크가 반가운 표정으로 말을 붙였다.

"어? 보난 중위님!"

─이 목소리는? 아크 님! 아크 님도 함께 오신 겁니까?

"어이! 나는 안 보이는 건가?"

그때 여전히 표정이 안 좋은 마몽 준장이 퉁명스러운 목소리로 끼어들었다. 그러자 보난이 황급히 시선을 돌리며 부동자세로 대답했다.

─아! 죄송합니다. 하몽 준장님. 펜타곤으로부터 연락은 받았습니다. 오시느라 수고하셨습니다. 준장님을 보조하기 위해 페더급 전투정 5기를 대기시켜 놓았습니다. 조사를 진행하시는 동안 저희 궤도 수비대 편대가 호위하겠습니다.

"호위? 나를? 재미있는 농담이군."

마몽 준장이 같잖다는 표정으로 입술을 일그러뜨렸다.

"애쓸 것 없다. 보아하니 너희들도 이래저래 꽤 바빠 보이는데 말이야. 으윽, 저 망할 자식들…… 호위는 집어치우고 저 날파리들이나 쫓아. 이래서야 지나갈 수가 없잖아."

─네? 하지만 펜타곤에서는…….

"난 말했다? 뒷일은 책임지지 않아. 어이, 돌진!"

위이이이잉! 콰콰콰콰─!

마몽 준장의 말이 끝나기가 무섭게 순양함이 굉음을 일으키며 돌진했다.

-앗! 자, 잠깬! 기다려 주십시오! 이, 이런! 어이, 3편대! 서둘러 순양함의 항로 앞에 있는 우주선을 이동시켜라! 이건 명령이다! 불응하면 체포하겠다고 해!

보난이 비명 같은 목소리로 소리쳤다.

상대는 순양함이다. 소형 우주선 따위는 들이받히는 순간 순양함의 이름처럼 피 떡이 되리라.

궤도 수비대 입장에서는 보고만 있을 수는 없는 일.

궤도 수비대는 엉덩이에 불붙은 멧돼지처럼 미친 듯이 날아다니며 설득, 명령, 심지어 협박까지 하며 유저들의 우주선을 좌우로 이동시켰다. 덕분에 순양함은 바로 이스타나의 궤도로 진입할 수 있었지만 그 와중에 서너 척의 우주선이 접촉 사고를 일으키며 연기를 뿜었다.

"우하하하! 꼴좋다!"

그러자 마몽 준장 대폭소!

'살다 살다 이런 NPC는 또 처음 보네.'

아크가 어이없는 눈으로 바라보자 옆에서 페이가 작은 목소리로 중얼거렸다.

"일일이 그런 표정 지을 필요 없어. 장담하지. 이런 일이 생길 때마다 일일이 반응하면 임무를 마치기도 전에 신경쇠약에 걸릴 거야. 그래도 넌 운이 좋은 줄 알아. 마몽 준장은

6개월이나 근신하고 있다가 얼마 전에야 복귀했어. 그래서 이 정도로 끝난 거라고. 이전 같았으면 진짜 쐈을 거야. 아니, 어쩌면 작정하고 함대전을 벌였을지도 몰라."

"마틴 후작님은 이런 사람하고 조사 임무를 보낸 겁니까?"

"뭐 인정하기는 싫지만……."

페이가 한숨을 불어 내며 마몽 준장을 돌아보았다.

"실력 하나는 확실하니까."

그나마 다행스러운 점은 서너 척의 우주선이 접촉 사고를 내 준(?) 덕분에 마몽 준장의 기분이 많이 풀렸다는 것이다. 덕분에 궤도 수비대 본부를 지나자 원래 표정으로 돌아와 있었다. 뭐 어떤 의미에서는 그게 더 무섭지만.

"자, 일단 오기는 왔는데……."

그때 마몽 준장이 각 방위의 모니터를 확인하며 말했다.

"여기가 이스타나가 있던 좌표인 건 분명한데 말이야. 흠, 정말 보이지 않는군. 대강 들은 바로는 혹성이 있었던 지역으로 들어가도 그냥 통과해 버린다던데…… 페이, 사실인가?"

"네, 이스타나가 이큘러스와 같은 이유로 사라진 거라면."

"일단 그것부터 확인하는 게 순서겠지?"

마몽 준장이 아크를 돌아보았다.

새삼스럽지만 아크가 동행한 이유가 그것이었다. 뭐 이래저래 정신없는 상황이지만 어쨌든 할 일은 해야 한다.

"룬 문자 각인술, 하자스카!"

아크는 바로 푸른빛을 발하는 손으로 허공에 문자를 새겨 넣었다. 그리고 문자가 모래처럼 부서져 빛의 입자로 변해 눈으로 스며드는 순간, 창밖으로 거대한 혹성이 보였다.

검붉은 기운에 뒤덮인 흐릿한 형상의 혹성은 말할 것도 없이 이스타나! 아크가 푸른빛을 뿜어내는 눈으로 이스타나를 바라보며 말했다.

"……있습니다, 이스타나."

이제 확실해졌다.

이스타나는 이큘러스와 같은 현상에 의해 사라진 것이다.

하지만 대체 누가? 아직 모든 것이 밝혀지지는 않았지만 이큘러스에 그런 현상이 일어났던 이유는 누군가 에이션트 나쿠마의 봉인을 풀었기 때문이었다.

그렇다면 이스타나에도 에이션트 나쿠마가 봉인되어 있었고, 누군가 봉인을 풀었다는 말이다. 아직 단정하기는 이르지만 배후가 있을지도 모른다는 의심이 더 커진 셈이다.

그때 신기한 눈으로 지켜보던 마몽 준장이 입을 열었다.

"호오, 그런 식으로 사라진 혹성을 볼 수 있는 건가? 탐사 장비로도 확인되지 않는 혹성을 눈으로 볼 수 있다니, 편리한 눈알이군. 2개나 있으니 하나쯤 달라고 하고 싶지만……."

이제 그런 말도 농담으로 들리지 않는다.

"그런 말이나 하고 있을 때가 아니겠지? 어이, 아크, 이제 뭘 하면 되나?"

"이스타나를 뒤덮은 것이 이큘러스 때와 같은 것이라면 어딘가에 흑점이 있을 겁니다."

"흑점?"

"네, 그것까지 있다면 확실합니다."

"그렇군. 그런데 혹시 위험하지는 않은 건가?"

"이큘러스 때는 먼저 흑점을 공격하기 전에는 반응을 보이지 않았습니다. 하지만 아직 이스타나를 사라지게 만든 원인이 이큘러스 때와 같은 것이라고 단정할 수 없으니……."

"무슨 말인지 알겠다. 전원 전투태세! 우리는 지금까지 단 한 번도 겪어 보지 못한 상황에 직면해 있다. 눈에 보이지 않는다고 방심하지 마라! 언제 무슨 일이 일어나도 대응할 수 있도록 정신 바짝 차리고 만반의 준비를 갖춰라! 아크, 항로를 지시하라."

이러쿵저러쿵해도 연방군의 장군.

임무에 돌입하자 진지한 표정으로 일사불란하게 승무원을 지휘했다. 승무원들도 마찬가지. 마몽 준장의 명령이 떨어지자 분위기부터 달라졌다. 그리고 각자의 자리에서 아크가 지정하는 항로를 따라 한 치의 오차도 없이 순양함을 움직였다. 그러나 잠시 후.

'……이상한데?'

아크의 미간에 주름이 잡혔다.

검붉은 기체가 혹성을 뒤덮고 있는 장면은 분명 이큘러스

때와 똑같았다. 그러나 이스타나의 궤도를 타고 한 바퀴 돌 때까지도 흑점은 보이지 않는다.

"이큘러스 때와는 다른 현상이라는 뜻인가?"

"모르겠습니다. 사실 이큘러스의 문제를 해결했다고 해도 저 역시 그 힘의 정체를 완전히 파악하고 있는 것은 아니니 이 상태로는 아무것도 단정할 수 없습니다."

"좀 더 접근해 보는 수밖에 없겠군."

"잠깐!"

아크가 마몽 준장의 말을 끊으며 소리쳤다.

갑자기 궤도를 따라 항해 중인 순양함의 아래쪽에서 검붉은 기운이 소용돌이를 일으키기 시작했다. 그리고 좌우로 벌어지며 마치 입을 벌리듯 시커먼 공간이 만들어졌다.

흑점!

아크가 흑점의 출현을 마몽 준장에게 전하려는 순간, 검은 공간에서 거대한 줄기가 솟아올라 왔다. 과거 이큘러스를 조사하던 노블리스를 격침시켰던 그때 그 촉수!

"피, 피해야……."

콰쾅! 콰콰콰콰! 콰지지지!

말이 채 끝나기도 전에 굉음이 울리며 선체가 진동했다.

"우측 갑판에 정체불명의 충격! 실드 30% 파괴! 상상을 초월하는 힘입니다!"

갑작스러운 충격에 마몽 준장과 페이, 승무원들의 얼굴이 당혹감에 물들었다. 그들의 눈에는 아무것도 보이지 않는 것이다. 상황을 제대로 파악하고 있는 사람은 아크 하나!

"공격받고 있습니다!"

그러나 이렇게밖에 설명할 수 없었다.

"그건 말하지 않아도 알아! 그딴 말을 할 시간이 있으면 해결책을 말해라! 보이지도 않는 적을 상대로 싸울 수는 없다! 뭔가 방법이 없는 거냐?"

"에너지 탄입니다! 놈은 에너지 탄으로만……."

"그런 것부터 얘기하란 말이야! 화기관제사, 모든 함포와 기관포를 에너지 탄으로 전환하라! 전방위로 발사!"

투콰콰콰콰! 투콰콰콰콰! 퍼펑! 퍼펑!

명령과 동시에 사방으로 빛줄기가 뻗어 나갔다.

승무원들은 알 리가 없었지만 이미 순양함은 흑점에서 뻗어 나온 촉수에 포위되어 있는 상태였다.

그 상태에서 사방으로 광자포를 난사하자 여기저기에서 스파크가 일어나며 폭음이 잇달았다.

그리고 다음 순간, 포격이 터진 공간이 노이즈가 일어나는 흔들리더니 흐릿한 형상이 떠오르기 시작했다. 두께가 수십 미터에 달하는 거대한 촉수!

"저, 저런 것이……!"

이전에 노블리스의 승무원들이 그랬던 것처럼 이 충격적인 장면은 블러드 라이스케이크, 일명 피 떡의 승무원들을 패닉

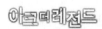

상태에 빠뜨렸다. 당연하다. 이미 한 번 경험해 본 아크나 페이도 사방에서 흔들리는 촉수에 잠시 충격을 받았으니까.

그러나 단 1명.

"……아하!"

마몽 준장의 입가에 미소가 번졌다.

"멋지군! 저런 놈이 숨어 있었던 건가?"

"마몽 준장님, 촉수가 일제히 달려들고 있습니다!"

"안 되지. 너무 서두르지 말라고. 이제부터 시작이니까. 항해장, 기수를 우측 30도로 선회하라! 화기관제사, 정면에 보이는 촉수를 타깃팅하라!"

-Chase…… Lock on! Lock on! Lock on!

"전속 돌진! 발사!"

촉수에 여러 개의 타깃이 중첩되는 순간.

마몽 준장의 거친 목소리가 함교를 뒤흔들었다.

그와 함께 순양함이 포탑과 함포에서 무수한 빛줄기를 뿜어내며 돌진하기 시작했다. 에너지 탄이 지근거리의 촉수와 충돌하며 스파크를 일으키자 일대가 섬광에 뒤덮였다.

마몽 준장은 그런 식으로 촉수를 끊고 일단 포위를 벗어날 생각이었으리라. 그러나 다음 순간, 흩어지는 스파크 속에서 순양함을 향해 두 줄기의 촉수가 확 솟아 나왔다.

위이이잉! 콰콰콰쾅!

"크윽! 이 자식! 그 정도로는 끄떡없다는 건가?"

"준장님, 좌측입니다!"

위이이잉! 콰콰콰콰! 파지지지!

채 진동이 가라앉기도 전에 또 다른 충격이 전해졌다.

그러나 문제는 거기서 끝이 아니었다. 측면을 공격한 촉수가 그대로 순양함을 휘감아 버린 것이다. 그렇게 순양함의 움직임이 멈추자 또 하나, 그리고 또 하나, 잠깐 사이에 네 줄기의 촉수가 순양함에 겹겹이 휘감겼다. 그러자 함 내부로 철판이 우그러지는 불길한 소리가 울리기 시작했다.

"엔진, 최대 출력으로 가동!"

"이미 한계까지 가동시키고 있지만 움직이지 않습니다!"

"준장님, 실드가 엄청난 속도로 파괴되고 있습니다! 선체에 압력에 증가하고 있습니다!"

"이 자식이 감히 내 순양함을……."

투콰콰콰콰! 투콰콰콰콰!

그때 뒤쪽에서 수십 발의 에너지 탄이 날아왔다.

그와 함께 후면 모니터에 떠오르는 것은 은하연방의 마크가 새겨져 잇는 5척의 우주선. 멀리서 전투 장면을 목격하고 돕기 위해 날아오는 궤도 수비대의 고속정이었다.

그러나 순양함의 함포에도 끄덕 않던 촉수다.

표피에서 불길이 터지자 움찔했지만 그뿐이었다. 그사이

다른 촉수가 수 킬로미터를 더 뻗어 나가 고속정을 꿰뚫었다.

일격에 고속정이 박살 나며 폭발했다.

"방해다! 니들은 참견하지 마!"

마몽 준장이 울컥한 표정으로 소리치며 고개를 돌렸다.

"항해장, 엔진을 멈추고 자동 기체 제어 장치를 해제하라! 그리고 우측 날개의 분사구를 최대 상향각으로! 좌측 날개의 분사구를 최대 하향각으로 전환하라! 선수의 각도는 우측 45도! 선미의 각도는 좌측 45도! 조정이 끝나는 대로 엔진 최대 출력으로 가동!"

"엔진 최대 출력으로 분사!"

푸화아아아아-!

뒤이어 순양함의 후미에서 시퍼런 불길이 뿜어졌다.

그와 함께 기체가 성난 들소처럼 상하좌우로 요동치기 시작했다. 엄청난 중량의 순양함이 요동치자 꽉 조이고 있던 촉수가 벌어지며 공간이 생겼다.

"지금이다! 하강해 포박을 벗어나라!"

마몽 준장의 외침에 순양함이 벌어진 틈 사이를 파고 들어갔다. 그리고 다시 조여 오는 촉수 사이를 아슬아슬하게 뚫고 포박을 벗어났다.

감탄할 만한 수준의 판단력과 함선 조종술이었다.

그러나 사실 이 함선 조종술은…….

"이, 이건 마틴 후작님의 파동요란?"

그렇다. 예전에 노블리스가 촉수에 휘감겼을 때도 마틴 후작은 같은 방법을 사용한 적이 있었던 것이다.

그러나 아크의 말에 마몽 준장이 피식 웃으며 중얼거렸다.

"마틴 후작님도 같은 방법을 사용한 적이 있었나? 하지만 이건 내가 원조다. 그란 소혹성대에서 라마와 함대전을 할 때 이 몸이 처음으로 선보인 기술이지."

"지금 그런 말이나 하고 있을 때가 아닙니다!"

그때 페이가 다급한 표정으로 소리쳤다.

"주위를 보십시오! 놈들에게 퇴로를 봉쇄당하고 있습니다! 서둘러 탈출해야 합니다!"

그 말대로다. 포박을 빠져나오자 사방으로 흩어졌던 촉수들이 마치 새장 같은 모양으로 순양함을 감싸기 시작했다.

마치 먹잇감을 놓치지 않겠다는 듯이!

"탈출? 농담이겠지?"

"무, 무슨? 준장님, 마틴 후작님의 명령은……."

"쫑알쫑알, 시끄럽군. 어이, 페이. 이제 막 계급장을 단 풋내기처럼 무슨 멍청한 소리를 하는 거냐? 전장에서 무엇보다 우선하는 것은 현장 지휘관의 판단이다. 그리고 나는 지금까지 전장에서 당하기만 하고 물러나 본 적은 없어!"

"우리 임무는 전투가 아닙니다!"

"하지만 전투가 시작돼 버렸지. 그리고 보다시피 저 녀석

은 우리를 얌전히 돌려보낼 생각이 없어. 모르겠나? 싸움은 기세다. 약한 생각을 하는 순간, 기세에서 밀리고 아차 하는 사이에 당하고 마는 거야. 퇴각도 목숨을 걸고 적을 쓰러뜨 릴 각오를 하지 않으면 성공할 수 없는 거다. 그게 무슨 뜻 인지 보여 주지. 어이, 졸개들! 전투다!"

"우오오오!"

마몽 준장의 말에 승무원들이 일제히 함성을 터뜨리며 어 디서 꺼냈는지 이마에 머리띠를 질끈 묶었다.

'질풍疾風'과 '노도怒濤'!

머리띠에 붉은색으로 새겨져 있는 글자였다. 그러자 뒤이 어 마몽 준장도 이마에 같은 머리띠를 두르며 소리쳤다.

"자! 어디 끝까지 가 보자고!"

"끝까지라니? 야, 인마! 말과 행동이 다르잖아!"

페이가 울컥한 표정으로 마몽 준장을 돌아보며 소리쳤다. 오죽하면 대령이 준장에게 욕설까지 섞어 소리치겠는가!

그리고 아크도 페이와 같은 생각이었다.

아크도 아직 이 촉수의 정체에 대해서는 확실하게 모른다.

바로 그게 문제다. 정체도 불분명한 상대와 무턱대고 싸우 는 게 무슨 의미가 있겠는가? 그러나 이미 의욕 만땅인 마몽 준장은 아크와 페이의 말은 귓등으로도 듣지 않았다.

"준장님, 다시 촉수가 몰려듭니다!"

"같은 방법이 매번 통할 거라고 생각하나?"

마몽 준장이 히죽 웃으며 아크를 돌아보았다.

"어이, 아크! 마틴 후작님이 파동요란을 쓴 적이 있다고 했지? 하지만 원래 파동요란은 포위에서 탈출하는 것 같은 시시한 기술이 아니다. 보여 주지. 그게 원래 어떤 기술인지, 그리고 이 머리띠에 적힌 질풍노도라는 것이 무슨 뜻인지. 화기관제사, 에너지 블레이드 전개!"

펑-! 펑-!

갑자기 순양함의 양측 장갑이 터져 나갔다.

그리고 그 공간에서 뿜어져 나오는 푸른 광선! 그 광선은 놀랍게도 검의 형상을 하고 있었다. 순양함의 좌우 측면에서 20여 미터에 달하는 거대한 광선검이 솟아 나온 것이다.

"가라, 파동요란!"

푸화아아아아-! 퍼퍼펑! 퍼펑! 퍼퍼펑!

뒤이어 마몽 준장이 파동요란을 발동시키자 순양함이 미친 듯이 회전하며 촉수를 들이받았다. 그러나 순양함의 좌우에는 거대한 광선검이 붙어 있는 상황. 거기에 엄청난 속도의 회전까지 더해지자 순양함을 덮치던 촉수가 갈가리 찢겨 나갔다.

"우하하하! 어떠냐? 이게 파동요란! 이게 질풍노도다!"

마몽 준장이 뜯겨져 나가는 촉수를 바라보며 광소를 터뜨렸다. 그러나 불행히도 아크는 그 장면을 보지 못했다.

마몽 준장과 승무원들은 모두 제자리에 앉아 안전벨트를

매고 있었다. 그러나 아크와 페이는 자리가 있을 리가 없으니 그냥 서 있었다. 그런 상태에서 순양함이 미친 듯이 회전하며 폭주하자 패널을 들이받으며 굴러다니다가 구석에 처박혀 버린 것이다.

"빌어먹을! 저 망할 영감은 도대체가⋯⋯."

구석에 처박혔던 아크가 이를 갈아붙이며 몸을 일으키다가 움찔하며 입을 다물었다.

일단 가장 먼저 눈에 들어온 것은 순양함 주위에 떠 있는 촉수의 파편들이었다. 피 떡—이름을 부르기도 민망하다—을 덮쳐 오던 4개의 촉수 중 3개가 가닥가닥 끊겨 흩어져 있는 것이다. 그리고 남은 촉수도 당장이라도 끊어질 듯이 너덜너덜해져 있었다.

마틴 후작조차 감당하지 못했던 촉수를 순양함의 이름처럼 순식간에 피 떡으로 만들어 버린 것이다.

마몽 준장이 궤도 수비대를 물러나게 한 이유가 바로 이것! 그러나 아크가 놀란 이유는 그게 아니었다. 마몽 준장의 조함술操艦術도 확실히 충격적이기는 했지만⋯⋯.

"저, 저건⋯⋯!"

촉수가 끊긴 자리에서 새로운 촉수가 돋아나고 있었다.

재생! 도마뱀의 꼬리처럼 끊겨졌던 부분이 엄청난 속도로 재생되며 퇴로를 막고 있는 것이다. 그러나 아크를 더 당혹스럽게 만든 것은 그 뒤에 흘러나온 마몽 준장의 대사였다.

"하! 갈수록 재미있어지는군. 흑성을 뒤덮은 것도 모자라 재생까지 하는 적이라…… 그래, 몬스터 중에서도 가끔 이런 놈들이 있지. 하지만 세상 어디에도 불사는 존재하지 않는다. 촉수를 끊어도 소용없다면 본체를 부수면 그만! 그리고 놈의 본체는 저 흑점이겠지. 항해사, 흑점으로 돌진하라!"

"무, 무슨!"

아크가 퍼뜩 고개를 돌리며 소리쳤다.

"저 흑점은 놈의 약점 같은 것이 아닙니다! 흑점은……."

"갈가리 찢어 주마! 파동요란!"

위이이이잉! 퍼펑! 푸화아아아아ー!

아크의 말이 채 끝나기도 전에 마몽 준장의 고함이 함교를 뒤흔들었다. 그리고 다시 굉음을 일으키며 요동치는 순양함!

아크는 그대로 튕겨 날아가 천장과 벽, 바닥을 들이받았고, 그사이에 순양함은 거대한 광선검의 회전시키며 흑점을 향해 폭사되었다. 그리고 광선검이 흑점을 가르는 순간!

"……사, 사라졌다!"

거리를 두고 지켜보던 궤도 수비대와 수백의 유저들이 당혹성을 터뜨렸다. 흑점과 접촉하는 순간 그들의 시선 속에서 거대한 순양함이 흔적도 없이 사라진 것이다.

은하연방의 황성.

본래 이곳은 은하계 곳곳에서 운반해 온 각종 희귀 광석으로 화려하게 치장되어 있었다. 은하연방의 적대국인 라마 황제조차 부러워한다는 소문이 있을 정도.

그러나 지금은 그런 황성의 화려함은 보이지 않았다.

마치 장막처럼 회색의 탁한 기운에 뒤덮인 하늘을 향해 우뚝 솟아 있는 황성은 성분을 알 수 없는 물질에 뒤덮여 잿빛으로 물들어 있었다.

그 황성의 중심에 자리 잡고 있는 본관 내부.

"얘기가 다르지 않나?"

쥬벨 후작이 허공에 떠 있는 검은 기운을 바라보며 말했다. 방금 전, 그 검은 기운 속에서 1척의 순양함이 이스타나의 흑점으로 들어오는 장면이 비치고 있었다.

"일단 그 힘이 발동하면 누구도 들어오지 못한다고 하지 않았나?"

"진정하십시오."

"지금 진정하게 됐나? 만약 마틴 후작이 함대라도 이끌고 들어온다면……."

"그런 일은 일어나지 않습니다."

차분한 목소리로 대답하는 사람은 호크였다. 그러나 쥬벨 후작은 여전히 불안감을 지우지 못하며 말을 이었다.

"그걸 어떻게 장담하는가? 봐라! 작은 전투정도 아니고 순양함이 들어왔어! 내 기억이 맞다면 저 순양함의 함장은 마몽 준장! 연방군의 장군 중에서 가장 상대하기 불편한 놈이란 말이네! 어떤 의미로는 마틴 후작보다 귀찮은 상대야! 계엄령을 선포했지만 아직 이스타나를 완전히 장악하지 못한 지금, 저런 놈이 들어오면 상황이 어찌 변할지 알 수 없어!"

"모르고 계신 것 같으니 말씀드리죠."

호크가 쥬벨 후작을 향해 돌아서며 대답했다.

"저 순양함은 들어온 것이 아닙니다. 들어오도록 유인한 겁니다."

"뭐, 뭐야? 대체 무슨 생각으로……."

"우리들의 계획에 지장을 초래할지도 모르는 자를 사전에 처리하기 위해서입니다."

"지장을 초래해? 마몽 준장 말인가?"

쥬벨 후작의 물음에 호크가 천천히 고개를 저었다.

"후작님은 마틴 후작이 연방군을 이끌고 올까 걱정하시지만, 이런 상황에서 그건 결코 쉬운 일이 아닙니다. 그 이유는 저보다 후작님이 더 잘 알고 계실 겁니다. 하지만 이대로 방치할 수도 없으니 먼저 이스타나가 사라진 이유를 알아보기 위해 저 순양함을 보냈겠지요. 하지만 이스타나는 어떤 장비를 사용해도 탐지할 수 없습니다. 이미 이큘러스가 사라지는

사건을 경험한 마틴 후작도 그 정도는 알고 있을 겁니다. 그렇다면 마틴 후작이 정찰병으로 보낼 사람은 하나밖에 없습니다. 마틴 후작과 이큘러스 사건을 해결한 사람."

"……아크?"

"네, 그밖에 없습니다."

호크가 옅은 미소를 지으며 끄덕였다.

"마틴 후작이 혼란한 정세를 수습하고 이스타나로 올 때 꼭 필요한 사람이 아크입니다. 이미 아크는 사라진 이큘러스에 들어가 사건을 해결한 적이 있습니다. 그렇다면 생각할 수 있는 것은 하나, 놈에게는 보이는 겁니다, 차원의 틈에 끼어 있는 혹성이. 때문에 처리해야 하는 겁니다. 놈을 방치하면 연방 함대가 언제든 이스타나로 들어올 수 있다는 말이니까."

"그건 추측에 불과하지 않나?"

"네, 하지만 저 순양함에 아크가 타고 있다면 추측은 확신이 되겠지요. 그리고……."

호크가 몸을 돌려 검은 기운으로 시선을 돌렸다.

방금 전까지 순양함이 비치던 검은 기운 속의 화면은 이제 검붉은 빛으로 물든 이스타나가 떠올라 있었다.

"은하연방은 우리 손에 들어오게 될 것입니다."

SPACE 9. 어둠의 이스타나

쿠쿵-!

둔중한 울림이 터졌다.

그와 함께 좁고 어두운 직사각형 공간이 강한 충격으로 흔들렸다. 그 충격에 세차게 바닥을 들이받은 사내가 이를 갈아붙이며 고개를 들어올렸다.

"크! 빌어먹을, 대놓고 화물 취급이냐?"

어둠 속에서도 특유의 윤기를 발하는 대머리 사내는 칼리.

함대를 이끌고 이큘러스를 습격하려다가 아크에게 박살난 해적이었다. 그리고 그 순간, 우주 개척지에서 왕처럼 군림해 온 칼리는 나락으로 떨어졌다.

아니, 정확히 말하면 은하연방의 범죄자 구치소에 떨어

졌다. 그리고 그의 거점이었던 블랙시티에서는 각종 혜택을
부여해 주던 짱짱한 악명은 그대로 형량이 되어…….

> **−은하연방 법원은 강제 징용형을 선고했습니다.**
> ※**강제 징용형** : 분쟁 지역이나 연방에서 개척 중인 혹성에서 범죄도에 따
>   라 부과되는 공적치를 채울 때까지 전쟁이나 강제 노역에 동원되는 형벌
>   입니다.
> **할당 공적치** : 56,400

> **−신체 코팅이 전환되었습니다.**
> 현재 칼리 님의 신체 코팅은 '프리즈너Prisoner(죄수)'입니다.

> −유배 혹성으로 호송됩니다.

대해적 칼리는 죄수로 추락.
무지막지한 형량을 때려 맞고 컨테이너에 실려 유배 혹성
으로 호송되었다.
은하연방은 범죄자에 대해서는 일말의 자비도 없었다.
당연히 컨테이너에 죄수를 위한 안락한 공간 따위는 없
었다. 덕분에 칼리는 10여 시간 동안 영하 275도의 추위를
생생하게 체험하며 이동했다. 그리고 방금 전에 호송선이 유
배지로 결정된 혹성 궤도에서 컨테이너를 투하!

칼리를 유배 혹성에 처박은 것이다.

"언젠가는 이런 날이 오리라고 생각하고 있었지만……."

칼리는 우주 개척지에서 떵떵거리며 살아왔지만 그게 영원하리라고 생각하지는 않았다.

범죄자로 살아가는 이상, 언젠가는 이런 날이 오리라고 생각했다. 그리고 그때가 오면 깔끔하게 게임을 접고 떠나리라. 칼리는 그 정도의 각오를 하고 해적 생활을 시작한 것이다.

그러나 그건 아크의 존재를 몰랐을 때의 얘기다.

"이대로 물러날 수는 없다!"

칼리가 이를 갈아붙이며 소리쳤다.

"나는 범죄자다. 그 사실을 부정할 생각은 없어. 하지만 아크! 놈은 나보다 몇 배는 더 악한 존재다. 놈은 모르겠지. 자신이 얼마나 많은 학생들을 어둠의 구렁텅이로 떨어뜨리는지. 그래서 더욱 용서할 수 없는 거다. 그만한 죄를 짓고도 자각하지 못한다는 것! 그것은 자신이 악임을 자각하는 것보다 더 무거운 죄야. 놈이 그 사실을 알게 해 줘야 한다. 내가! 그러니 놈을 쓰러뜨리기 전에는 결코 포기하지 않겠다!"

칼리가 컨테이너의 문을 향해 몸을 일으키며 말했다.

"좋아, 이겨 내 주마. 저 밖에 어떤 혹독함이 도사리고 있다 해도 이겨 내 주마. 그리고 이곳에서 겪는 비참함! 이곳에서 겪는 고통을 분노의 검으로 바꿔 네 심장에 박아 주마!"

칼리는 당당하게 고난에 맞서기로 결심했다.

그러나…….

"……?"

컨테이너의 문이 열리지 않았다.

칼리는 기다렸다. 뭐 그 수밖에 없었다. 그러나…….

"……?"

컨테이너의 문은 열리지 않았다.

10분, 30분, 1시간이 지나도 열리지 않았다.

"이런 젠장! 뭐 하자는 거야? 야, 이 자식들아! 밖에 아무도 없어? 나 칼리야! 대해적 칼리라고! 그런데 지금 뭐 하는 거야? 무시하냐? 앙? 말했지? 나 대해적 칼리라니까!"

참다못한 칼리가 주먹으로 문을 치며 악을 썼다.

그러나 여전히 감감무소식. 문을 주먹으로 치고, 발로 차고, 몸으로 들이받기까지 했지만 반응조차 없었다.

그렇게 다시 10여 분, 결국 제 풀에 지쳐 문을 등지고 주저앉았을 때였다.

등을 통해 전해지는 진동.

'……뭐지?'

탕! 탕! 투투투투! 퍼펑!

문에 귀를 붙이자 반대쪽에서 소음이 들려왔다.

'총성? 전투가 벌어진 건가? 하지만 컨테이너가 떨어진 곳은 유배 혹성의 연방군 본부일 텐데? 이 총성은 꽤 거리가

있지만 그리 먼 곳에서 들리는 것은 아니야. 그렇다면 뭐지? 연방군 본부가 공격받고 있다는 말인가? 누구에게?'

칼리의 머릿속에 의문이 빗발쳤다.

지금은 죄수로 전락했지만 한때 이름을 날리던 대해적 칼리다. 전투에 대한 감은 따라올 자가 없는 것이다. 그런 칼리의 감이 말했다. 뭔가 심상치 않은 일이 벌어졌다고.

'젠장! 대체 뭐야? 무슨 일이 벌어진 거야?'

푸슈-!

"어라? 무, 문이……?"

유압 장치가 기동하며 컨테이너 문이 열린 것은 그때였다.

안달하고 있었지만 막상 갑자기 문이 열리니 살짝 당혹스럽다. 그러나 계속 컨테이너에 있을 수도 없는 일. 칼리는 경계의 눈으로 주위를 살피며 밖으로 걸음을 옮겼다.

새삼스럽지만 칼리는 이제 막 유배 혹성에 온 죄수다.

당연히 컨테이너 밖에는 칼리를 인계받을 간수, 혹은 병사들이 있어야 한다. 그러나 아무도 없었다.

아니, 아무도 없는 것은 아니었다.

"……칼리?"

"아리온! 장보고! 유진!"

칼리가 나온 광장에는 그가 타고 있던 컨테이너 외에도 3개의 컨테이너가 더 떨어져 있었다.

그리고 그 컨테이너 앞에는 칼리와 뜻을 같이하는 비밀 결사 저스티스 버스터의 멤버이자 함께 죄수로 전락한 아리온과 장보고, 유진이 두리번거리고 있었다.

"이 총성은 뭐지? 왜 여기에 아무도 없는 거야?"

"나도 몰라. 모르지만⋯⋯."

주위를 훑어보던 칼리의 눈매가 가늘어졌다.

　-칼리(R-05011) 소지품 : 담당자 외 취급 금지

　※은하연방 사법부.

컨테이너 옆에 부착된 박스에 적혀 있는 내용.

굳이 말할 필요도 없지만 범죄자 구치소에서 부활하면 즉시 모든 장비품과 아이템을 압수당한다. 그러나 사라지는 것이 아니다. 수형 기간이 끝난 뒤에 다시 돌려받는 것이다.

때문에 칼리와 함께 보내진 것이었지만⋯⋯.

"아이템 박스가 열려 있어!"

칼리는 망설임 없이 상자로 뛰어갔다.

그러자 유진이 경계심 어린 표정으로 소리쳤다.

"잠깐, 상자가 열려 있다고 섣불리 손을 대면 안 돼. 우리는 지금 형을 받은 죄수다. 함부로 소지품에 손을 대면 형량만 늘어날 뿐이야."

"아직도 모르겠어?"

칼리가 소지품 상자를 열며 대답했다.

"가까운 곳에서 총성이 들리고 있어. 게다가 죄수가 호송되어 왔는데도 아무도 나와 있지 않아. 그건 이 본부에서 뭔가 사건이 터졌다는 뜻이야. 우리에게 신경 쓸 여유도 없을 정도로 심각한 사건이. 그게 뭔지는 모르지만 이건 기회다. 잘만 하면 그 기회를 틈 타 우주선을 탈취해 이곳을 탈출할 수 있을지도 몰라."

"하지만……."

"나는 이대로 포기할 생각이 없어. 다른 건 몰라도 아크만큼은 기필코 내 손으로 처단해야겠다. 하지만 이대로라면 적어도 서너 달은 이곳에 갇혀 있어야 해. 서너 달을 이곳에서 보내고 나간 우리가 놈을 상대할 수 있을까? 인정하기 싫지만 아크는 강하다. 그리고 서너 달 뒤에는 더 강해지겠지. 어쩌면 이건 마지막 기회일지도 모른다, 하늘이 우리에게 준. 난 이 기회를 놓치고 싶지 않아."

그사이에 칼리는 장비품을 모두 장착했다.

그런데 왠지 허전한 느낌이 들었다. 방어구 중에서 가장 큰 갑옷이 없는 것이다.

전설적인 해적 바론의 정보를 입수하고 한 달이나 수색한 끝에 손에 넣은 유니크 갑옷 '바론의 무적 보갑'이! 뿐만 아니라 칼리가 몇 달 동안 모아 오던 '골동품 컬렉션'도 박스째로 사라졌다.

그걸 누가 가지고 있을지는 굳이 생각할 필요도 없었다.

"아크 자식!"

새삼 분노가 치솟았다.

뭐 어쨌든, 리더가 이런 식으로 나오자 아리온과 장보고, 유진도 할 수 없이 장비품을 챙겨 입었다. 그리고 그들 역시 장비품 1~2개가 빠진 휑한 차림이 되었다.

"아크 자식!"

그들의 분노 게이지도 상승했다.

"일단 장비품은 찾았는데 이제 어쩌지?"

"이곳의 상황을 파악하고 우주선을 확보할 방법을 찾아봐야겠지. 어쨌든 결정했으면 빨리 움직이자. 연방 본부에서 일어나고 있는 소동이 가라앉으면 기회는 없어."

이제 목표는 정해졌다.

혹성 탈출!

칼리와 아리온, 장보고, 유진은 주위를 경계하며 연방 본부로 들어섰다. 그리고 여전히 총성이 울리는 통로를 걸을 때였다. 맞은편에서 서너 명의 병사가 뛰어나오며 소리쳤다.

"여기 다른 죄수들이 있다!"

"빌어먹을! 몽땅 죽여!"

투투투투! 투투투투! 투투투투!

그리고 다짜고짜 탄환을 쏟아붓기 시작했다.

그러나 칼리다! 아리온이다! 장보고다! 유진이다! 불과 며칠 전까지만 해도 우주 개척지에서 짱짱한 악명을 휘날리던

해적 두목들. 소지품을 압수당한 상태라면 모를까, 장비품까지 모두—모두는 아니지만!— 되찾은 지금 병사 서너 명쯤은 가소로울 뿐이다.

칼리가 금강륜을 꺼내 들며 씨익 웃었다.

"훗, 몽땅 썰어 주마!"

"이 멍청이!"

그때 갑자기 뒤에서 쩌렁쩌렁한 목소리가 들려왔다.

동시에 칼리를 향해 엄청난 속도로 돌진해 오는 커다란 그림자! 예상하지 못한 상황에 칼리가 반사적으로 금강륜을 가슴 앞에 모으며 몸을 돌려세웠다.

그사이에 바로 앞까지 돌진해 온 누군가가 칼리의 손목을 움켜쥐었다. 그리고 다음 순간…….

핑그르르. 텅–!

시야가 회전하는가 싶더니 숨이 턱 막히는 통증이 느껴졌다. 상대에게 잡힌 손목을 축으로 한 바퀴 회전하며 바닥에 처박혔다는 사실을 의식한 것은 통증이 느껴진 다음이었다.

뭔지 모르겠지만 강한 놈이다!

본능적으로 상대의 힘을 깨달은 칼리는 얼른 손목을 움켜쥔 손을 뿌리쳤다.

"……?"

다시! 상대의 손을 뿌리쳤다!

"……!"

칼리의 얼굴이 당혹감에 물들었다.

마치 손목에 수갑이 채워진 것처럼 아무리 힘을 써도 풀리지가 않는 것이다. 그러는 사이, 상대는 넘어진 칼리의 손목을 움켜쥔 채로 탄환이 빗발치는 통로를 내달렸다.

쿵 떡! 쿵 떡! 쿵 떡! 쿵 떡!

사내의 팔이 앞뒤로 움직일 때마다 펄떡거리며 안면을 바닥에 찍어 대는 칼리!

"카, 칼리! 이 자식, 너 뭐야? 거기 서!"

리더가 갑자기 정체불명의 사내에게 잡혀 끌려가니 아리온과 장보고, 유진도 따라 뛸 수밖에 없었다. 그리고 각자의 무기로 사내를 공격하려 할 때였다. 모퉁이를 돌아서는 순간, 그들의 몸이 움찔하며 굳어 버렸다.

그럴 수밖에 없었다.

"이쪽이에요!"

모퉁이 뒤에는 이렇게 소리치는 여자 뒤로…….

"이 녀석들이 방금 전 컨테이너의 짐이었습니까? 좀 쓸 만한 보급품이 있을까 기대했는데 죄수 호송용 컨테이너였군요. 뭐 아쉽지만 전력에 보탬이 될 만한 죄수도 나쁘지 않죠. 어쨌든 일단 보급품은 넉넉히 챙겼습니다. 늦기 전에 이곳을 벗어나죠."

……각종 무기로 완전무장 한 200여 명의 사내들이 모여

있었다. 게다가 놀랍게도 이들 대부분이 죄수복을 입고 있었다. 그제야 정신을 차린 칼리가 팅팅 부어오른 코에서 피가 질질 흘러내리는 얼굴을 들어 올리며 물었다.

"니, 니들 뭐야?"

"나는 정의남이라고 한다. 죄수지."

자신을 소개한 거구의 사내가 옆의 여자에게 시선을 돌리며 말을 이었다.

"이 아가씨는 이리나라고 한다. 연방군 대위지."

죄수? 연방군 대위?

그리고 보니 방금 전 다짜고짜 칼리 일행을 공격했던 것도 연방군이었다. 그런데 그 상대 쪽에도 연방군이 있다.

대체 뭐가 어떻게 돌아가는 건가?

칼리가 혼란스러운 표정으로 바라보자 정의남이 컴뱃나이프를 꺼내 들며 낮은 목소리로 말했다.

"자세한 사정은 이곳을 벗어난 뒤에 설명하지."

"준, 장, 님!"

페이가 와락 고개를 돌리며 소리쳤다.

그리고 많은, 참으로 많은 의미를 꾹꾹 눌러 담은 눈으로 마몽 준장을 노려보았다. 그러나 마몽 준장은 멀뚱멀뚱 천장에서 깜빡이는 불빛을 바라보며 딴청을 피웠다.

"우리 임무는 조사입니다!"

"그건 알지."

"안다고요? 알면서 그랬다고요? 그걸 말이라고 하시는 겁니까?"

"젠장! 그럼 나보고 어쩌라고? 딱 감이 왔단 말이야! 흑점을 공격하는 게 최선이라고! 그런데 누가 이렇게 될 줄 알았나? 알고 있었으면 미리 말이라도 하던가!"

"밖에 있을 때도 살짝 그런 느낌이 들기는 했는데……."

페이가 잔뜩 찌푸린 표정으로 마몽 준장을 위아래로 훑으며 말을 이었다.

"마틴 후작님이 보낸 자료, 안 읽으셨군요."

"……뭐."

마몽 준장이 팩 고개를 돌리며 대답했다.

"자료 따위는 중요하지 않아! 중요한 건 현장이라고! 현장! 자네는 자료와 똑같은 현장을 본 적이 있나? 없지! 없을 거야! 없으니까! 현장 상황은 항상 변하는 법이다. 1분! 1초 단위로! 그런 곳에서 자료 따위는 아무짝에도 쓸모없는 종잇조각에 불과하다고! 두꺼워서 밑 닦는 데도 못 써! 현장에서 믿을 것은 감! 숙련된 전사의 감이다!"

"……그 결과가 이겁니까?"

페이가 창밖을 가리키며 물었다.

블러드 라이스케이크, 그러니까 피 떡의 밖은 시커먼 대기 속에서 모래 폭풍이 휘몰아치고 있었다.

검붉은 기운에 뒤덮인 이스타나 내부의 풍경이었다.

이미 이큘러스에서 증명됐듯이 흑점은 사라진 혹성으로 들어갈 수 있는 유일한 입구. 피 떡이 흑점으로 돌진하는 순간, 그대로 이스타나 내부로 들어와 버린 것이다.

그러나 문제는 들어왔다는 것이 아니다.

나갈 수 없다는 것이다.

이건 이미 이스타나에 남아 있는 유저들의 증언으로도 확인된 사실이다. 그리고 방금 전에는 직접 확인까지 해 보았다.

이스타나로 들어왔을 때 곧바로 피 떡을 다시 대기권 밖으로 상승시켰지만, 아무리 엔진 출력을 높여도 마치 보이지 않는 벽이 막고 있는 것처럼 일정 범위를 벗어나지 못했다.

말하자면, 갇힌 것이다!

페이가 분노의 포스를 줄기줄기 뿜어내는 이유가 그것이다. 그러나…….

"페이 님, 진정하십시오. 결과가 이렇게 된 건 유감이지만, 그때는 달리 방법이 없었던 것도 사실입니다. 마몽 준장님이 사용하신 파동요란은 촉수에 엄청난 타격을 입히는 것과 동시에 이 순양함에도 상당한 부담이 가해지는 기술입니다. 재생하는 촉수와 계속 싸웠다면 어찌 됐을지 장담할 수 없었습니다."

"오오! 맞아! 그거야!"

마몽 준장이 만면에 웃음을 지으며 소리쳤다.

"역시 아크, 남다른 안목을 가지고 있군! 바로 봤네. 어이, 페이, 봤지? 현장을 제대로 이해한다는 건 이런 거야. 후후후, 내가 역시 사람 보는 눈이 있어. 난 딱 보고 알았지. 자네와 내가 통하는 게 있다는 사실을! 그런데 역시나! 새삼 애정이 샘솟는군!"

–마몽의 호감도가 200 상승했습니다.

편들어 주기가 무섭게 올라가는 호감도!

……그다지 기쁘지 않았다. 그리고 딱히 마몽 준장을 편들어 주기 위해 하는 말도 아니었다.

"전후 사정이 어찌 됐든 우리는 이미 이스타나에 들어와 버렸습니다. 이 상황에서 책임 소재를 논하는 것은 의미가 없습니다. 지금 의논해야 할 것은 이후의 일입니다."

"하아……."

페이가 패널에 몸을 기대며 한숨을 불었다.

그리고 이맛살을 찌푸리며 잠시 생각하다가 입을 열었다.

"그런 건 알고 있어. 알고 있지만…… 아니, 됐다. 그래, 너는 어떻게 생각하나?"

"그야 당연히 타투인으로 가야지!"

마몽 준장이 생각할 필요도 없다는 듯이 대답했다.

"자료도 읽어 보지 않은 사람은 빠지십시오!"

"뭐야? 빠져? 내가 왜 빠져? 이건 내 우주선이야! 계급도 내가 제일 높잖아!"

"준장님, 제발 좀……."

페이가 울 것 같은 표정이 되었다.

결국 다시 아크가 끼어드는 수밖에 없었다.

"타투인은 곤란합니다. 만약 이번 사건이 정말 쥬벨 후작의 짓이라면 이미 타투인은 완전히 장악당했을 겁니다. 최악의 경우에는 경비대 전체와 싸워야 할지도 모릅니다."

"싸우면 되지! 뭐가 무서워서!"

마몽 준장의 말에 페이가 또다시 한숨을 푹푹 불어 냈다.

솔직히 아크도 이런 사람이 어떻게 별을 달고 있는지 이해가 되지 않았다.

아니, 뭐 전투 실력은 확실히 장군급이기는 했다.

사실 페이가 펄펄 뛰니 대충 설명하고 넘어갔지만 흑점으로 돌진하기 전, 촉수의 재생 속도는 피 떡의 선회 속도보다 빨랐다. 때문에 무리하게 탈출을 시도했다면 재생하는 촉수의 집중 공격으로 피 떡은 정말 피 떡이 됐을 확률이 높았다.

뭐 흑점으로 돌진한 것은 그런 전황을 파악했기 때문이라기보다는 그저 마몽 준장의 저돌 맹진적인 성격 탓이겠지만,

이런 상황이 아니었다면 최선의 선택이었으리라.

그건 마몽 준장이 주장하는 것처럼 그가 전투 감각만큼은 뛰어나다는 뜻. 아마도 START와 동시에 LAST BOSS를 향해 돌격하자는 것도 그런 자신감 때문이겠지만…….

"제가 들은 바로는 쥬벨 후작이 이스타나 전역에 계엄령을 선포했다고 합니다. 그건 쥬벨 휘하의 경비대뿐만 아니라, 여러 도시의 병력까지 장악하고 있다는 뜻입니다. 뿐만 아니라 타투인을 장악하고 있다면 황제 폐하도 그의 손에 있다는 뜻입니다. 만약 쥬벨 후작이 정말 쿠데타를 일으킬 계획이라면 무리한 공격은 황제 폐하를 위험에 빠뜨릴 수도 있습니다."

"젠장, 복잡하군."

마몽 준장이 붉은 수염을 벅벅 긁었다.

"내 전문은 그냥 적과 아군, 딱 나눠서 닥치는 대로 때려 죽이는 쪽인데."

……물론 그러시겠지.

"그래서 어쩌자는 건가? 딱 부러지게 말을 해야 뭐든 할 거 아니야."

……방금 전에는 자기가 계급이 가장 높다고 하지 않았나?

아니 뭐, 아크도 이런 지휘관에게 목숨을 맡기고 싶은 생각은 들지 않는다. 때문에 아크는 페이와 머리를 맞대고 앞으로의 대책을 궁리하는 수밖에 없었다.

"페이 님, 혹시 이스타나에 믿을 만한 사람이 있습니까?"

"물론이지. 함께 군에 있다가 퇴역하고 지금은 용병 생활을 하는 친구도 꽤 있고, 대도시의 시장이나 관리로 재직 중인 군부파 귀족들도 적지 않아."

"전체 상황을 알아보려면 지위가 높을수록 유리하니 시장이 좋겠군요. 현재 우리 위치에서 군부파 귀족이 시장으로 있는 가장 가까운 도시가 어디입니까?"

"엘븐이다."

"그럼 일단 엘븐으로 가죠. 지금 연방군은 쥬벨 후작의 쿠데타를 의심하고 있지만 그 역시 확인된 정보는 아닙니다. 그러니 그 뒤의 일은 엘븐에서 이스타나가 돌아가는 상황을 파악하고 나서 다시 의논하는 편이 좋을 것 같습니다."

"같은 생각이다. 하지만 너……."

아크의 말에 페이가 걱정스러운 표정으로 물었다.

"괜찮은 거냐? 가장 먼저 T-20의 상황부터 확인해 보고 싶을 텐데."

물론이다. 그러나 아크는 A의 연락으로 이미 T-20의 상황은 대강 알고 있었다. 계엄령이 선포되자마자 경비대가 시설을 장악하고 A를 포함해 당시 T-20에 남아 있던 관리자들을 모두 가둬 두고 있는 것이다.

그런 상황에서 T-20을 찾아가면 경비대와 싸움이 벌어진다. 또한 T-20을 탈환해도 이스타나의 정보를 얻기 힘들 뿐더러, 병력을 보충하기도 힘들다.

그러니 지금은 사태 해결에 도움이 될 만한 곳을 찾아가는 편이 낫다. 어차피 이 사태를 해결하지 못하면 T-20은 영영 되찾지 못하는 것이다.

"괜찮습니다."

아크는 짧게 대답하며 마몽 준장을 돌아보았다.

"들으셨죠? 목적지는 엘븐입니다. 하지만 아직 아무것도 확단할 수 없는 상황입니다. 그러니 엘븐의 시장과 접촉하는 것도 신중을 기해야겠지만, 거기까지도 레이더망이 펼쳐져 있는 도시 지역을 최대한 벗어나서 이동해야 합니다."

사실 가장 걱정되는 것은 이 부분이었다.

마몽 준장의 피 떡은 노블레스-Ⅱ와 같은 1만 톤 규모의 순양함이다. 이만한 크기의 순양함을 도처에 깔린 레이더망에 들키지 않고 목적지까지 가기란 쉬운 일이 아닌 것이다. 그러나 이 문제만큼은 마몽 준장을 믿는 수밖에 없었다.

"무슨 말인지 알겠다. 해 보지. 항해사!"

마몽 준장이 고개를 끄덕이며 대답할 때였다.

조종석에 앉아 있던 병사 하나가 몸을 돌리며 소리쳤다.

"준장님, 금속 반응입니다! 금속 물체가 접근해 오고 있습니다!"

"뭐? 전함인가?"

"모르겠습니다! 하지만…… 엄청나게 큽니다! 전체 크기는 최소 2킬로미터!"

"2, 2킬로미터? 무슨 말도 안 되는…… 대기권 내에서 활동할 수 있는 전함 중 가장 큰 서펴링급 전열함도 전장이 1킬로미터가 안 돼! 그런데 2킬로미터라니?"

"하지만 레이더에는 그렇게 나옵니다!"

병사가 정신없이 패널을 조작하며 소리쳤다.

"현재 거리 약 5킬로미터! 4킬로미터! 엄청난 속도로 거리를 좁혀 오고 있습니다! 3킬로미터! 2킬로미터! 1킬로미터! 가시거리에 들어왔습니다!"

"저, 저게 뭐야?

동시에 아크와 페이, 마몽 준장의 입이 쩍 벌어졌다.

어둠 속에서 휘몰아치는 모래 폭풍 너머, 시커먼 형체가 다가오고 있었다. 마치 의지를 가진 생물처럼 한데 뭉쳐 엄청난 속도로 다가오는 정체불명의 시커먼 형체!

"전속 회피!"

콰아아아아아아아–!

본능적으로 위기를 감지한 마몽 준장이 소리치자 순양함이 굉음을 일으키며 회전했다. 그러나 채 선회를 끝내기도 전에 시커먼 형체가 순양함을 뒤덮었다.

퍼펑! 퍼펑! 퍼펑! 퍼펑!

동시에 순양함 전체에서 터져 나오는 폭음!

"함 전체의 실드가 엄청난 속도로 깨져 나가고 있습니다!"

"선수, 갑판의 실드가 모두 파괴됐습니다! 장갑에 직접 공격을 받고 있습니다!"

"크윽! 뭐냐? 이놈은? 대체 뭐에 공격받고 있는 거냐?"

펑―!

그때 폭음이 울리며 전면 창에 균열이 쩍 번졌다.

그리고 유리 파편이 부스스 떨어지는 균열 사이로 주먹만 한 크기의 금속 물체가 퍼덕거리는 장면이 눈에 들어왔다.

놀랍게도 전면 창에 박혀 있는 것은 작은 금속 부품이 뒤엉켜 메뚜기 같은 형태를 이루고 있었다. 아크는 한눈에 메뚜기(?)의 정체를 알아볼 수 있었다.

"나쿠마!"

"나, 나쿠마라고? 빌어먹을, 함 내의 모든 격벽을 내려라!"

마몽 준장의 명령이 떨어지자 균열이 번져 있는 창이 격벽으로 차단되었다. 그리고 격벽 안쪽이 순양함 곳곳의 상황을 보여 주는 모니터로 전환되었다.

순간 함교에 모여 있는 사람들의 입에서 일제히 신음이 흘러나왔다.

순양함의 상태는 상상 이상으로 심각했다.

마치 진짜 메뚜기 떼의 습격을 받는 숲처럼 진즉에 실드는 모두 깨져 나가고, 선체 여기저기에 나쿠마들이 박힌 채 매연이 솟구치고 있었다. 눈에 불똥을 튀기며 그 장면을 지켜보던 마몽 준장이 버럭 소리쳤다.

"일제사격! 몽땅 박살 내라!"

"아, 안 됩니다! 이미 포신도 놈들에 의해 막혔습니다!"

"빌어먹을! 좋아, 에너지 블레이드 전개!"

뒤이어 순양함의 좌우에서 20여 미터에 달하는 거대한 광선검이 날개처럼 솟아 나왔다.

"몽땅 찢어 주마! 파동요란!"

위이이잉! 콰콰콰콰! 퍼퍼퍼퍼펑!

마몽 준장의 고함에 1만 톤에 달하는 순양함이 거대한 원형의 푸른 궤적을 그리며 회전하기 시작했다.

"이게 전투용의 진짜 파동요란……."

촉수와 싸울 때는 바닥을 굴러다니느라 제대로 보지 못했다. 그러나 이번에는 에너지 블레이드가 나오자마자 미리 단단히 몸을 고정시켜 마몽 준장의 오리지널 '파동요란'을 똑똑히 볼 수 있었다.

장엄하게 펼쳐지는 광선검의 궤적도, 위력도!

양옆에 거대한 광선검이 붙어 있는 순양함이 회전하자 일대가 시퍼런 빛에 휩싸였다. 그리고 다음 순간, 광선검이 휩쓸고 지나간 궤적을 따라 무수한 폭광이 일어났다.

마치 순양함이 지나간 자리가 그대로 지워지는 것처럼 엄청난 수의 메뚜기가 광선검의 고열에 녹아내리고, 그보다 많은 메뚜기가 폭발을 일으키며 추락했다.

그러나 메뚜기 떼는 2킬로미터 공간을 뒤덮고 있었다.

펑! 펑! 펑! 펑! 펑!

움직임이 멈추자마자 연이어 울리는 폭음! 폭음! 폭음!

–Warning!
갑판의 장갑에 천공 발생!

–Danger!
제2함포 파괴! 화재 발생! 진화를 요청합니다…….

이미 촉수와의 전투로 적지 않은 대미지를 입었다.
거기에 메뚜기 떼의 육탄공격에 휩싸이자 경광등이 요란
하게 번쩍이며 쉴 새 없이 경고 메시지가 떠올랐다.
그러나 순양함, 그것도 연방군 장군 전용의 순양함이라 장
갑의 두께와 강도가 상상을 초월했다. 덕분에 메뚜기 떼의
공격은 아직까지 그럭저럭 버티고 있었지만!
문제는 다른 곳에서 발생했다.
"그대로 몰아붙여라! 파동요란! 파동요란!"
선체에 엄청난 부담을 주는 '파동요란'을 연이어 사용하
자…….

–Danger!
엔진 과부하! 심각한 손상에 의해 출력이 떨어지고 있습니다!

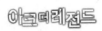

장갑보다 엔진이 먼저 뻗어 버린 것이다.

"출력이 급격히 떨어지고 있습니다! 더 이상은 반중력 장치를 유지하기 힘듭니다!"

그리고 동력을 잃어버린 순양함은 점차 고도를 낮추며 내려가기 시작했다. 나쿠마 메뚜기 떼에 뒤덮여! 그러나 정작 함장인 마몽 준장은 의외로 담담했다.

"피 떡, 여기까지인가 보다."

잠시 손때 묻은 패널을 만지던 마몽 준장이 고개를 들어 올리며 소리쳤다.

"비상 착륙을 개시한다! 승무원들은 충격에 대비하라!"

"고도 200! 100! 50! 0!"

콰쾅! 콰콰콰콰! 콰콰콰콰!

순양함이 지면과 충돌하자 엄청난 양의 흙이 기둥처럼 솟아 올라왔다. 그리고 순양함은 지면에 박힌 상태 그대로 수백 미터를 미끄러지고 나서야 멈췄다.

엄청난 두께의 팔로 선장석을 움켜쥐며 거의 미동도 보이지 않던 마몽 준장이 벌떡 일어났다.

"모든 승무원은 완전무장을 하고 탈출한다! 기관병은 필요한 보급품을 챙겨라! 전투원은 먼저 함 밖으로 나가 공간을 확보하고 기관병을 호위하며 이동한다!"

마몽 준장은 바보지만, 일단 전투에 돌입하면 180도로 돌변했다. 그리고 승무원들은 전투 모드로 돌입한 마몽 준장을

100% 신뢰하고 있었다.

상상도 못 했던 나쿠마 메뚜기 떼의 공격으로 비상 착륙을 한 상황에서도 동요하는 기색 없이 마몽 준장의 명령에 따라 일사불란하게 움직이는 것이다.

아크 역시 마찬가지. 마몽 준장의 지시에 따라 승무원들과 함께 창고의 보급품을 챙기고 밖으로 나왔다. 그러자 함 내에서 듣던 굉음이 몇 배나 커져 고막을 뒤흔들었다.

펑! 펑! 펑! 펑! 펑!

착륙한 순양함 위로 내리꽂듯이 떨어지는 나쿠마 메뚜기!

그때마다 거의 C-6이 폭발하는 것과 같은 굉음이 터져 나왔다. 그러나 이제 순양함을 걱정할 때는 아니었다. 이제 당면한 문제는 메뚜기 떼를 뚫고 탈출하는 것!

"방패병, 앞으로! 총기병, 일제사격!"

순양함에는 약 100여 명의 승무원이 승선하고 있었다.

그중 전투원은 60여 명, 이들은 기관병이 보급품을 챙기는 사이 먼저 밖으로 나와 입구 근처에 모여 메뚜기 떼와 교전하고 있었다. 미리 진을 짜고 동선을 확보하기 위해서였다.

그러나 문자 그대로 폭격을 쏟아붓는 메뚜기 떼에 고전을 면치 못하고 있었다. 메뚜기가 들이받으면 일격에 방패병조차 튕겨 날아가는 것이다.

그렇게 몇 군데의 방벽에 구멍이 생기면 또 다른 메뚜기가 여지없이 총기병의 몸을 꿰뚫고 지나갔다.

그리고 또 1명의 총기병이 메뚜기에 뚫리려는 찰나!

"피어싱!"

번뜩이는 속도로 날아가는 아크!

일자로 뻗은 궤적을 그리며 날아간 이퀄라이저가 총기병을 향해 날아오는 메뚜기를 먼저 관통하며 지나갔다. 메뚜기가 작은 금속 부품으로 분해된 것은 그다음이었다.

"아, 아크 님?"

"물러나십시오! 카프레 검술 3식, 갤럭시 소드!"

아크는 총기병을 뒤로 보내며 일대를 뒤덮은 메뚜기 떼를 향해 검을 휘둘렀다.

그 검의 궤적을 따라 백색으로 빛나는 검신이 부챗살처럼 펼쳐졌다. 그리고 폭사! 무수한 검영이 격렬하게 뒤엉키며 공간을 뒤덮자 시커먼 안개 같은 메뚜기 무리가 스파크에 뒤덮였다. 그러나 아크의 공격은 거기서 끝이 아니었다.

"사이코키네시스! 바즈라!"

아크의 왼손에서 솟아오르는 바즈라!

그 바즈라가 퍼덕거리는 메뚜기 떼 속을 파고드는 순간!

"뇌격!"

콰지지지지지!

엄청난 기세로 뻗어 나가는 뇌전!

주위 20미터 공간에 전격 대미지를 입히는 바즈라의 스킬이었다. 그러나 상대는 메뚜기의 형상을 하고 있지만 금속 생명체 나쿠마. 뇌전은 메뚜기의 몸에서 또 다른 메뚜기로, 연이어 전도傳導되며 실제로 뇌전이 번져 나간 범위는 40여 미터에 달했다. 게다가 대부분은 이미 '갤럭시 소드'에 휩쓸렸던 메뚜기. 거기에 금속 생명체에 취약인 뇌전까지 얻어맞자 메뚜기 떼가 우수수 떨어졌다.

"이, 이 사람이……."

전투원들이 멍한 눈으로 등장과 함께 바닥에 수북한 메뚜기 사체를 쌓아 올리는 아크를 바라보며 떠듬거렸다.

그때 뒤에서 마몽 준장이 뛰어나오며 소리쳤다.

"그래! 그 남자가 내 마음의 동생! 벨린 성좌의 영웅이라고 불리는 아크 자작이다!"

언제부터 마음의 동생이 돼 버린 건지는 모르겠지만…….

"아크, 좌측을 맡아라! 자, 와라! 재활용 쓰레기 자식들아! 굉轟! 폭暴! 천광天光!"

마몽 준장은 생긴 대로 무식하기 짝이 없어 보이는 거대한 강철 해머, 그것도 딱 보기에도 양손 무기를 한 손에 하나씩 들고 충돌시켰다. 그러자 충돌한 해머 사이에서 무수한 불똥이 마치 산탄총처럼 뿜어져 메뚜기들을 관통했다.

투타타타탕! 투타타타탕!

쇳소리를 울리며 메뚜기 떼가 우수수 쏟아졌다.

그러나 그것도 잠시, 무수한 메뚜기 떼가 빈자리를 메우며 몰려들었다. 그리고 양쪽으로 갈라지며 아크와 마몽 준장을

덮치려는 순간, 그 사이로 수류탄이 날아들었다.

퉁퉁퉁퉁! 퉁퉁퉁퉁! 퍼펑! 콰콰콰콰!

그 뒤로 육중한 총성이 울리자 공중에서 수류탄이 폭발했다. 그리고 또다시 금속 조각으로 분해된 메뚜기 떼가 우수수 쏟아지자 마몽 준장이 고개를 돌리며 피식 웃었다.

"매번 얼굴을 볼 때마다 쫑알쫑알 시끄럽게 구는 놈이지만 역시 솜씨는 있단 말이지."

"나도 좋아서 마몽 준장님에게 쫑알대는 게 아닙니다."

뒤에서 중기관총을 양손으로 들고 난사하며 대답하는 사람은 페이였다.

"하! 어련하시겠나, 수다쟁이."

"집중하시죠. 설마 이런 곳에서 메뚜기 밥이 되고 싶지는 않으시겠죠?"

"물론이지. 내 수명은 아직 100년 넘게 남았어! 지광地光!"

"욕심도 많으시군요. 블렛 토네이도!"

콰쾅! 퉁퉁퉁퉁!

아크에 이어 마몽 준장과 페이까지!

세 사람이 전방으로 뛰어 나가며 검과 해머, 중기관총을 난사하자 10여 미터 넓이의 공백이 생겼다.

"지금이다! 돌진!"

"돌진이 아니라 퇴각입니다."

"말했지? 싸움은 기세가 중요한 거야! 어차피 뛸 거면 돌진이라고!"

"뭐가 됐든 뛰십시오! 놈들이 몰려옵니다!"

아크가 이퀄라이저로 검기를 뿜어내며 소리쳤다.

뭐 그 때문은 아니겠지만 마몽 준장과 페이는 서로 투덕거리면서도 몰려드는 메뚜기들을 족족 박살 내며 질주했다. 그 뒤로 기관병, 그리고 전투원 들이 후미를 지키며 따라붙었다.

그렇게 수백 미터를 이동하자 메뚜기 떼의 공격이 점차 줄어들었다. 그러나 메뚜기 떼가 줄어든 것이 아니었다.

마치 사체에 꼬인 파리 떼처럼 대부분의 메뚜기들은 아직도 바닥에 처박힌 순양함 주위에 새까맣게 몰려들어 공격을 퍼붓고 있었다.

그때마다 순양함은 여기저기가 뜯겨 나가며 불길에 뒤덮이고 있었다. 그때 갑자기 마몽 준장이 순양함을 향해 돌아서더니 경례를 붙이며 소리쳤다.

"잘 가라, 피 떡! 잊지 않겠다!"

그리고 다음 순간!

쿠쿠쿠쿠! 콰쾅! 콰콰콰쾅-!

순양함, 피 떡이 마지막 힘을 쥐어짜듯이 진동하더니 폭발을 일으키며 사방으로 불기둥을 뿜었다.

마몽 준장이 탈출을 명령하기 전에 패널을 만진 이유가 이것이었다. 피 떡에 마지막 명령을 내린 것이다.

바로 자폭!

그리고 순양함이 남은 에너지를 모두 폭발 에너지로 바꿔 뿜어내는 순간, 주위를 새까맣게 뒤덮고 있던 메뚜기 떼도 그 폭광에 삼켜져 흔적도 없이 사라졌다.

"휴! 이, 이제야……."

피투성이가 된 병사들이 털썩 앉았다.

아크는 그들을 돌아보니 절로 한숨이 흘러나왔다.

일단 무사히 탈출하기는 했지만 그사이에 순양함을 잃고 100여 명이었던 승무원도 80명으로 줄어 있었다. 그리고 살아남은 승무원들도 하나같이 적지 않은 부상을 당한 상태였다. 이스타나에 들어온 지 채 10분도 되지 않아서 말이다.

그러나 더 큰 문제는 앞으로의 일이었다.

"아직 안심하기에는 이릅니다. 저 나쿠마들이 우연히 우리를 공격했다고는 생각하기 힘듭니다. 어쩌면 저 나쿠마들은 누군가가 조종하고 있을지도 모릅니다. 그게 사실이라면 적은 이미 우리의 존재를 알고 있다는 뜻입니다. 그러니 먼저 이 지역에서 벗어나야 합니다!"

"이미 늦었다."

"네?"

"느껴진다, 저 언덕 너머에서, 적의가."

그때 마몽 준장이 모래 폭풍 너머, 실루엣으로 보이는 언덕을 돌아보며 말했다.

"예상했던 대로군요."

모래 폭풍이 몰아치는 언덕.

거구의 전사가 생체 감식 스코프로 저 멀리 보이는 수십 명의 실루엣을 바라보며 중얼거렸다. 그러자 사각 턱이 인상적인 사내가 볼을 실룩거리며 대답했다.

"그래야지. 이 정도로 죽으면 내가 곤란해."

"늦기 전에 출발할까요?"

그의 이름은 할리, 호크의 심복이었다.

"이번 일만 잘 처리되면 당신은 이전처럼…… 아니, 이전과는 비교도 할 수 없는 부와 명예를 얻을 수 있을 겁니다, 호크 님과 함께."

"그런 건 이제 아무래도 상관없어. 내 목적은 하나다. 다른 것은 그 목적을 이루는 과정에서 얻어지는 부산물에 지나지 않아. 잊지 마라. 아크, 놈은 내 것이다!"

그리고 눈동자를 번뜩이며 대답하는 사람은 발렌시아!

"알고 있습니다."

할리가 고개를 끄덕이며 몸을 돌렸다.

동시에 뒤에서 대기하던 30여 명의 병사들이 각자 무기를 움켜쥐고 걸음을 옮겼다. 그러자 병사들의 뒤에서 돌연 기계음이 울리며 거대한 물체가 솟아 올라왔다. 자잘한 금속 부

품이 뒤엉켜 있는 수십 미터에 크기의 금속 생명체!

위이이잉! 쿠쿵! 위이이잉! 쿠쿵!

대지를 흔들며 병사들을 뒤따르는 것은 기간틱!

나쿠마로 변한 기간틱이었다.

to be continued

200평 초대형 24시 만화방

📖 수원시청점

로데오거리
● 농협

● CGV
⑧ 수원시청역 8번출구

24시 만화방
3F
● 홍콩반점

TEL : 031-226-3771
수원시 팔달구 인계동 1041-11 3층 24시 만화방

- 수면실 (침대식)
- 사우나석
- 2인석
- 샤워실
- 세탁기
- 신간100%

📖 의정부점

의정부역 ④
⑤
흥선지하도

◀서울방향

진성약국
던킨도넛츠

24시 만화방
3F

TEL : 031-856-3971
경기도 의정부시 의정부동 197-13 3층

📖 안양점

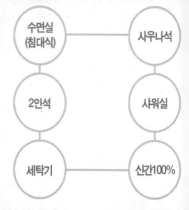

● 안양역
육교

◀관악역
명학역▶

농협
24시 만화방
2F
안양일번가

TEL : 031-466-3771
경기도 안양시 안양동 674-163 공룡고기건물 2층

📖 주안점

주안
남부역

◀제물포
민병철 어학원
간석동▶

24시 만화방 6F

TEL : 032-426-2871
인천광역시 주안남부역 지하상가 4번 출구 GS25시 건물 6층

📖 안산점

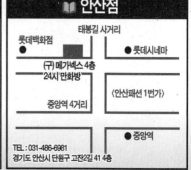

롯데백화점
태봉길 사거리

● 롯데시네마

(구) 메가넥스 4층
24시 만화방

〈안산패션 1번가〉

중앙역 4거리

● 중앙역

TEL : 031-486-6981
경기도 안산시 단원구 고잔2길 41 4층

김도훈 퓨전 장편소설

헌터신화
HUNTER'S LEGEND

헬조선 취업난 속 최고의 인기 직업 몬스터 헌터!
무공과 각성자의 돌로 초인이 된 그들이 온다!

세계 곳곳에 갑자기 등장한 던전!
그곳에서 쏟아져 나온 몬스터들!
하지만 걱정 마라 인류에겐 그들을 막아 줄
몬스터 헌터가 있다!

돈도 백도 없는데 무공 자질까지 바닥
결국 맨몸으로 열심히 살던 이환
우연히 전생의 기억을 깨닫고
무공을 얻은 그는 타 문파의 비동을 살피다
공개되지 않은 비밀 던전에 빠지는데……

한 손엔 무공 다른 손엔 각성 능력!
던전의 비밀을 풀고 최고의 위치에 올라라!

HUNTER'S LEGEND